사자의 아들
칸의 여행

사자(獅子)의 아들: 칸의 여행 8

허담 新무협 판타지 소설

초판 1쇄 찍은 날 § 2021년 6월 23일
초판 1쇄 펴낸 날 § 2021년 6월 30일

지은이 § 허담
펴낸이 § 서경석

총괄팀장 § 노종아
편집책임 § 김범석
디자인 § 스튜디오 이너스

펴낸곳 § 도서출판 청어람
등록번호 § 제387-1999-000006호
등록일자 § 1999. 5. 31
어람번호 § 제2-2875호

주소 § 경기도 부천시 부일로 483번길 40 서경B/D 3F (우) 14640
전화 § 032-656-4452 팩스 § 032-656-4453
http://www.chungeoram.com
E-mail § chungeorambook@daum.net

ⓒ 허담, 2020

ISBN 979-11-04-92356-2 04810
ISBN 979-11-04-92295-4 (세트)

청어람
도서출판

허담 新무협 판타지 소설

8

사자의 아들

칸의 여행

FANTASTIC ORIENTAL HEROES

겨울 대륙
(빙하의 땅)

북해

대마협

무산열도

서북빙해

열화산

누파섬

오족의 섬

곤모산

석림

신마대암성
마정

봄섬

무산해협

사령군도

수호자들의 섬

오사성
포우대림
소화강

아룡섬

사령반도

서직림

궁산

파나류
(검은 대륙)

백림

후동항

무산해협

사려의 섬

육주의 바다
(천해)

북검성
설하

육주
(천섬, 천록의 땅)

신마대암성
금화항

일력항

선태

대설산

태연강

사혜
상가
대마왕

송양
희림
천록의 성

대사막

고해
(잊혀진 바다)

왕의 섬

도산

롭의 바다
(야수해)

남화성
황산
매령

열사의 섬

대설성

남대해

사자의 아들

칸의 여행

목차

제1장. 귀선(鬼船)사냥 ·· 7

제2장. 기습 ·· 37

제3장. 폭풍 속에서 ·· 69

제4장. 새로운 바람 ·· 99

제5장. 해왕의 보물 ·· 131

제6장. 무면귀 후탄 ·· 163

제7장. 검은 숲속의 추격전 ·· 195

제8장. 무산연맹 ·· 227

제9장. 녹산연가 ·· 259

제10장. 뿌리를 찾아서 ·· 289

창해

대산맥

천호

화산맥

제1장

귀선(歸船)사냥

—카르릉.

오직 무한의 귀에만 들리는 소리다. 아니, 관심을 가지면 묵룡이선에 타고 있는 용전사들도 들을 수 있었다.

하지만 적어도 그 소리가 뭘 의미하는지는 오직 무한만이 알 수 있었다.

보통 사람의 눈에는 그저 작은 새로 보일 만큼 높은 곳에 떠 있는 풍룡이 소리를 내 신호를 보낸 것은 묵룡이선이 돈강 하구를 막 지나 바닷물이 민물로 변하는 지점을 지날 때였다.

갑판 위에서 긴장한 표정으로 다가오는 서흑도의 밀림을 바라보고 있던 무한이, 풍룡의 소리를 듣는 순간 재빨리 움직여 돛대를 타고 오르기 시작했다.

"갑자기 왜?"

아적삼이 갑작스러운 무한의 행동에 놀라 소리쳐 물었다.

그 소리에 갑판 위의 다른 사람들도 무한에게 시선을 돌렸다.

무한은 아적삼의 말에 대답하지 않고 돛대를 삼 장 정도 오른 후 한 손을 들어 햇볕을 가린 후 북쪽 해안가를 바라봤다.

북쪽 해안가는 밀림과 바다의 경계가 붙어 있는 곳으로 남쪽과 달리 모래사장을 거의 찾아볼 수 없었다.

특히 밀물 때 바닷물이 숲 깊은 안쪽까지 밀려 들어가 은밀하게 배를 숨기고 이동하기에 좋은 지형을 이루고 있었다.

"그들이 와요!"

잠시 북쪽 해안가를 살피던 무한이 소리쳤다.

"뭐, 정말?"

갑판 위의 사람들이 아니라 무한보다 더 높은 망루에 올라 사방을 감시하던 용전사 사염이 무한의 머리 위에서 어리둥절한 표정으로 되물었다.

"예."

"어디? 내 눈에는 안 보이는데?"

"북쪽 사오 리 정도요. 밀림 안으로 바닷물이 들어간 지점을 보세요. 그 경계선을 따라 두 척의 배가 이동하고 있어요."

무한의 말에 용전사 사염이 손을 말아 쥐고 무한이 말한 곳으로 안력을 집중시켰다.

"아, 정말이구나. 정말 놈들입니다."

사염이 총관 옹백에게 소리쳤다.

그러자 옹백이 고개를 끄떡이고 즉시 명을 내렸다.

"좋아. 모두 준비하라. 전사들은 일단 노를 젓는 데 모두 투입한다."

옹백의 명에 묵룡이선의 전사들이 노꾼들을 돕기 위해 배 아래층으로 빠르게 이동했다.

"칸, 넌 계속 그곳에 있어라. 아직 한 척의 배가 남았다. 그자의 말이 사실이라면 나머지 한 척은 남쪽에서 오겠지."

옹백이 돛대에서 내려오려는 무한을 말렸다.

"그래. 칸, 난 북쪽을 감시할 테니. 네가 남쪽을 맡아라."

돛대 위에서 사염이 소리쳤다.

"알겠습니다!"

무한이 소리쳐 대답하고는 자세를 바꿔 남쪽 바다를 살피기 시작했다.

콰아아!

한순간 밀림과 바다의 경계선을 따라 이동하던 두 척의 해적선이 모든 돛을 펼치고 빠르게 해안가에서 멀어지기 시작했다.

드디어 십이귀선의 해적들이 묵룡이선에 대한 공세를 시작한 것이다.

"놈들이 움직입니다!"

사염이 급하게 외쳤다.

"남쪽은?"

"아직입니다."

옹백의 물음에 이번에는 칸이 대답했다.

"좋아. 일단 배를 남쪽으로 돌려 놈들을 유인하라."

옹백의 명에 묵룡이선이 빠르게 선수(船首)를 돌리기 시작했다.

쿠오오!

거대한 배가 방향을 틀자 그 아래 바다에서 커다란 소용돌이가 일어났다. 정말 한 마리 용이 승천하기 위해 바다를 휘젓는 듯한 느낌이었다.

"침착하라! 속도를 잘 조절해. 놈들이 우리 배의 진짜 속도를 눈치채지 못하게 해야 한다."

총관 옹백이 침착하게 선원들을 통제했다.

옹백의 명에 따라 묵룡이선이 속도를 조절하면서 남쪽 바다로 질주했다.

그런 묵룡이선은 누가 봐도 두 척의 해적선에 쫓겨 도주하는 것처럼 보였다.

쿵쿵쿵쿵!

자신들의 등장을 알아채고 묵룡이선이 도주한다고 판단한 십이귀선의 해적선 두 척이 상대에게 공포를 심어주기 위해 무거운 북소리를 울려대며 속도를 높이기 시작했다.

그중 한 척은 빠르게 일직선으로 묵룡이선을 추격했고, 다른 한 척은 좀 더 먼 바다를 향해 배를 몰았다.

묵룡이선이 큰 바다로 도주하는 것을 막기 위해 미리 포위망을 형성하려는 의도인 듯싶었다.

만약 남쪽에 숨어 있던 해적선까지 나타나면 묵룡이선은 꼼

짝없이 세 척의 해적선에 포위되는 상황을 맞게 될 것이다.

그런데 그런 상황은 사실 묵룡이선의 전사들이 원하는 바로 그 상황이기도 했다.

카릉!

다시 풍룡의 소리가 들렸다.

처음보다는 큰 소리였지만, 묵룡이선 내의 상황이 워낙 급박하다 보니 사람들의 귀에는 더더욱 들리지 않았다.

풍룡의 신호를 받은 무한이 다시 안력을 높여 남쪽 바다를 살폈다.

그러자 남쪽 해안가를 따라 다섯 개의 돛을 세운 귀선이 작은 점처럼 보이기 시작했다.

"나타났습니다!"

무한이 침착하게 총관 옹백에게 적선의 출현을 알렸다.

"거리는?"

옹백이 물었다.

"이 속도라면 이각이면 만날 것 같습니다."

무한이 대답했다.

"좋아. 계속 놈들의 움직임을 감시해라."

"예, 총관님!"

무한이 얼른 대답했다.

그러자 옹백이 배를 모는 노련한 조타장 공구에게 명했다.

"언제든 배를 돌릴 수 있게 준비하게. 최대한 빠르게 방향을 틀어야 해. 그동안 연습한 대로 말일세."

"걱정 마십시오. 이 배가 어떤 배인지 모두 알게 될 것입니다."

조타장 공구가 자신 있게 대답했다.

"자네만 믿네."

"알겠습니다."

공구가 다시 한번 확신에 찬 목소리로 대답했다.

남쪽에서 다가오는 해적선의 속도는 북쪽에서 추격하는 해적
선들보다 훨씬 빨랐다.

돛의 숫자가 다섯 개. 보통 전선이나, 해적선 중 속도를 중시
하는 배들이 다는 돛의 숫자다.

남쪽에서 오는 배는 그 다섯 개의 돛을 모두 펼치고 진격하고
있었다.

"백 장입니다!"

남쪽에서 질주하는 배와의 거리를 살피고 있던 무한이 소리
쳤다.

그러자 총관 옹백이 다시 명했다.

"오십 장 안에 들어서면 배를 돌린다. 칸, 정확하게 거리를 측
정해라."

"알겠습니다."

무한이 침착하게 대답했다.

본래 이런 일은 노련한 선원이 맡아야 하는 일이지만, 옹백은
망설이지 않고 무한에게 적선을 살피고 거리를 가늠하는 일을
맡겼다.

그리고 그런 그의 결정에 아무도 이의를 달지 않았다.

그건 이제 묵룡이선의 선원들 모두 그가 마지막 수련 여행에서 돌아온 후 보여준 놀라운 능력을 인정하고 신뢰하기 때문이었다.

당장 오늘도 무한은 다른 누구보다 먼저 적선을 발견했었다.

웅백이 명을 내린 후 채 일각이 지나기 전에 무한이 소리렸다.

"오십 장 안으로 들어왔습니다."

"좋아. 배를 틀어라. 대해로 나간다!"

총관 웅백이 기다렸다는 듯이 명을 내렸다.

그러자 조타장 공구가 빠르게 배의 키를 돌리기 시작했다.

쿠우우우!

거칠게 바닷물을 밀어내며 묵룡이선이 급격하게 방향을 틀었다.

방향이 틀어지면서 배의 측면이 거의 수면에 닿을 정도로 기울어졌다.

그러나 그럼에도 불구하고 묵룡이선은 중심이 무너지는 대신 빠르고 강하게 회전해 다가오는 해적선의 방향에서 벗어나 대해로 질주하기 시작했다.

쿵!

일단 방향을 트는 데 성공한 묵룡이선의 기울었던 선체가 바로 세워지면서 큰 충격의 뒤를 이어 거대한 파도가 일어났다.

"엇!"

한 손으로 돛대를 잡고 있던 무한이 잠시 돛대에서 발이 떨어져 대롱대롱 돛대에 매달렸다가 어렵사리 자세를 바로잡았다.

"조심해라!"

밑에서 불안한 눈으로 무한을 보고 있던 아적삼이 소리쳤다.

"걱정 마세요. 재밌어요!"

"이놈아! 생사를 건 싸움 중이야. 재미는 무슨 재미! 정신 바짝 차려!"

아적삼이 호통을 쳤다.

무한이 그런 아적삼을 향해 손을 흔들어 보였다. 그의 행동에서는 긴장감은 찾아볼 수 없었다.

"후우… 아주… 알 수 없는 녀석이 되어버렸어."

아적삼이 고개를 저으며 중얼거렸다,

"그러게 말이야. 하지만 이상하게 든든해. 묘한 안정감을 준다고 할까?"

옆에서 이문술이 중얼거렸다.

"그렇지? 그래서 나도 좀 안심이 되기는 하는데……."

아적삼이 맞장구를 쳤다.

"아무튼 이상한 일이긴 하지, 저 나이에. 사실 따지고 보면 처음 묵룡대선에 탔을 때부터 뭔가 특별하기는 했지만."

이문술이 돛대 위 무한을 보며 중얼거렸다.

"아무튼 제대로 되는 거 같지?"

아적삼이 화제를 돌렸다.

그의 시선이 배 뒤쪽으로 향했다. 어느새 묵룡이선을 따라 방향을 튼 해적선이 보였다.

"그런 것 같군. 위쪽에서는 역시 한 척만 따라오네."

이문술이 말했다.

그의 말대로 북쪽에서 묵룡이선을 추격하던 두 척의 해적선

중 한 척은 뱃머리를 돌려 다시 돈강 하구로 이동하고 있었다.

"이 싸움이 빨리 끝나야겠군. 섬 안에 있는 사람들을 도와주려면."

아적삼이 걱정스러운 표정으로 말했다.

"맞아. 검왕님이 그곳에 계시니 큰 걱정은 없지만, 그래도 저 배가 강을 거슬러 올라가 섬 안의 해적과 합류하면 그 숫자가 만만찮을 거야."

이문술도 고개를 끄떡였다.

그사이 배는 점점 더 해안으로부터 멀어지고 있었다.

*   *   *

콰아아!

파도의 높이가 달라졌다. 드디어 서흑도 외해(外海)가 펼쳐졌다.

두 척의 해적선들은 좌우에서 경쟁하듯 질주하며 일정한 거리를 두고 묵룡이선을 따르고 있었다.

공격은 없었다. 묵룡이선이 석포나 화살이 닿지 않을 거리만큼 적선과의 거리를 유지하고 있기 때문이었다.

"시작해도 될 것 같습니다."

대전사 석다산이 총관 옹백에게 말했다.

"그럽시다. 이쯤에서 승부를 봐야 섬으로 간 귀선을 따라잡을 수 있을 테니까."

옹백이 고개를 끄떡였다.

"배의 속도로 보면 아래쪽 배를 먼저 공격하는 것이 좋을 것 같습니다. 속도가 빠른 쪽을 먼저 제압해야 다른 배가 도주해도 추격하기 수월할 것입니다."

석다산이 노련한 전사답게 공격의 순서를 제안했다.

"그럽시다. 대전사께서 원하시는 대로 싸워봅시다. 이 싸움은 이제부터 대전사께 맡기겠소."

옹백이 미소를 지으며 대답했다.

그의 말에서 대전사 석다산에 대한 믿음이 느껴졌다.

"알겠습니다. 그럼 제가 잠시 지휘를 맡겠습니다."

석다산이 옹백에게 고개를 숙여 보이고는 앞으로 나서며 소리쳤다.

"시작한다. 남쪽 적선을 먼저 공격할 것이다. 전사들은 갑판으로 올라와 각자의 위치에 서라!"

석다산의 명에 노꾼들을 도와 노를 젓던 용전사들이 일제히 갑판으로 올라오기 시작했다.

"공구!"

석다산이 조타장 공구를 불렀다.

"예, 대전사님!"

"남쪽으로 우회해 적선 오른쪽으로 접근한다. 북쪽 놈들이 접근하기 전에 싸움을 끝내야 하니 최고의 속도로 이동한다."

"알겠습니다, 대전사님!"

"좋아! 돛을 모두 펴라. 묵룡이선의 첫 번째 해전이다! 묵룡이선의 명예를 걸고 적을 섬멸한다."

"예, 대전사님!"

배 위의 용전사들이 일제히 대답했다.

촤르륵!

두 개의 돛이 더 펼쳐져, 모두 다섯 개의 돛이 바람을 타자 묵룡이선이 폭풍 같은 질주를 시작했다.

쾅아아!

파도 갈리는 소리가 태풍이 부는 것처럼 강렬하다.

배의 양 갑판을 타고 오르는 파도가 산처럼 일어나 배를 뒤덮었다.

묵룡이선이 뱃머리를 돌려 적을 향해 돌진을 시작한 지 채 일각이 지나지 않아 배는 적의 삼십여 장 안쪽으로 들어섰다.

묵룡이선과 마찬가지로 다섯 개의 돛을 단 채 무서운 속도로 묵룡이선을 추격하던 해적선이 순식간에 손에 잡힐 듯 가까워졌다.

묵룡이선이 돌진하자 해적선에서 다급한 목소리들이 터져 나왔다.

갑작스러운 묵룡이선의 반격에 해적들이 당황하고 있는 것이 분명했다.

쿵쿵!

뒤를 이어 해적선에서 석포를 쏘아 올렸다. 하지만 해적선에서 쏘아 올린 석포는 묵룡이선에 이르지 못하고 그 바로 앞쪽 바다에 떨어졌다.

석포가 떨어진 자리에서 거대한 물 분수들이 쉬지 않고 일어났다.

"이 거리를 유지한다. 석포를 준비하고, 방패를 세워 적의 화살 공격에 대비하라!"

적의 석포 공격이 시작되자 대전사 석다산이 명을 내렸다.

그러자 묵룡이선이 해적선에 더 이상 접근하지 않고 적의 석포가 닿지 않는 거리를 유지한 채 해적선 주위를 돌기 시작했다.

그사이 일부 전사들이 갑판에 해적선 방향으로 방패를 세웠고, 또 다른 전사들은 빠르게 석포를 고정시켰다.

"발사!"

석포가 준비되자 석다산이 지체하지 않고 공격 명령을 내렸다.

그러자 전사들이 묵룡대선 최고 병기라 할 수 있는 해전용 석포를 쏘기 시작했다.

쾅쾅쾅!

요란한 석포 소리가 터져 나오고, 육지의 공성전에서 쓰는 포환의 절반 정도 크기인 포환이 해적선을 향해 날아갔다.

그렇게 날아간 포환들은 정확하게 해적선을 적중시켰다.

십이귀선의 해적들이 쏜 석포가 묵룡이선에 미치지 못하는 것을 생각하면 묵룡대선의 석포 사거리는 해적들의 석포에 비해 십여 장 이상 긴 것이었다.

사실 묵룡이선에 실린 석포들은 해전을 위해 특별하게 제작된 것들이었다. 독안룡 탑살은 오랜 해전 경험을 바탕으로 묵룡이선의 석포들의 무게를 늘려 위력을 키우기보다 사거리를 늘리는데 집중했다.

해전에서는 석포의 위력보다 거리 싸움이 승패를 좌우한다고 판단했기 때문이었다.

또한 사거리의 우세를 바탕으로 승리를 취하기 위해선 배의 속도가 중요했다. 적의 사거리 안으로는 들어가지 않으면서도 적을 공격할 수 있는 적당한 거리를 유지해야 때문이었다.

당연히 노련한 조타수가 반드시 필요했다.

그런 의미에서 묵룡이선은 모든 것을 갖춘 전선이었다. 빠른 속도와 노련한 조타장을 모두 갖추고 있는 묵룡이선이었다.

그렇게 뛰어난 해전 능력을 갖춘 묵룡이선의 위력은 금세 드러났다.

콰콰쾅!

적선을 때린 석포들이 해적선을 부수기 시작했다.

해적선의 측면에 구멍이 뚫려 배 아래쪽 선실이 모습을 드러냈다.

"돛대 아래 갑판에 석포를 집중하라. 돛대를 세운 갑판을 부수면 돛대도 자연히 무너질 것이다."

석다산이 침착하게 명을 내렸다.

그러자 석포를 쏘는 전사들이 조금씩 석포의 방향을 조절해가면서 다섯 개의 돛대가 뿌리를 박고 있는 갑판을 향해 재차 석포를 쏘기 시작했다.

석다산의 예상은 정확했다.

돛대 부근에 집중적으로 석포를 날리기 시작한 지 얼마 되지 않아 해적선의 돛대가 무너지기 시작했다.

쿠쿠쿵!

한번 무너지기 시작한 돛대는 해전선의 갑판을 가로질러 눕더니, 그대로 바닷속으로 달고 있던 돛을 떨어뜨리며 무너졌다.

돛대가 자신들의 갑판을 덮치자 해적들 사이에서 당혹스러운 외침이 연이어 터져 나왔다.

"이젠 전선의 후미에 석포를 집중하라. 수장시킨다!"

석다산이 돛이 무너져 기동력을 잃은 적선을 향해 최후의 공격을 명했다.

그러자 묵룡대선의 전사들이 석다산의 명에 따라 해적선의 후미, 배의 방향을 잡아주는 방향타가 있는 곳을 향해 석포를 쏟아붓기 시작했다.

콰지직!

해적선의 후미가 단번에 부서져 나갔다. 그러자 해적선이 급격하게 기울어지기 시작했다.

"좀 더 퍼부어! 완전히 박살을 내버려라!"

적선이 기울어지기 시작하자 묵룡대선의 전사들이 전의를 끌어올리며 소리쳤다.

그런데 그 순간 돛대 중간에 매달려 있던 무한이 소리쳤다.

"다른 배가 옵니다! 거리는 있지만 화살 공격을 준비하는 것 같습니다."

무한이 경고에 석다산이 재빨리 시선을 서쪽으로 돌렸다. 그러자 그의 눈에 북쪽에서 추격을 시작했던 해적선이 뒤늦게 묵룡이선을 향해 다가오는 것이 보였다.

"놈들 방향으로 방패진을 형성한다. 공구! 배의 속도를 높여라. 침몰하는 배를 우회해 놈들의 후미로 붙는다!"

석다산이 명을 내렸다.

"알겠습니다, 대전사님!"

조타장 공구의 대답이 들린 직후, 서쪽에서 나타난 해적선에서 하늘을 가득 메우며 화살이 날아들었다.

"조심해, 화살이다!"

묵룡이선의 전사들이 소리치며 사방으로 몸을 피했다.

아직 갑판의 방패진이 새로운 적을 향해 제대로 형성되지 않은 상태여서 적의 화살 공격은 큰 위협이 되고 있었다.

퍼퍼퍽!

바다를 건너온 화살들이 묵룡이선의 갑판에 소나기처럼 쏟아졌다.

"욱!"

"컥!"

급히 대비한다고 했지만 비처럼 쏟아지는 화살 공격에 당하는 선원들이 나오기 시작했다. 생각보다 적의 화살이 가지고 있는 위력이 뛰어난 것 같았다.

"서둘러 방패진을 완성하라!"

석다산이 사자처럼 명을 내렸다.

그러자 묵룡대선의 전사들이 쏟아지는 화살 아래서도 큰 방패들을 배 후미에 세워 적의 화살을 막기 시작했다.

퍼퍼퍽!

다시 한번 날아온 화살들이 이번에는 방패에 꽂혔다. 다행히 진형을 갖추기 시작한 방패진으로 인해 더 이상의 희생자는 나오지 않았다.

"속도를 높여라!"

석다산이 공구를 재촉했다.

"예, 대전사님!"

조타장 공구의 대답이 들리고, 묵룡이선이 우측으로 기울기 시작하면서 침몰하는 해전선의 후미 쪽으로 급격하게 회전하기 시작했다.

콰아아!

다시 한번 급격한 방향 전환으로 일어난 파도가 기울어진 묵룡이선의 선체를 덮쳤다.

"꽉들 잡아!"

누군가의 경고가 터져 나왔다.

하지만 경고가 나오기 전에 이미 묵룡이선의 선원들은 단단히 자리를 잡고 배의 회전에 대비하고 있었다.

쿠우우!

타원을 그리면서 속도를 내기 시작한 묵룡이선은 쓰러질 것 같은 위태로운 자세를 취하면서도 균형을 잃지 않고 빠르게 이동했다.

묵룡이선이 그들이 침몰시킨 해적선을 가운데 두고 우회하면서 새로 나타나 화살 공격을 퍼부은 해적선의 시야에서 사라졌다.

시야가 막히자 화살 공격도 멈췄다.

"우리도 좀 놀아보자!

침몰하는 해적선을 방패로 적의 공격을 피한 후 대전사 석다산이 소리쳤다.

그러자 묵룡대선의 전사들이 일제히 석다산에게 시선을 돌려 다음 명을 기다렸다.

"철궁을 쏜다. 궁수들은 배 앞쪽으로 이동하라. 방패진도 배 앞쪽으로 옮겨 궁수들을 보호한다!"

석다산의 명이 떨어지자 묵룡대선의 전사들이 일제히 선수(船首)로 이동했다.

그리고 배 앞쪽에 단단히 방패진을 형성한 후. 그 뒤로 두 명이 한 조를 이뤄 사거리가 길고 강력한 위력을 지닌 묵룡이선의 철궁을 적들을 향해 세웠다.

"조타장, 놈들의 꼬리를 잡는다."

"예, 대전사님!"

조타장 공구가 대답을 한 후 묵룡이선의 속도를 조금 더 높였다.

쿠우우우!

묵룡이선이 순식간에 침몰하는 해적선 뒤쪽으로 빠져나가면서 화살로 그들을 공격했던 다른 해적선의 후미로 따라붙었다.

그러자 해적선에서 후방을 향해 다시 화살을 날리기 시작했다.

그러나 아직은 두 배의 거리가 화살이 미치는 거리가 아니어서 해적들이 날린 화살들은 묵룡이선에 닿지 않았다.

"장전!"

적이 화살을 날리기 시작하자 석다산도 명을 내렸다.

그러자 묵룡이선의 전사들이 해전에서 사용하는 거대한 철궁을 다리에 걸어 시위를 당겼다.

두 사람의 한 조를 이뤄 다루는 묵룡대선의 철궁은 사거리와 위력 면에서 보통의 활과 비교할 수 없을 만큼 강했다.

"발사!"

석다산이 명을 내리자 십여 개의 철궁이 일제히 화살을 발사했다.

쾅쾅!

팽팽한 시위가 화살을 밀어내는 소리가 마치 석포 쏘는 소리처럼 강력하게 일어났다.

그리고 시위를 떠난 화살이 무서운 속도로 적선을 향해 날아가 꽂혔다.

"악!"

두 배의 거리가 제법 멀었지만 미미하게나마 해적선에서 일어난 비명 소리가 들려오는 것 같았다.

"다섯 사람이 쓰러졌어요!"

무한이 돛대 중간에서 소리쳤다.

"그게 보이냐?"

이문술이 믿을 수 없다는 듯 무한에게 되물었다.

"예, 그리고 화살을 삼사 장 더 멀리 날려야 할 것 같아요. 죽은 자가 나와서 그런지 적들이 배의 앞쪽으로 물러나 있어요."

무한이 다시 소리쳤다.

그러자 석다산이 궁수들을 향해 소리쳤다.

"모두 들었나? 삼사 장 거리를 늘려 조준한다."

"예, 대전사님!"

석다산의 명을 들은 궁수들이 미세하게 화살의 조준점을 바꿨다.

"발사!"

궁수들의 준비가 끝나자 석다산이 다시 명을 내렸다.

쾅쾅!

철궁들이 다시 강전을 적선을 향해 쏘아 보냈다.

그리고 이번에는 공격이 한 번에 끝나지 않았다. 미처 앞서 쏘아 보낸 화살이 적선에 꽂히기도 전에 두 번째 화살이 발사됐다.

쾅쾅쾅!

연이어 발사되는 철궁 소리에 묵룡이선의 갑판이 육지의 전쟁 터처럼 소란스러워졌다.

그 소란 속에서도 무한은 여전히 적선을 향해 날아가는 화살들을 주시하고 있었다.

"칸! 어떠냐?"

석다산이 백여 대의 화살을 발사한 뒤에 무한에게 물었다.

"수십 명이 당한 것 같아요. 반격할 여유는 없을 것 같습니다."

무한이 침착하게 대답했다.

"좋아. 그럼 접근해서 석포로 끝낸다. 조타장! 거리를 좁혀라!"

"예, 대전사님!"

석다산의 명에 조타장 공구가 힘차게 대답했다. 승기를 잡았다고 생각하는지 대답하는 그의 목소리에서 강렬한 전의가 느껴진다.

"이제 석포다! 측면에서 공격할 것이다."

"예, 대전사님!"

석다산의 명에 묵룡이선 전사들의 호기로운 대답이 들려왔다.

뒤를 이어 석포를 다루는 전사들이 묵룡이선의 오른쪽 갑판으로 이동해 석포를 재배치했다.

묵룡대선이 자랑하는 강궁에 큰 피해를 입은 해적선은 묵룡이선의 접근을 피할 수 없었다.

묵룡이선이 낼 수 있는 최고의 속도를 내자 순식간에 해적선과 어깨를 나란히 했다.

"발사!"

적선과 수평으로 선체를 맞추는 순간 석다산이 빠르게 명을 내렸다.

그러자 묵룡이선에서 여지없이 석포가 발사됐다.

쾅쾅쾅!

강력한 석포의 발사음이 터져 나오자마자 십여 개의 포환들이 해적선을 향해 날아갔다.

그러자 해적선에서도 뒤늦게 석포를 쏘는 소리가 터져 나왔다.

양쪽에서 쏘아 올린 돌덩어리들이 허공에서 교차해서 반대 방향을 향해 날아갔다.

그러나 결과는 극명하게 갈렸다.

묵룡이선에서 쏘아 올린 석포들은 정확하게 해적선을 격중시켰으나, 십이귀선의 해적선에서 쏜 포환들은 묵룡이선에 도달하지 못하고 배 바로 옆에서 떨어졌다.

쿵쿵쿵!

묵직한 소음과 함께 해적선이 부서지기 시작했다. 배의 옆구리에 구멍이 뚫리고 돛대가 부러져 나갔다.

첫 격돌 후 더 이상 반격도 없었다. 이미 해적선에 실린 석포들은 묵룡이선에서 날아온 포환에 맞아 제 기능을 할 수 없게 된 것이다.

그 후로는 더 이상 싸움이랄 수 없는 싸움이 이어졌다.

무한 역시 더 이상 돛대에 매달려 있을 이유가 없었다. 무한이 빠르게 돛대에서 내려와 배의 난간으로 달려갔다.

여전히 방패를 들어 방패진을 형성한 전사들 뒤쪽에서 아적삼과 선원들도 방패 하나씩을 꺼내 들고 적선을 바라보고 있었다.

수십 개의 석포에 격중당한 적선은 기동력을 잃고 제자리를 맴돌고 있었다.

"끝난 거 같군요."

아적삼 옆으로 다가선 무한이 말했다.

"어? 내려왔어?"

아적삼이 파괴되는 적선을 바라보고 있다가 무한이 옆에 서자 놀란 표정으로 되물었다.

"더 있을 이유가 없을 것 같아서요."

"음, 싸움은 끝났다고 봐야겠지. 하지만 마지막 발악이라는 것이 있으니까."

"할 게 없을 것 같은데요?"

무한은 십이귀선의 해적들이 마지막 발악조차 할 수 없는 상태라고 생각했다.

그만큼 그들이 입은 피해가 컸고, 새로 건조된 묵룡이선의 힘은 강했다.

"그래도 확실히 끝을 내야지. 최후는 역시 백병전이 멋있는데."

옆에서 이문술이 검을 빼 들고 전의를 불태웠다.

그러나 이문술의 바람은 이뤄지지 않았다. 그가 적선으로 넘어갈 준비를 하는 순간 예상과 다른 석다산의 명이 들려왔기 때문이었다.

"이십 장 안쪽으로 접근해 화전(火箭)을 날리고 물러난다. 반격의 기회를 주지 말고 수장시켜라!"

"어! 그냥 수장시킬 생각이신 모양이네."

이문술이 놀란 표정으로 말했다.

"백병전은 우리 쪽 피해도 감수해야 하니까."

아적삼이 말했다.

"그래도 저 두 척의 배에는 십이귀선의 우두머리들인 십이귀장 중 한둘은 타고 있을 것 아냐. 그들을 사로잡는 것은 큰 성과인데……."

"해적 놈들 잡아서 뭐 하게?"

아적삼이 퉁명스럽게 물었다.

"그, 그야 뭐… 하긴 그러고 보니 딱히 잡을 이유가 없군. 잡아도 결국 죽일 놈들이니까."

이문술이 뒤늦게 고개를 끄떡였다.

"깨끗하게 끝내는 게 좋다고 생각하신 거지. 해적은 해적답게 바다에서 배와 함께 죽는 것이 좋아. 그런 면에서 놈들에게 은혜를 베푸는 거라고 할 수도 있겠군."

아적삼이 냉정하게 말했다.

"그래도 뭐 은혜씩이나… 결국 죽는 건데."

이문술이 떨떠름한 표정으로 말했다.

순식간에 묵룡이선은 해적선과의 거리를 이십여 장까지 좁히고 있었다.

그리고 촉을 기름천으로 감은 불화살들이 준비됐다.

"쏴라!"

석다산은 망설임이 없었다. 평소에 결정은 신중해도 행동은 단호하기로 유명한 석다산이었다.

그런 석다산의 단호함은 묵룡대선의 전사들에게도 영향을 미쳤다. 묵룡대선의 전사들은 석다산의 명에 어떤 의구심도 품지 않았다.

그래서 명령이 떨어지는 즉시 묵룡이선에서 해적선을 향해 불화살이 날아가기 시작했다.

쿵쿵!

불화살과 동시에 석포도 다시 가동됐다.

그런데 이번에 석포가 쏘아 올리는 것은 포환이 아니라 어린아이 머리통만 한 기름통들이었다.

적선에 떨어진 기름통은 그 충격으로 박살이 나고 그 안에 들어 있던 기름을 갑판에 쏟아냈다.

그리고 그 위에 불화살이 떨어지자 해적선이 순식간에 불길에 휩싸였다.

화르르!

기름을 태우며 타오르는 불길이 순식간에 해적선을 집어삼켰다.

"악!"

"배를 버려라! 바다로 뛰어 내려!"

해적선에서 아비규환의 목소리가 터져 나왔다. 물론 그중에는 독한 해적들도 있었다.

"죽더라도 반격해. 화살을 쏴라! 한 놈이라도 죽이고 죽자!"

반격을 지시하는 독한 자들의 명령이 비명에 섞여 들려오고, 몇 대의 화살이 정말 묵룡이선을 향해 날아왔다.

그러나 그 화살들은 용전사들의 방패에 막혀 바다로 튕겨 나갔다.

"물러난다. 화살이 닿지 않는 거리로!"

석다산이 다시 명을 내렸다.

적의 화살이 위협적이지는 않지만, 그래도 만에 하나 선원들이 다칠 수도 있기 때문이었다.

석다산의 명에 따라 적선에 불화살과 기름통을 퍼부은 묵룡이선이 빠르게 해적선으로부터 멀어지기 시작했다.

"후우……."

무한이 깊은숨을 내뱉었다.

싸울 때는 몰랐지만, 막상 공격을 멈추고 불타는 배 안에서 살려고 소리치며 바다로 뛰어드는 해적들을 보고 있으려니 마음이 무거워지는 무한이었다.

"해적들이다. 살아 있으면 다른 사람을 죽일 자들이지. 그것도 대부분 죄 없는 양민을!"

무한의 마음을 읽은 아적삼이 단호하게 말했다.

무한은 묵룡대선의 전사였다. 앞으로 지금과 같은 일을 수없이 겪어야 할 것이다. 그럴 때마다 이런 감정에 휩싸인다면 무한을 위해 좋을 것이 없었다.

검을 든 자들, 전사들에게 독심은 반드시 필요한 것이었다.

"알고 있어요."

아적삼의 걱정하는 이유를 알고 있는 무한이 담담하게 대답했다.

"사람 목숨 귀한 걸 잊으라는 말이 아니다. 다만 전사란 죽여야 할 자는 반드시 죽여야 한다는 의미다. 그렇지 않으면… 결국 후환이 된다."

아적삼이 냉정하게 말했다.

이 사실은 그가 궁산 비룡성에서 화살받이로 쓰이던 때부터 몸으로 체득한 진리였다.

"알았어요. 하지만 전 그래도 되도록 싸움을 피하는 쪽을 선택하겠어요. 그게… 낫지 않겠어요?"

무한이 되물었다.

그런데 그 순간 다시 무한을 독하게 채근하려던 아적삼이 멈칫한 표정을 지었다.

무한의 눈에서 자신이 짐작했던 두려움이나 우울함이 아닌 강한 의지를 보았기 때문이었다.

그리고 그 순간 깨달았다. 무한이 이런 말을 하는 것은 마음이 약해서가 아니라는 것을.

"죽이지 않고 모두가 살길이 있으면 그게 더 좋긴 하지."

옆에서 이문술이 중얼거렸다.

그러자 이번에는 아적삼이 가볍게 한숨을 내쉬었다.

"후우……."

"왜요? 제 대답이 마음에 들지 않으세요?"

무한이 물었다.

"아니, 그런 건 아니고. 다만 네가 이 일에 어울리는 사람인가 해서……."

"그렇다고 싸우지 않겠다는 건 아니에요. 싸워야 할 때는 싸워야죠."

"알고 있다. 필요하면 넌 누구보다 열심히 싸울 거라는 걸. 하지만 싸우지 않고 모두가 살 수 있는 방법을 먼저 찾는 한, 넌 항상 적에서 선수를 빼앗길 것이다. 그리고 그 불리함을 극복하고 승리하려면 넌… 무척 강해져야 할 거야."

무인들의 세계, 전사들의 싸움에선 오직 강한 자만이 싸우지 않고 이길 수 있다는 것을 알고 있는 아적삼이다.

그러자 무한이 다시 한번 아적삼이 예상하지 못한 대답을 했다.

"그럼 뭐! 강해지면 되죠."

"응?"

"강해지겠다고요. 아버지가 걱정하지 않을 만큼요."

"그… 그거야……."

예상치 못한 무한의 대답에 아적삼이 당황한 듯 말을 얼버무렸다.

그런 아적삼에게 무한이 다가와 장난스레 귓속말을 속삭였다.

"아시잖아요? 이미 제가 굉장히 강하다는 걸."

"그… 그렇구나. 내가 또 잠시 잊었다. 네가……."

아적삼이 말을 하다 말고 자신의 손으로 자기 입을 닫았다. 하마터면 무한이 빛의 술사의 힘을 이어받았다는 것을 입에 올릴 뻔했기 때문이었다.

"그럼 아버지도 제 방식에도 동의하시는 거죠?"

무한이 웃으며 물었다.

그러자 아적삼이 싱거운 미소를 지었다.

"내가 동의하고 말고 할 필요가 있겠느냐? 세상에서 가장 고귀하신 아드님인데……."

"화나신 건 아니죠?"

무한이 다시 물었다.

"화는… 그냥 네가 조금 무겁게 살아가야 할 것 같아 마음이 쓰일 뿐이다. 본래… 그럴 생각은 없었지 않느냐?"

"그야 그렇죠. 그러나 어쩌겠어요. 운명이 그렇게 되어가는 걸."

"그래. 가끔은 그렇게 운명에 순응하는 것도 좋다. 아무튼 이 싸움은 끝났고, 서둘러 서흑도로 가야겠구나."

아적삼이 배의 절반 이상이 바다에 침몰한 두 척의 해적선을 보며 말했다.

이제 해적선들이 회생할 가능성은 없었다. 다만 침몰하는 해적선을 탈출한 자들 중 몇몇이 작은 판자에 몸을 의지한 채 높은 파도를 버텨내며 살기 위해 힘을 쓰고 있었다.

"저들 중 살아남을 자가 있을까요?"

무한이 물었다.

"서흑도까지 헤엄쳐 갈 수 있다면 가능하지. 하지만… 이 파도는 심상치 않구나."

아적삼의 말처럼 언제부터인가 파도가 크게 일어나고 있었다. 하늘이 어두운 것은 아니었지만 바람은 심하게 불고 있었다.

"태풍이라도 오는 걸까요?"

무한이 손을 들어 빠르게 바다 내음을 싣고 강하게 불어대는 바람을 움켜잡으며 말했다.

"아마도 곧 하늘에 구름이 가득 찰 것이다. 비를 몰고 오는 바람이야. 이대로라면 묵룡이선이 태풍이 오기 전 서흑도로 돌아

가기에도 빠듯한 시간이다. 하물며 바다를 표류하는 사람들이
야……."

아적삼이 아비규환의 바다를 보며 중얼거렸다.

그때 대전사 석다산의 목소리가 들렸다.

"서흑도로 돌아간다. 배를 돌려라!"

"그냥 두고 갑니까?"

묵룡대선의 전사 중 한 명이 소리쳐 물었다.

아마도 십이귀선의 해적들에게 강한 적개심을 가진 전사인 듯
보였다.

"큰 바람이 오고 있다. 비도 내릴 것이다. 아무도 살아남지 못
할 것이다. 그래도 살아남은 자는 하늘이 아직 데려갈 뜻이 없
다는 거겠지. 이 바람은 우리도 위험하다. 서둘러 서흑도로 돌
아가 돈강을 타야 한다. 늦으면 검왕께서 위험해지실 수도 있다.
배를 돌려라! 전속력으로 돌아간다!"

"예! 대전사님!"

단호한 대전사 석다산의 명에 묵룡대선의 선원들이 일제히 대
답했다.

제2장

기습

철썩철썩!

강물이 강변에 무성하게 자란 수목을 쳐댔다.

밀림 사이를 흐르는 돈강은 강변을 따라 자란 나무들로 가득
차 있었다. 우기에는 강이 되었다가, 건기에는 숲이 되는 땅이
다.

하늘을 메우며 몰려드는 먹구름, 그리고 강물을 파도처럼 출
렁이게 만드는 바람은 이제 곧 우기가 시작된다는 의미였다.

숲은 거친 물결로 인해 끊임없이 흔들렸다. 아름드리나무들이
웅장한 소리를 내며 불어오는 폭풍을 먼저 알렸다.

그리고 그 바람의 소란스러움을 이용해 적지 않은 사람들이
은밀하게 달리고 있었다.

불어올 폭풍을 예감하고 안전한 곳으로 몸을 피하는 짐승들

처럼, 사람들은 강물과 땅의 경계를 따라 빠르게 이동했다.

숲을 달리는 사람들은 거친 옷감으로 투박하게 만든 옷을 입었고, 그 위에는 단단한 나무를 이용해 만든 조악한 갑주를 걸친 누번족의 전사들이었다.

그리고 그들과 다른 조금 이질적인 사람들도 누번족의 전사들 틈에 섞여 숲을 달렸다.

서흑도에 들어온, 독사검왕 서군문이 이끄는 묵룡대선의 전사들이었다.

훅훅훅!

누번족 전사들은 격하지만 규칙적인 호흡을 하며 달렸다. 밀림을 쉬지 않고 달리기 위한 그들만은 호흡법인 듯싶었다.

그런 누번족 전사들의 호흡을 보면서 묵룡대선의 전사들은 새삼스레 누번족 전사들의 강인함에 감탄했다.

무종을 얻을 수 있는 환경이 아니라서 그렇지 만약 이들이 누구에게서 무종을 얻었다면, 그 누구보다 강한 무인이 되었을 거란 확신이 들 정도였다.

특히 가장 선두에서 길을 달리는 두 명의 전사 우발과 사담은 족장 테긴이 아끼는 전사들답게 다른 누번족 전사들에게 비해 탁월한 움직임을 보였다.

그들은 거칠고 습한 밀림을 마치 마른 평지를 달리듯 빠르게 헤쳐 나가고 있었다.

덕분에 묵룡대선의 전사들과 누번족 전사 서른 명은 금세 목적지에 도달했다.

"저곳입니다."

거칠게 몰아치는 바람 속에서 갑자기 걸음을 멈춘 누번족 전사 우발이 바람에 머리카락을 날리며 말했다.

그의 시선은 자신의 뒤를 바싹 따르고 있던 독사검왕 서군문에게 향해 있었다.

그의 눈빛에서 서군문은 적에 대한 우발의 살의를 느낄 수 있었다.

"잠깐 휴식을 취하면서 힘을 회복한 후 기습하세."

우발이 마치 한 마리 맹수 같다고 느끼면서, 서군문이 말했다.

"알겠습니다."

우발은 자신들의 부족을 반역의 소용돌이에서 구해준 서군문을 완전히 신뢰하는 듯 보였다.

우발이 서군문의 말에 따라 동료 전사들에게 다가가 휴식을 취하게 하는 사이 서군문이 이번에는 이산과 사비옥에게 명을 내렸다.

"한 바퀴 돌고 오너라."

"알겠습니다."

이산과 사비옥이 서군문의 명이 무슨 의미인지 알아듣고 빠르게 숲 사이로 사라졌다.

밀림을 달려온 일행 앞에는 누번족 마을보다는 작지만, 훨씬 단단해 보이는 작은 영채가 서 있었다.

영채 주변으로 이 장 이상 높이의 통나무를 이어 만든 높은 방책이 세워져 있었고, 그 안에 있는 다섯 채의 건물 역시 원주족들의 가옥과 달리 무척 견고해 보였다.

"이 섬을 십이귀선의 영지로 만들려고 했다는 말이 거짓은 아닌 듯합니다."

묵룡대선의 노련한 전사 전중삼이 눈앞에 보이는 밀림 속 십이귀선 해적들의 영채를 보며 말했다.

"좋은 위치다."

독사검왕 서군문이 대답했다.

"공격이 쉽지 않을 것 같습니다만……."

전중삼이 단단한 방책을 보며 걱정스럽게 말했다.

"괜찮아. 한 곳만 뚫으면 된다. 더군다나 영채 안에 십이귀장 정도의 무인은 없다고 했으니까."

"역시 관건은 세 척의 해적선이군요. 그들이 온다면 위험할 겁니다."

전사 송각이 말했다.

"그들이야 묵룡이선이 막아내겠지."

전중삼이 송각의 걱정에 대꾸했다.

"그러면 좋겠지만 세 척을 모두 제압하는 것은 쉬운 일이 아닐세. 더군다나 그들 중 한 척이라도 묵룡이선과 싸우지 않고 이곳으로 먼저 올라오면……."

"그래도 상관없다."

서군문이 담담하게 대답했다.

"…생각해 두신 계획이라도……?"

"애초에 이 계획은 적선 중 한 척은 이곳으로 올라올 것이라는 예상하에 세운 것이다. 그래서 화공을 선택한 것이다."

"화공이 단지 방책을 쓰러뜨리기 위한 준비만은 아니었군요?"

"화공을 쓰고 밖으로 나오는 자들을 먼저 친다. 불길이 잦아들면 그때 영채 안으로 들어간다. 그럼 피해를 최소화할 수 있을 것이다. 누번족 전사들과 우리의 전력은 사십여 명… 나중에 해적선 한 척이 올라온다 해도 놈들을 충분히 감당할 수 있을 것이다. 문제는… 이곳에서의 싸움 중에 그들이 나타나면 곤란하다는 거지. 그래서 최대한 빨리 이 싸움을 끝내고 해적선의 등장에 대비해야 한다."

서군문의 말에 송각이 고개를 갸웃했다.

"그러자면 화공 중에 영채로 치고 들어가야 하는 것 아닙니까? 그래야 싸움을 빨리 끝낼 수 있을 테니……."

"그럼 누번족의 피해가 커진다."

서군문이 단호하게 말했다.

"그럼 결국……."

송각이 다시 입을 열려다가 전중삼의 눈짓에 입을 다물었다.

말은 담담하게 했지만 서군문 역시 자신이 계획한 이 싸움의 결과에 대해 확신하고 있지 못하다는 것을 그제야 깨달은 것이다.

다만 서군문은 무리의 우두머리로서 그 불안감을 드러내지 않고 있을 뿐이었다.

"칸의 발이 빠르길 바라야겠군요."

송각의 말을 막은 전중삼이 중얼거렸다.

"그 아이는 충분히 제시간에 도착했을 거야. 사실 이 계획은 그 아이의 **빠른** 발을 계산해서 세워진 거다. 아니라면 난 이곳으로 오는 대신 누번족 마을에 방책을 세우고 장기전을 택했을 것이다. 물론 그렇게 되면 놈들이 도주를 선택할 수도 있었겠지만……."

서군문이 말했다.

그때 인기척이 들리는가 싶더니 주변을 살피러 갔던 이산과 사비옥이 돌아왔다.

"다녀왔습니다."

서군문 앞에 이른 사비옥이 나직하게 말했다.

"방책 외곽에서 경비를 서는 자는?"

"동쪽과 북쪽 그리고 서쪽의 큰 나무 위에 숨어서 감시하는 자들이 있습니다."

"제압이 가능하겠느냐?"

"화살 몇 대면 가능합니다."

"좋아. 놈들을 먼저 제압하고 영채를 포위한다. 이후 즉시 화공을 쓴다!"

서군문이 얼굴을 굳히며 말했다.

*　　　　　*　　　　　*

독사검왕 서군문이 직접 철궁을 들었다.

그 뒤에서 하연이 긴장한 표정으로 서군문을 바라보고 있었다.

그리고 다시 그 뒤쪽에는 수십 명의 누번족 전사들이 침을 삼키며 서군문을 바라보고 있었다.

포위는 삼면으로 이뤄질 것이다. 남쪽은 돈강과 접해 있어 포위를 할 이유가 없었다.

물론 강으로 도주하는 자가 있을 수도 있지만, 그렇다고 강 쪽에 포위망을 형성하는 것은 자신을 적에게 노출시키는 일이었다.

삼면을 포위한 전사들의 지휘는 독사검왕 서군문, 중견전사 전중삼과 송각이 각기 나누어 맡았다.

이산과 사비옥은 전중삼을 지원하고 있었고, 소독과 왕도문은 송각을 돕고 있었다. 그래서 서군문 곁에 남은 사람이 하연이었다.

"시작해 볼까?"

독사검왕 서군문이 나직하게 중얼거렸다.

그러고 나서 천천히 철궁을 들어 올려 겉으로 보기에는 아무것도 없는 것 같은 밀림의 거대한 나무를 겨눴다.

그리고 날카로운 화살촉이 어둠 속에서 반짝 빛을 발하는 순간 화살이 시위를 떠났다.

퍽!

"큭!"

나직한 신음 소리가 거대한 나무 위에서 흘러나왔다.

누번족의 전사들은 그 소리를 듣지 못했지만, 서군문과 하연은 분명히 그 소리를 들었다.

경계를 서는 자의 죽음을 소리로 확인한 서군문이 고개를 돌려 누번족 전사 우발에게 말했다.

"시작하게."

"…알겠습니다."

적이 죽었는지 자신의 눈으로 확인하지 못한 우발이 잠시 망설이는 듯하다가 서군문에 대한 믿음으로 즉시 계획된 행동을 개시했다.

"가세."

우발이 뒤를 돌아보며 십수 명의 누번족 전사들에게 말했다. 그리고 그 자신이 먼저 큼직한 기름 주머니를 들고 십이귀선 해적들의 밀림 속 영채를 향해 다가갔다.

나무 위에서 경계를 서는 자들을 믿고 있어서인지 방책 아래를 경계하는 자들은 없었다.

누번족 전사들은 그래도 최대한 소리를 내지 않고 방책을 따라 걸으며 방책에 기름을 부었다.

어둠 속에서 들짐승처럼 움직이는 누번족 전사들을 서군문은 묵묵히 지켜보고 있었다.

"다른 쪽을 확인하고 올까요?"

하연이 서군문에게 물었다.

화공은 동시에 해야 그 효과가 크기 때문에 다른 쪽 준비 상황도 중요했다.

하지만 서군문은 고개를 저었다.

"아니, 됐다. 일이 잘못되었으면 벌써 소란해졌을 테지. 크지도 않은 영채인데."

"그렇군요. 알겠습니다."

하연이 서군문의 말에 수긍했다.

"그나저나 너희들이 고생을 좀 해야겠다. 일단 화공이 시작되면 은밀히 영채 안으로 들어가 건물에 불을 붙이는 것은 너희들 몫이다."

"알겠습니다."

하연이 대답했다.

"불을 붙인 후에는 즉시 영채를 벗어나라. 괜히 그 안에서 싸울 필요가 없다. 오히려 이 계획에 방해가 된다."

"알고 있습니다."

하연이 서군문의 당부에 다부진 표정으로 대답했다.

그때 방책에 접근해 기름을 뿌린 누번족 전사들이 돌아왔다.

"끝났습니다. 북쪽 형제들도 만났습니다."

누번족 전사 우발이 서군문에게 고개를 숙여 보이며 말했다.

"수고했네. 그럼 뒤로 물러나 포위망을 구축하게."

"알겠습니다."

"불이 나면 한시도 영채에서 눈을 떼면 안 되네. 달아나는 자가 없도록 하게."

"명심하겠습니다."

"준비하게."

서군문의 말에 우발이 다시 한번 가볍게 고개를 숙여 보이고 누번족 전사들과 함께 숲으로 물러났다.

우발이 물러가자 서군문이 다시 철궁을 들어 올렸다. 그리고 손을 하연에게 내밀었다.

하연이 재빨리 들고 있던 전통에서 화살 두 개를 꺼내 한 대는 땅에 거꾸로 꽂고 다른 하나는 서군문에게 건넸다.

서군문이 화살을 받아 들자 하연이 재빨리 부싯돌을 꺼내 땅에 거꾸로 꽂은 화살 끝에 불을 붙였다.

탁탁!

두어 번 부싯돌을 부딪치자 불꽃이 일어나 기름 먹인 천으로 감은 화살촉에 옮겨붙었다.

그러자 서군문이 화살을 시위에 건 채 타오르는 불꽃에 화살을 대어 불을 붙였다. 그리고 지체하지 않고 방책을 향해 불화살을 쏘아 보냈다.

퍽퍽퍽퍽!

서군문은 쉬지 않고 십여 대의 불화살을 방책으로 쏘아 보냈다. 그러자 금세 영채를 둘러싸고 있던 방책이 불타오르기 시작했다.

그리고 뒤를 이어 북쪽과 동쪽에서도 불길이 치솟기 시작했다.

화르르!

단단한 방책이 순식간에 거대한 화마에 휩싸였다.

뒤를 이어 방책 안에서 당황한 해적들의 외침이 들려오기 시작했다.

"불이다!"

"뭐야? 누가 불을 낸 거야?"

"적이 왔느냐?"

"적의 공격은 없습니다!"

방책 안에서 갑작스레 솟구치는 불길에 놀란 해적들의 아우성이 점점 커져갔다.

그러자 서군문이 하연에게 명을 내렸다.

"이젠, 너희들 차례다!"

"예, 검왕님!"

"조심하고!"

"해적들 따위… 걱정 마세요!"

하연이 자신감을 드러내고는 훌쩍 몸을 날려 불타는 방책을 향해 달려가기 시작했다.

* * *

해적 차두의 눈이 벌겋게 충혈되었다.

방책을 불태우는 거대한 불빛에 반사되어 나타나는 현상은 아니었다.

그의 눈이 붉어진 것은 분노 때문이었다.

서흑도 내에 깊은 밀림 속에 위치한 이 영채는 해적 차두에게 특별한 의미가 있는 곳이었다.

십이귀장 와사불을 이십여 년 동안 따라다니며 온갖 궂은일을 하고 얻어낸 지위였다.

이 영채는 십이귀선의 해적들에게 무척 중요한 곳이었다.

십이귀선의 우두머리 무면귀 후탄은 지금 무산 해협 내에 여러 거점을 구축하기 위해 총력을 기울이고 있었다.

그중 한 곳은 일여 년 전 신마성이 본래의 주인을 내쫓고 점령한 북창 포구였다.

바다를 터전으로 하는 사람들은 북창이 갖고 있는 지리적 이점을 결코 포기할 수 없었다.

북창을 얻으면 육주의 바다나 무산 해협, 혹은 파나류 내륙으로 이어지는 모든 뱃길을 통제할 수 있었다.

그런 북창의 주인이 되는 순간 십이귀선은 해적의 무리가 아니라 당당한 파나류 북부의 정당한 해상 세력으로 자리할 수 있었다.

그건 무면귀 후탄의 오랜 꿈이 실현되는 것이었다.

해적이 아닌 강력한 해상 세력을 꿈꿨던 무면귀 후탄의 첫 번째 시도는 오래전에 실패했다.

검은 마종 흑라의 추종자가 되어 육주 공략의 선봉에 섰던 그는 독안룡 탑살에게 막혀 다시 해적의 삶으로 돌아갈 수밖에 없었다.

그런 그에게 신마성의 출현은 다시 한번 해적의 삶을 청산할 기회를 주고 있었다.

그래서 그는 지금 북창에 있었다.

북창에서 신마성의 수뇌부와 협상을 통해 그는 신마성의 일원이 되고 대신 북창의 주인이 되고자 모든 노력을 다하고 있는 무면귀였다.

반면 무면귀는 해적으로서의 본능도 버리지 않았다.

만약의 경우 신마성이 자신의 제안을 거부할 때를 대비해 서흑도, 혹은 사해군도 내 다른 섬에 자신만의 은밀한 영지를 구축하려 하고 있었다.

서흑도는 그런 면에서 그에게 안성맞춤인 섬이었다.

깊은 밀림을 품고 있어서 외부의 침입이 쉽지 않고, 그 안에 사는 여러 원주족들은 사납기는 해도 십이귀선의 힘으로 충분히 제압할 수 있었다.

그래서 그는 세 척이나 되는 십이귀선을 서흑도로 보냈고, 십이귀장 중 손꼽히는 능력자인 와사불과 그 수하들을 서흑도에 상륙시켰던 것이다.

무면귀 후탄의 야심의 근거지가 되는 곳이 바로 이 영채였다.

그런 중요한 영채를 구축하고 지키는 일을 맡은 사람이 바로 해적 차두였던 것이다.

이곳에서의 일만 잘 수행하면 차두는 십이귀장의 자리를 충분히 노려볼 만한 지위에 오를 수 있었다.

그런데 그토록 중요한 서흑도의 영채가 불타고 있었다.

이대로 영채를 잃는다면 십이귀장은커녕 자신의 목숨조차 부지하기 힘들다는 것을 누구보다 잘 알고 있는 차두였다.

당연히 분노와 좌절을 느낄 수밖에 없는 상황이었다.

"대체 어떤 놈들의 짓이냐? 불을 낸 놈들을 찾아라!"

애써 침착함을 회복한 해적 차두가 울부짖듯 소리쳤다.

"놈들이 방책 외곽에서 불화살로 공격을 한 것 같습니다. 방책 안으로 들어온 자는 없습니다."

차두를 따르는 해적 한 명이 소리쳤다.

"방책 문을 열어라. 어떤 놈들인지 육시를 내겠다. 나머지는 어서 불을 꺼, 안으로 불이 번지지 못하게 하고!"

차두가 다시 명을 내렸다.

"방책 밖으로 나가시는 것은 위험합니다. 놈들의 매복이 있을 수 있습니다."

"놈들은 잡지 못하면 내가 죽는다. 무면귀께서, 아니, 와사불께서 영채를 태운 자의 정체도 모르는 날 살려두실 것 같으냐?"

"……"

차두의 추궁에 수하가 아무런 대꾸도 하지 못했다. 차두의 말이 사실이기 때문이었다.

무면귀 후탄이나 십이귀장 와사불은 절대 실수를 용납할 사람들이 아니었다.

그리고 차두 한 사람의 목숨쯤 그들에게는 아까울 것도 없었다.

"사람을 모아보겠습니다."

뒤늦게 수하 해적이 대답했다.

"서둘러라, 놈들이 도주하기 전에!"

차두가 수하를 재촉했다.

그런데 그때 차두의 운명을 더욱 더 구렁텅이로 끌어들이는 일이 벌어졌다.

화르륵!

갑자기 방책 안에 세워진 다섯 채의 건물 지붕에서도 불길이 치솟기 시작했다.

애초에 목재로 만든 건물이어서 한번 불이 붙자 무서울 정도로 타들어가기 시작했다.

"건물에 불이 붙었다. 건물의 불부터 꺼!"

지붕 위로 솟구치는 화마를 발견한 해적들이 소리를 지르기 시작했다.

"악!"

"피 피해!"

쿠쿠쿵!

불길에 휩싸인 건물을 향해 달려가던 해적들 사이에서 비명 소리가 터져 나왔다.

기름을 뿌렸는지 순식간에 화마에 휩싸인 건물이 무너지기 시작한 것이다.

"빌어먹을… 이게 대체 어떻게 된 일이란 말인가?"

해적 차두가 망연자실한 표정으로 중얼거렸다.

그의 목숨과도 같은 영채가 완전히 불타고 있었다. 방책에 불이 났을 때는 그나마 적을 잡고 방책을 다시 세우면 용서받을 수 있었지만, 방책 안에 세운 건물까지 불타고 나서는 도저히 용서받을 수 있는 상황이 아니었다.

방책이야 밀림에서 베어 온 통나무로 다시 지을 수 있지만, 영채 내 건물들은 외부에서 질 좋고, 잘 마른 목재를 십이귀선에 싣고 와서 지은 것들이기 때문이었다.

"채주님… 사람을 모았습니다만……."

넋이 나간 해적 차두에게 그의 수하가 역시 넋이 나간 얼굴로
말했다.

순간 차두의 눈에서 불꽃 같은 살기가 일어났다.

"좋아. 어차피 불을 끌 수 없는 상황이다. 이렇게 된 이상…
놈들이라도 반드시 잡아야 한다. 모두에게 전하라. 영채를 포기
하고 흉수를 추격한다. 일각 안에 모두 내 앞에 모이라고 해! 안
보이는 놈은 나중에라도 반드시 죽인다!"

"예, 채주!"

수하 해적이 차두의 기세에 겁을 먹고 얼른 대답한 후 화염
속으로 사라졌다.

*   *   *

번쩍!

독사검왕 서군문의 검이 어둠과 빛의 경계에서 번뜩였다. 타
오르는 불길이 만들어내는 붉은빛이 어둠과 경계를 이루는 숲
언저리였다.

"악!"

검광 속에서 외마디 비명이 터져 나왔다. 그리고 해적 한 명
이 쓰러졌다.

그걸 신호로 어두운 숲속에서 화살이 날아오기 시작했다.

퍼퍼퍽!

"악!"

"컥!"

"매복이다. 물러나!"

불타는 영채에서 흉수들을 추격하기 위해 뛰어나왔던 해적들이 화살 세례에 놀라 다시 뜨거운 영채 안으로 후퇴했다.

그 뒤를 검왕과 묵룡대선의 전사들이 따라붙어 불타는 방책 바로 앞까지 적을 베며 전진했다.

그리고 해적들이 화염에 휩싸인 방책 안으로 후퇴하자 더 이상 미련을 갖지 않고 다시 빛의 경계선인 숲으로 돌아왔다.

*   *   *

"개자식들, 모두 불타 죽게 만들려는 것 같습니다!"

수하가 불타는 영채로 돌아온 채주 차두를 보며 소리쳤다.

"대체 어떤 놈들이기에……."

채주 차두는 이제는 수하만큼 화가 난 것 같지는 않았다. 대신 그의 얼굴에 은은한 두려움이 깃들어 있었다.

차두와 해적 몇몇은 무공을 아는 자들이었다. 특히 십이귀선의 십이귀장이 되길 원하는 차두의 무공이 평범할 리 없었다.

세상에 나가면 최고의 전사로 대접받을 만한 무공을 지니고 있어야 가능한 것이 십이귀장의 자리였다.

당연히 무공을 보는 눈 역시 뛰어났다.

그런 그의 눈에 기습적으로 숲을 벗어나 자신의 수하들을 공격한 자들의 검술이 눈에 들어오지 않을 수 없었다.

감히 차두 자신이 승리를 장담할 수 없는 고수들의 솜씨였다.

"에라! 개새끼들아! 죽어라!"

옆에서 화가 난 해적들이 불타는 방책 너머로 화살을 쏘아 보냈다.

그것이 아무 의미 없는 짓인 줄 알면서도 그들은 그렇게라도 화를 풀지 않으면 가슴이 터져 죽을 것 같은 심정이었다.

"영채가 완전히 포위됐느냐?"

채주 차두가 침착하게 물었다.

"남쪽 강변에는 사람이 없는 것 같습니다."

수하가 침착한 차두의 모습이 오히려 두려운 듯 화를 누르며 조심스럽게 대답했다.

"남쪽… 강이 있으니까."

차두가 고개를 끄떡였다.

강이 있는 곳을 굳이 막을 필요는 없을 것이다. 강 자체가 물러날 길을 막고 있기 때문이다.

"어찌할까요?"

수하가 다시 물었다.

"얼핏 보니 공격하는 놈들 중에 누번족 놈들의 모습이 섞여 있었다. 그건 곧 와사불 님께 무슨 일이 생겼다는 의미다. 와사불 님이 건재하다면 누번족 놈들이 이곳에 나타났을 리 없겠지."

"와사불께서… 어찌 되셨을까요?"

"돌아오지 않으신 것을 보면… 좋지 않군."

십중팔구 와사불이 죽었을 거라 생각하는 차두였다.

"그럼 공격을 주도한 놈들은……."

"아마도 묵룡대선 놈들이겠지. 이 섬에 들어온 자들 중 저런 고강한 무공을 쓸 수 있는 사람들은 둘뿐이다. 우리 귀선의 형제들이거나 혹은 묵룡대선의 장사치 나부랭이들!"

차두가 묵룡대선에 대한 적개심 때문인지 묵룡대선의 전사들을 장사치로 치부했다.

"그럼 독사검왕이겠군요."

독사검왕 서군문이 십여 명의 전사들을 이끌고 서흑도로 상륙한 것은 이미 알려진 상태였다.

그리고 그건 사실 모두 십이귀장 와사불의 계획이었다.

거간꾼 묘풍을 이용해 누번족이 거래를 제안하고, 거래를 하기 위해 누번족 마을로 들어온 묵룡대선의 식솔들을 잡는 것이 와사불의 계획이었다.

그리고 일은 와사불의 계획대로 진행되고 있었다. 적어도 삼일 전 마지막 전령이 다녀갔을 때까지는.

그런데 갑자기 영채가 공격받은 것이다.

그건 곧 오히려 서흑도로 들어온 독사검왕의 손에 와사불이 당했다는 의미였다.

"놈이겠지. 아니면 저렇게 강할 리 없다."

뒤늦게 차두가 대답했다.

"대체 어쩌다 일이 잘못된 걸까요?"

"어딘가에서 계획이 샌 것이 분명해. 그렇지 않다면 와사불 님이 당할 리가 없어."

"묘풍, 그자가 배신을 한 걸까요?"

"아니, 그랬다면 이런 식으로 공격하지는 않을 거야. 대대적으로 전사들을 서흑도에 상륙시켰겠지. 적어도 독사검왕이 서흑도에 상륙할 때까지는 우리 계획을 몰랐을 거야."

"그럼 대체……?"

"누번족 놈들이 배신한 거지."

차두가 단정적으로 말했다.

"그자들이요? 하지만 족장 이궐은……."

누번족 족장 이궐이 배신할 리 없다고 확신하는 수하 해적이 말꼬리를 흐렸다.

"전 부족장을 따르는 놈들이 사달을 일으킨 게 분명해. 아무튼 이렇게 된 이상 우린 이곳에 머물 수 없다. 누번족까지 묵룡대선 놈들의 수중에 들어간 이상 이 섬에서 버틸 수 없어. 이 섬의 밀림은… 미개한 원주족 놈들의 놀이터 같은 곳이니까."

"그럼 어쩔까요?"

"바다로 가야지."

"영채를 버립니까?"

수하가 두려운 얼굴로 물었다.

영채를 버린 후의 일을 감당할 수 없을 것 같기 때문이었다.

십이귀선의 우두머리 무면귀 후탄은 영채를 버린 것을 절대 용서하지 않을 것이다.

"다시 찾으면 된다. 일단 바다로 가서 세 척의 귀선을 이끌고 오면 그땐… 이 모든 상황을 역전시킬 수 있다."

"아, 그, 그렇군요."

수하가 그제야 얼굴을 펴며 고개를 끄떡였다.

"강변에 배가 몇 척이나 있지?"

"작은 배 세 척이 있습니다. 하지만 워낙 작은 배라서 모두 타지는 못할 겁니다."

수하가 대답했다.

"상관없다. 타는 사람만 데려간다. 가자!"

채주 차두가 결정을 내리자마자 영채의 남쪽, 돈강으로 달리기 시작했다.

독사검왕 서군문은 노련한 전사였다. 다만 독안룡 탑살을 따르고 있었기에 그의 진면목을 제대로 드러내지 않았을 뿐이었다.

사람들은 묵룡대선의 선장 독안룡 탑살의 명성에 압도되어 그를 따르는 묵룡사왕이 얼마나 대단한 존재인지 잊을 때가 많았다.

독사검왕 등 묵룡대선 사왕의 능력 중 무공보다 더 무서운 것은 그들의 경험과 직관적인 본능이었다.

그리고 이번에도 어김없이 서군문의 지혜가 큰 결과를 가져왔다.

"공격! 단, 먼저 자신의 몸을 지켜라!"

독사검왕 서군문의 명은 담담했다.

그럼에도 묵룡대선의 전사들과 누번족의 전사들은 충만한 전의를 토해내며 호랑이처럼 강변의 적을 향해 돌진했다.

십이귀선의 해적들이 포위망이 없는 돈강으로 이동해 배를 타고 도주할 것을 예상한 독사검왕 서군문이 어느새 묵룡대선의 전사들과 누번족 전사들을 영채의 남쪽, 강변으로 이동시켜 놓았던 것이다.

퍽퍽퍽!

영채를 버리고 퇴각하기 위해 강변에 묶어두었던 세 척의 작은 배를 물 위로 끌어내고 있던 해적들이 날아드는 화살에 속절없이 물속으로 고꾸라졌다.

"악!"

"컥!"

"제기랄! 어서 노를 저어!"

가장 먼저 배에 올라 있던 채주 차두가 욕설을 내뱉으며 수하들을 독려했다.

그러자 그와 함께 배에 오른 해적들이 정신없이 노를 젓기 시작했다.

배에 탄 모두가 노를 저으면 좋겠지만, 워낙 작은 배여서 노는 두 개밖에 없었다.

더군다나 그들을 향해 날아오는 화살 역시 누군가는 막아내야 했다.

파파팟!

카캉!

날카롭게 날아드는 화살을 채주 차두가 놀라운 검술로 막아냈다. 역시 십이귀장의 한 자리를 노릴 만한 능력을 가지고 있는 차두였다.

"이 씹어 먹을 놈들아! 다시 돌아오면 그땐 네놈들과 네놈 가족들, 아니, 네놈들 마을의 풀 한 포기까지 뽑아버릴 것이다!"

날아오는 화살을 막아내며 차두가 강변으로 밀려드는 누번족 전사들을 향해 악담을 퍼부었다.

그로서는 거의 모든 수하들을 잃기는 했지만, 배를 타고 강의 중심으로 나온 이상 누구도 자신을 위협할 수 없다는 자신감을 가지고 있었다.

그래서 자신들을 배신한 누번족에 대한 원한과 분노를 토해내고 있었던 것이다.

그런데 그때 그의 눈에 한 사내가 들어왔다.

그리고 그 사내를 발견하는 순간 자신의 생각이 잘못되었을 수도 있다는 생각이 문득 들었다.

카카캉!

뒤늦게 강변으로 달려온 독사검왕 서군문이 한 척의 배에 날아올라 순식간에 서너 명의 해적을 베어버렸다.

그러자 살아남은 해적 두어 명이 비명을 지르며 스스로 강물로 뛰어들었다.

그사이 소독과 왕도문이 어느새 서군문의 뒤를 이어 배에 올랐다.

"저어라!"

서군문이 시선을 이미 강 중앙으로 나간 채주 차두에게 고정시킨 채 명을 내렸다.

그러자 왕도문과 소독이 재빨리 노를 젓기 시작했다.

"서둘러! 죽을힘으로 노를 저어! 놈들이 온다!"

채주 차두는 배를 뺏어 타고 자신을 추격하는 자의 무공이 결코 자신이 감당할 수준이 아니라는 것을 본능적으로 깨닫고 있었다.

상대에게 느끼는 두려움은 상대와 자신간의 거리를 더욱 짧게 느껴지게 만들었다.

그래서 그는 노를 젓는 수하들을 강하게 재촉할 수밖에 없었다.

그러나 불길한 예감은 언제나 맞아 들어가서 자신을 쫓는 사내의 배가 급격하게 거리를 좁혀왔다.

당연한 일이었다. 서군문이 탄 배의 노를 젓는 사람들인 소독과 왕도문은 소룡으로 십 년 가까이 무공을 수련한 무인들, 그들의 힘을 해적들의 힘과 비교할 수는 없었다.

"젠장! 배를 버려야 하나?"

빠르게 좁혀지는 두 배의 거리를 보면서 차두가 중얼거렸다. 이대로 가다가는 곧 따라잡힐 것이 분명했다.

그렇다면 배를 버리고 물속으로 숨어드는 것도 한 방법이었다.

차두와 그의 수하들은 해적답게 물속에서 누구보다 자유롭게 움직일 수 있었다.

"돈강에는 사나운 물고기들이 많습니다."

그의 수하가 말했다.

"이놈아, 아무리 물고기가 사나워도 저놈만 하겠냐?"

차두가 검을 들어 다가오는 배 위의 서군문을 가리키며 말했다.

"아, 아닙니다."

수하가 얼른 대답했다.

"젠장, 어쩔 수 없다. 이쯤에서 배를 버리자. 물속으로 들어가면 한동안 밖으로 나오지 마. 뭍으로 갈 생각도 말고. 강물을 타고 계속 하류로 내려간다. 그게 살 수 있는 가장 좋은 방법이야."

"알겠습니다, 채주!"

"좋아! 운이 좋으면 살아서 보자!"

그렇게 수하들에게 작별을 하고 차두가 망설이지 않고 강물로 뛰어들려는 순간, 갑자기 배 뒤쪽에 있던 수하가 소리쳤다.

"채주님! 잠깐 기다리십시오."

"왜?"

차두가 자신의 발목을 잡는 수하에게 신경질적으로 물었다.

"놈들이 더 이상 오지 않는데요?"

"뭐?"

수하의 말에 차두가 무슨 소리냐는 듯 되물었다.

"저기 보십시오. 놈들이 배를 멈췄습니다."

수하의 말에 차두가 서군문이 탄 배를 바라봤다.

정말 자신들을 추격하던 배가 더 이상 움직이지 않고 있었다.

"이건 또 무슨 짓거리냐?"

차두가 당혹스러운 표정으로 중얼거렸다.

그런데 그 순간 이번에는 배 앞쪽에 있던 수하가 소리쳤다.

"채주님! 살았습니다. 귀선입니다! 와하하!"

평소 같으면 감히 차두 앞에서 이런 웃음을 터뜨릴 수 없는 수하였다.

그럼에도 불구하고 그의 입에서 웃음이 터져 나오는 것은 어쩔 수 없었다. 그의 눈에 그들의 목숨을 살려줄 십이귀선이 들어왔기 때문이었다.

"곤란하게 됐군."

독사검왕 서군문이 흔들거리는 배 위에서 돈강의 하류로부터 괴물 같은 모습으로 올라오는 귀선을 보며 중얼거렸다.

"실패한 걸까요?"

소독이 걱정스러운 표정으로 물었다.

"글쎄… 한 척만 온 것으로 봐선 꼭 실패라고 단정할 순 없을 것 같구나. 아마도 두 척은 묵룡이선을 상대하고 한 척은 이리로 온 것 같다."

"어찌할까요?"

소독이 물었다.

젊은 그의 얼굴에 초조함이 비친다.

"이럴 때일수록 침착해야 한다. 애초에 어느 정도 예상한 일이니까. 일단 배에서 내려 전력을 재정비한다."

"누번족의 전사들이 귀선의 해적들과 싸울 수 있을까요?"

이번에는 왕도문이 걱정스러운 표정으로 물었다.

"저들이 상륙을 시도한다면 그때 적지 않은 피해를 줄 수 있다. 만약 상륙하지 않고 도주한 자들만 데려간다면 다행이고. 승부를 다시 바다에서 낼 수 있으니까. 그러니 일단 돌아가자."

"알겠습니다."

소독이 대답을 하고는 왕도문에게 눈짓을 보낸 후 불타는 강변을 향해 노를 젓기 시작했다.

$$* \qquad * \qquad *$$

"어떻게 된 일이냐?"

귀선으로 올라온 채주 차두를 보며 얼굴에 깊은 자상이 여럿 있는 자가 물었다. 눈빛과 얼굴의 모습만으로도 상대에게 두려움을 주는 인물이었다.

"귀독님!"

차두가 두려운 얼굴로 고개를 숙였다.

야차 같은 얼굴을 하고 있는 자의 이름은 귀독, 십이귀선의 열두 귀장 중 한 명이다. 귀선의 해적들 사이에서 잔혹하기로 손꼽히는 인물이기도 했다.

"내 질문을 듣지 못했느냐?"

턱!

귀독이 차두의 어깨에 거대한 대도를 얹으며 다시 물었다.

"아, 아닙니다. 영채가… 영채가 공격당했습니다."

"누구에게?"

"아마도… 독사검왕인 듯합니다."

"아마도?"

"…죄송합니다. 제 눈으로 확인한 것은 아니… 악!"

한순간 차두가 비명을 질렀다.

차두의 비명에 놀란 해적들이 차두와 귀독을 바라봤다.

그러자 어느새 귀독의 대도가 차두의 팔 하나를 잘라 버린 후였다. 잘려 나간 팔에서 붉은 피가 쏟아졌다.

"지혈해 줘라."

귀독이 차갑게 명을 내렸다.

그러자 그의 수하 중 하나가 얼른 차두의 팔에 약을 뿌리고 천으로 둘둘 감았다.

"영채를 빼앗기고, 적의 정체도 확인하지 못했다. 더군다나 죽지 않고 도주까지! 팔 하나면 손해나는 장사는 아닐 거다."

지혈을 하는 차두에게 귀독이 말했다.

"은혜에 감사드립니다."

한 팔을 잘리고도 차두가 귀독에게 고개를 조아렸다. 목이 잘리지 않은 것만 해도 다행이라 생각하는 차두였다.

"와사불 님은?"

귀독이 다시 물었다.

"삼 일 전, 마지막 전령이 왔습니다. 평소 삼사일 정도 소식이 없을 때도 있어서 특별하다 생각지 못했습니다."

"그런데 독사검왕이 왔다? 그럼 무사하시기는 힘들겠군."

"……."

귀독의 말에 이번에는 차두가 침묵을 지켰다. 감히 와사불의 죽음을 입에 올리기 두려웠던 것이다.

"적의 숫자는?"

귀독이 다시 물었다.

"오십은 넘지 않습니다. 대부분 누번족 놈들입니다."

"오십에 누번족이라. 하긴, 서흑도로 들어온 묵룡대선 놈들이 십여 명 정도니까. 좋아, 그럼 상륙한다. 오늘 밤이 가기 전 놈들을 도륙하고 영채를 수복한다. 그리고 내일 아침, 누번족 마을로 간다. 아주… 씨를 말려주겠다. 감히 배신을 하다니! 모두 준비하라!"

귀독이 냉혹한 살기를 드러내며 명을 내렸다.

"옛, 귀장님! 모두 상륙 준비를 하라! 놈들을 모두 죽여 버리라는 명이시다!"

귀독의 명이 순식간에 해적선 전체로 퍼져 나갔다.

해적선이 분주해졌다.

병장기를 수습한 해적들이 모두 갑판에 모였다. 그리고 그중 강한 자들이 뱃전으로 나와 상륙을 준비했다.

선두에는 십이귀장 귀독이 직접 섰다.

쿠우우!

어느 순간 해적선이 멈췄다. 해적들의 영채가 있는 강변으로 다가가기에는 해적선의 크기가 너무 컸다.

"닻을 내려라!"

귀독의 명에 해적들이 급히 닻을 내려 배를 물 위에 고정시켰다.

그러자 귀독이 다시 명을 내렸다.

"상륙한다! 적을 죽인 수만큼 누번족을 점령한 후 사로잡은 자들을 노예로 주겠다. 그리고 이 싸움에서 얻은 전리품은 모두 빼앗은 자의 소유다!"

"와아!"

귀독의 선언에 해적들의 사기가 오르기 시작했다.

"가자!"

귀독이 사기가 오른 해적들에게 상륙을 명했다.

그러자 해적들이 망설이지 않고 돈강으로 뛰어들어 불타는 영채를 향해 진격하기 시작했다.

제3장

폭풍 속에서

독사검왕 서군문과 묵룡대선의 전사들은 놀라지 않을 수 없었다.

갑작스레 나타나 불타는 영채를 향해 진격을 개시한 해적들 때문이 아니었다.

그들이 놀란 건 그들을 지켜주려는 듯 그들과 어깨를 나란히 하고 적을 향해 늘어서는 수십 명의 누번족 전사들 때문이었다.

묵룡대선의 전사들은 누번족 전사들이 해적선이 나타나는 순간 겁을 먹고 숲으로 도주할 것으로 생각했었다.

그런데 누번족 전사들은 그런 그들의 생각을 부끄럽게 만들고 있었다.

"몸을 피해도 되네."

독사검왕 서군문이 누번족 전사들을 이끌고 있는 우발에게 말했다.

"그건 누번족을 모욕하는 행동입니다."

"그러나… 저들은……."

"괜찮습니다. 사실 와사불이라는 자가 찾아왔을 때도 배신자 이궐만 아니었으면 우린 끝까지 싸웠을 겁니다. 물론… 이궐 역시 두려움 때문에 와사불과 손을 잡은 것은 아니었을 겁니다. 그는 다만 야심이 컸을 뿐이지요. 누번족 전사들은 싸움터에서 절대 뒤로 물러나지 않습니다. 그게 이 위험한 섬에서 수백 년 동안 누번족이 존속한 이유입니다."

강인한 어조로 말하는 우발의 말에 서군문도 더 이상 피하라고 권하지 못했다.

그리고 누번족 전사들이 싸워준다면 이 싸움에서 승리할 가능성은 훨씬 높아질 것이다. 다만 흘릴 피의 양이 문제였다.

"활로 시작한다!"

서군문이 짧게 명을 내렸다. 그리고 그 자신이 먼저 활을 들어 시위를 당겼다.

"이놈들! 모두 죽여주겠다!"

해적선에서 강물로 뛰어든 해적들이 물을 헤치고 영채를 향해 진격하면서 소리쳤다.

어쩌면 그들은 자신들의 등장에 겁을 먹은 누번족 전사들이 도주할 것을 기대했는지도 모른다.

하지만 그런 일은 일어나지 않았다. 대신 화살 세례가 그들을 향해 쏟아졌다.

퍽!

가장 먼저 날아온 서군문의 화살이 앞서서 물을 헤치고 나가던 해적의 심장을 정확하게 뚫었다.

"컥!"

화살을 맞은 해적이 단말마의 비명을 뱉어내고 그대로 물속으로 고꾸라졌다.

뒤를 이어 날아온 화살들이 진격하는 해적들을 여럿 쓰러뜨렸다.

그러자 귀선에서 귀독의 날카로운 명이 흘러나왔다.

"응사하라!"

귀독의 명이 떨어지자 해적선에 남은 해적들도 강변을 향해 활을 쏘기 시작했다.

쐐애액!

귀선에서 날린 강전들이 몸을 피할 곳 없는 강변으로 소나기처럼 날아왔다.

"방패를 들고 화살을 막아라!"

독사검왕 서군문이 검을 휘둘러 날아오는 화살을 쳐내며 소리쳤다.

그러자 일곱 명의 묵룡대선 전사들이 누번족 전사들 앞을 막아서며 빠르게 방패진을 형성했다.

그 위로 화살들이 내리꽂혔다.

퍼퍼퍽!

"악!"

"큭!"

방패를 세워 큰 피해를 막아냈지만, 그래도 누번족 전사들 중

화살에 맞아 쓰러지는 자가 나왔다.

덕분에 강변으로 진격하는 자들에 대한 화살 공격이 잠시 주춤거렸다.

그 틈을 타고 해적들이 물밀듯이 강변으로 전진했다.

퍽퍽!

독사검왕 서군문은 홀로 강변에 서서 다가오는 적들을 향해 침착하게 활을 쐈다.

한 대의 화살이 날아가면 반드시 한 명의 해적이 쓰러졌다.

그러나 그럼에도 불구하고 밀려드는 적들을 모두 막을 수는 없었다.

해적들이 거의 강변에 도달하자 해적선에서도 더 이상 화살을 쏘지 않았다. 자신들이 쏜 화살이 동료들의 진격을 방해할 수도 있기 때문이었다.

"적이 왔다. 진을 풀고 싸운다! 신나게 놀아보자!"

서군문이 한 번에 세 발의 화살을 쏘면서 소리쳤다.

퍼퍼퍽!

서군문이 날린 화살에 세 명의 적이 여지없이 쓰러졌다. 단번에 적 셋을 쓰러뜨린 서군문이 철궁을 던져 버리고 허공으로 도약하며 검을 뽑았다.

캉!

서군문이 휘두른 검에 가장 먼저 강변에 올라선 해적이 검과 함께 잘려 나갔다.

"악!"

가슴이 깊게 베인 해적이 비명을 지르며 그 자리에 쓰러졌다.

서군문이 그런 해적을 발로 차내며 강력한 검기를 뿌려대기 시작했다.

"악!"

"모두 죽여!"

강변이 순식간에 아수라장으로 변했다.

강변에 상륙하려는 해적들과 그 해적들을 막아서는 묵룡대선과 누번족 전사들이 정면으로 충돌했다.

숫자는 양쪽이 비등했다. 그래서인지 싸움의 양상도 비슷했다.

누번족 전사들에 비해 검을 다루는 실력이나 무공이 뛰어난 무인의 숫자가 많은 해적들이 우세해야 할 싸움이지만, 묵룡대선의 전사들, 특히 독사검왕 서군문의 존재가 그 불리함을 극복하게 만들고 있었다.

강변을 종횡하며 호랑이처럼 검을 휘두르는 서군문의 위엄은 대단했다.

감히 그의 앞을 막는 해적들이 없을 지경이었다.

"안 되겠군. 내가 가야겠어."

귀선 위에서 싸움의 양상을 지켜보던 귀독이 중얼거렸다.

독사검왕 서군문을 상대할 자가 자신 말고는 없다는 것을 깨달은 것이다.

"모시겠습니다."

귀독을 호위하는 해적들이 다부지게 소리쳤다.

"강변에 도착하면 나와 함께 독사검왕 저놈만 공격한다. 다른 쪽에는 눈길을 주지 마라. 저놈만 죽이면 이 싸움은 끝난 거니까."

"예, 귀장님!"

귀독의 호위들이 일제히 대답했다.

"좋아! 호랑이 사냥을 해보자고!"

귀독이 살기를 뿜어내며 몸을 날렸다.

그가 움직이자 그의 호위들 역시 망설이지 않고 강으로 뛰어 들었다.

"모두 비켜라! 놈은 내가 맡는다!"

순식간에 강변으로 이동한 귀독이 서군문에게 겁을 먹고 이리저리 끌려다니는 해적들을 향해 소리쳤다.

그러자 해적들이 귀독이 온 것을 알아채고는 순식간에 길을 열어주었다.

"독사검왕! 넌 내 몫이다!"

귀독의 전의를 불태우며 서군문을 향해 소리쳤다.

"감히… 해적 나부랭이가……."

많은 적을 베고도 검신에 피 한 방울 묻히지 않은 서군문이 경멸 어린 시선으로 귀독을 보며 중얼거렸다.

"좋아, 좋아. 그 한낱 해적 나부랭이에게 죽어봐라! 쳐라!"

귀독이 더 이상 말을 섞을 생각도 없다는 듯 서군문을 향해 날아들며 수하들에게 명을 내렸다.

그러자 귀독과 함께 강변으로 달려온 호위 무사 셋이 귀독의 뒤를 이어 사방에서 서군문을 공격하기 시작했다.

카카캉!

날카로운 충돌음이 사방으로 퍼져 나갔다.

검은 밤, 붉은 화광 아래서 싸우는 서군문과 귀독 무리의 격돌은 강렬함 그 자체였다.

무공으로는 확실히 서군문이 우세했다. 그의 무공은 독안룡 탑살을 제외하고는 묵룡대선에서 제일로 꼽혔다. 흑라의 시대에서도 그의 검에 죽은 마인의 숫자가 적지 않았다.

하지만 그를 공격하는 자들은 모두 넷이었다. 해적이라지만 모두 강한 무공을 지니고 있었고, 특히 십이귀장 귀독의 무공은 거의 서군문에 육박하는 것이었다.

그래서 싸움은 치열했다.

한순간의 방심에도 목이 날아갈 정도로 날카로운 검의 교환이 끊임없이 이어졌다.

그렇다고 묵룡대선의 전사들이 서군문을 돕기 위해 달려갈 수도 없었다.

그들이 몸을 빼는 순간, 그들을 의지하고 있는 수십 명의 누번족 전사들이 한순간에 궤멸될 수도 있기 때문이었다.

그래서 싸움은 서군문과 귀독, 그리고 그 수하들만의 대결로 이어지고 있었다.

"과연 독사검왕이다. 하지만 오늘 네가 죽는 건 피할 없는 운명이다."

귀독이 차갑게 소리치며 자세를 낮춰 서군문의 다리를 베었다.

서군문이 찍어 누르듯 귀독의 검을 내려치며 허공으로 도약했다.

순간 세 자루의 검이 그의 몸통을 향해 파고들었다.

서군문이 단번에 세 자루 검에 찔리고 말 것 같은 순간, 그는 갑자기 검을 들지 않은 손을 다가오는 검을 향해 뻗었다.

탁!

서군문의 손이 미세한 마찰음을 내며 손을 베이지 않고 검신을 밀어 적의 검로를 바꿨다.

"헛!"

맨손으로 자신의 검을 밀어내는 서군문의 무공에 놀란 해적이 헛바람을 흘려내는 순간, 그의 검신을 타고 들어온 서군문의 손이 그대로 해적의 목울대를 움켜쥐었다.

"카!"

목울대를 잡힌 해적이 신음 소리를 토해내는 순간 그의 몸이 허공으로 떠올랐다.

웅!

서군문이 손에 들린 해적을 허수아비처럼 휘둘러 자신을 공격하는 두 해적을 향해 던졌다.

쿵!

"억!"

자신들을 향해 날아오는 동료를 피하려고 몸을 날리던 해적들 중 한 명이 끝내 피하지 못하고 동료와 충돌하며 신음을 토해냈다.

그 순간 서군문이 불쑥 모습을 드러냈다.

뒤를 이어 서군문의 검이 단번에 밀려나는 해적의 가슴을 갈라 버렸다.

"악!"

쿵!

두 명의 해적이 거의 동시에 땅에 너부러졌다. 그중 한 명은 즉사했고, 목울대를 잡혔던 해적은 숨도 제대로 쉬지 못하고 버둥거렸다.

퍽!

"컥!"

서군문이 숨을 쉬지 못하는 해적의 명치를 발로 걷어차자 해적이 격한 신음 소리를 내며 단번에 숨이 끊어졌다.

"이놈!"

한순간에 두 명의 수하를 잃은 귀독이 이를 갈며 서군문을 노려봤다.

"와라! 끝을 내주마!"

서군문이 천천히 몸을 돌리며 귀독을 향해 말했다.

하지만 귀독은 분노와 달리 서군문을 향해 다가가지 못했다. 네 명으로도 상대하지 못한 서군문이다. 하물며 그 혼자서 서군문과 싸우는 것은 죽음을 자초하는 일이었다.

"십이귀장 귀독! 그 명성에 어울리지 않는군. 겁을 내다니."

서군문이 귀독을 도발했다.

그러자 귀독이 흉측한 얼굴을 한 번 씰룩어더니 차갑게 입을 열었다.

"두렵긴 하군."

"…너무 솔직한 것 아닌가? 수하들이 보고 있는데."

서군문이 조롱하듯 물었다.

"흐흐흐, 강한 놈에게 두렵다고 하는 게 뭐가 창피한 일인가. 오히려 만용을 부리다 죽는 것이 어리석은 거지. 넌 나에게 두려움을 느끼게 할 만큼 충분히 강하다. 하지만! 그래도 오늘 네가 죽는 건 분명하다."

귀독이 차갑게 말했다.

"궁금하군, 어떻게 날 죽일 생각인지."

서군문이 싸늘하게 미소를 지으며 말했다.

"한 손이 열 손을 당하지 못하는 법이니까. 배에 남은 형제들도 모두 나서라!"

귀독이 서군문에게서 시선을 떼지 않고 큰 소리로 외쳤다.

그러자 해적선 위에서 다시 수십 명의 해적들이 강으로 뛰어들기 시작했다.

"이게 내 방법이다. 해적들의 전술이기도 하지. 숫자가 많으면 밀어붙이고 불리하면 몸을 피한다. 비겁하다 조롱하겠느냐? 후후."

귀독이 살소를 흘리며 물었다.

그러자 서군문이 고개를 저었다.

"아니, 그 방법이야말로 전장에 선 사람이 취할 현명한 처신이지. 그게 해적이든 아니든. 하지만 오늘은 판단을 잘못한 것 같군."

"네놈들 세력이 더 강하다고 생각하느냐? 그것이야말로 오만이군."

귀독이 차갑게 말했다.

그러자 서군문이 다시 고개를 저었다.

"날 모르는군. 난 무척 현실적인 사람이다. 오만과는 거리가 멀지. 분명히 말하는데 넌 큰 실수를 했어. 뒤를 살피지 않았으니까. 전장에서는 가장 치명적인 실수지."

"그게 무슨……?"

쿠웅!

서군문의 말에 귀독이 의문을 드러내는 순간 갑자기 강 쪽에서 무거운 충돌음이 터져 나왔다.

*   *   *

무한은 배의 앞머리에서 초조하게 강변에서 벌어지는 싸움의 양상을 살피고 있었다.

서흑도에 남아 있던 소룡오대 출신의 용전사들의 안위가 걱정됐기 때문이었다.

그는 묵룡이선이 해적선의 후미를 강하게 들이받을 때조차도 선수(船首)에서 움직이지 않았다.

"위험하다!"

충돌의 충격으로 인해 배의 앞머리가 일 장 가까이 들렸다가 내려오는 와중에도 뱃머리에 서 있는 무한을 보며 아적삼이 소리쳤다.

하지만 무한은 태연하게 뱃머리에서 중심을 잡고 서 있었다.

"걱정 마세요!"

무한은 손을 들어 아적삼을 진정시키기까지 했다. 그러면서도 그의 시선은 여전히 강변의 싸움터에 고정되어 있었다.

"와아아!"

뒤늦게 묵룡이선이 왔다는 것을 알아챈 용전사들이 강변에서 환호성을 질렀다.

반면 해적들은 얕은 수심에 겨우 중심을 잡고 있던 자신들의 배가 묵룡이선의 공격으로 쓰러지는 것을 보며 당황한 기색이 역력했다.

"강변으로 간다. 용전사들은 하선하라!"

쓰러지는 적선에 해적들이 별로 없다는 것을 확인한 총관 옹백이 용전사들에게 강변의 전장으로 갈 것을 명했다.

"옛, 총관님!"

용전사들이 일제히 대답을 하고는 앞다퉈 강물로 뛰어들기 시작했다.

"다녀올게요!"

무한 역시 뱃전에서 날아 내리며 아적삼에게 소리쳤다.

"저, 저… 조심해!"

아적삼이 미처 말릴 사이도 없이 배에서 뛰어내리는 무한을 보고는 뱃전으로 달려가며 소리쳤다.

그러나 그가 배의 앞머리에 도착했을 때, 무한은 이미 침몰하는 적선을 지나 용전사들 가운데 가장 먼저 강변에 육박하고 있었다.

"후우… 하여간 빠르긴 정말 빠르구나."

뒤늦게 아적삼 곁으로 다가온 이문술이 새삼스럽게 무한의 빠른 움직임에 혀를 내둘렀다.

"저렇게 급해서야……"

아적삼이 걱정스럽게 중얼거렸다.

"급하긴 뭐가 급해! 용감한 거지."

"네놈 자식이어도 그렇게 말할래?"

"뭐? 야, 이거 정말 서운하네. 내가 비록 자네처럼 칸과 부자의 연을 맺은 것은 아니지만, 그래도 나 역시 칸을 자식처럼 생각하는데⋯⋯."

이문술이 정말 서운한 표정으로 말했다.

그러자 아적삼이 퉁명스럽게 대답했다.

"그랬냐? 그럼 방금 한 말은 취소하지."

"젠장 뱉은 말을 무슨 수로 주워 삼켜. 아무튼 걱정 마. 칸은 이제 우리가 걱정할 아이는 아닌 것 같아."

"그야 그렇긴 하지."

아적삼도 순순히 고개를 끄떡였다. 하지만 아무리 무한이 강해졌더라도 아적삼은 걱정을 거둘 수 없었다.

'이게 부모의 마음이란 건가⋯⋯.'

아적삼이 속으로 중얼거렸다.

무한이 빠른 속도로 강변을 향해 달려가자 당황한 해적들이 본능적으로 무한을 향해 검을 내밀었다.

순간 무한이 좌우로 빠르게 검을 휘둘렀다.

카카캉!

사기를 잃은 해적들의 검은 무한의 검과 충돌하자마자 사방으로 튕겨 나갔다.

하지만 무한은 검을 놓친 자들을 공격하지 않았다. 대신 빠르게 강변으로 질주해 뭍으로 올라선 후, 허공으로 도약했다.

"엇!"

"뭐, 뭐야?"

자신들의 머리 위를 지나가는 무한을 보며 해적들이 당황해 소리쳤다.

그사이 무한은 강변에 늘어선 해적들을 단숨에 뛰어넘어 그들과 대치하고 있는 묵룡대선의 전사들 앞에 내려섰다.

"모두 무사해요?"

강변에 내려선 무한이 용전사들을 보며 물었다.

"칸!"

"왔구나!"

소독과 하연이 반가운 표정으로 소리쳤다.

"늦지 않았죠?"

무한이 두 사람을 보며 물었다.

"늦지 않기는! 조금 늦었어. 아주 늦지는 않았지만. 누번족 사람들이 제법 당했다고!"

하연이 뒤를 돌아보며 걱정스러운 표정으로 말했다.

그녀의 말대로 강변에서 해적들과 격전을 치른 누번족 전사들 중에는 죽거나 다친 사람이 여럿 있었다.

"후우… 조금 늦긴 했군요."

무한이 강변으로 달려올 때와 달리 풀이 죽은 표정으로 말했다.

"아니오. 그래도 이렇게 구원군을 데리고 와주셔서 고맙소."

누번족의 전사 우발이 무한에게 고개를 까딱여 보였다.

비록 누번족 전사들 중 사상자가 나왔지만, 우발은 전혀 의기

소침한 기색이 아니었다.

"부상자들을 뒤로 데려가시죠. 이제 이 싸움은 묵룡대선의 싸움입니다!"

무한이 말했다.

그러자 우발이 고개를 끄떡이고는 누번족 전사들을 향해 소리쳤다.

"형제들을 챙겨 안전한 곳으로 데려가게."

우발의 명에 누번족 전사들이 죽은 자들과 부상당한 자들을 데리고 급히 뒤로 물러났다.

그사이 묵룡이선에서 달려온 용전사들 수십 명이 순식간에 강변으로 올라섰다.

그 기세에 밀려 십이귀선의 해적들이 자연스럽게 한쪽으로 주춤거리며 밀려났다.

"항복하는 자는 살려주겠다. 검을 버려라!"

묵룡이선의 출현으로 완전히 전세를 장악한 독사검왕 서군문이 해적들을 보며 말했다.

산악 같은 위엄이 서군문에게서 흘러나왔다. 묵룡대선의 전사들조차도 이런 서군문의 진면목을 보는 것은 오늘이 처음인 것 같았다.

묵룡이선이 도착하기 전, 홀로 십이귀장 귀독과 그 수하들을 상대하던 당당한 기운이 여전히 남아 있는 서군문이었다.

그런 서군문의 위엄에 해적들이 감히 반발할 생각을 못 하고 서로 눈치를 봤다.

개중에는 슬금슬금 뒤로 물러나 여차하면 밀림으로 도주할 준비를 하는 자도 있었다.

십이귀선의 해적들은 다른 해적들과 다르다는 말이 있지만, 그래도 해적은 해적이었다. 이들에게 목숨을 바치는 충성심을 기대하는 것은 무리였다.

그런 해적들의 심리를 가장 잘 아는 사람이 십이귀장 귀독이었다. 그 자신이 해적이어서 누구보다 수하들의 심리를 잘 알고 있었던 것이다.

그래서 그는 이 싸움이 이미 끝났다는 것을 알고 있었다. 사기가 꺾이고 두려움에 물든 해적들이다. 다시 전의를 불러일으키는 것은 불가능했다.

아니, 단 한 가지 방법은 남아 있었다. 눈앞의 인물, 독사검왕 서군문을 죽이는 것이 그것이다.

서군문을 죽일 수 있다면 이 싸움의 전세를 바꿀 수 있었다.

그래서 그도 망설이고 있었다. 전면전은 불가능하고 홀로 서군문에게 도전을 해 승부를 내는 것이 그에게 남아 있는 유일한 패이기 때문이었다.

그런데 그러자니 두려웠다. 일대일 대결을 벌이다가 자칫하면 그의 목이 날아갈 수도 있기 때문이었다.

그렇다고 이대로 항복하면 그는 누번족이나 묵룡대선의 노예가 되거나, 최악의 경우 죽을 수도 있었다.

아무것도 하지 않은 채 그 운명을 기다리기에는 그간 그가 누려온 권력이 너무 달콤했다.

그래서 그는 최후의 도박을 시도했다.

"독사검왕, 이 싸움의 승부를 너와 나 두 사람의 대결로 끝내는 것이 어떻겠느냐?"

귀독이 대범한 제안을 했다. 이미 한 번의 격돌에서 자신의 무공이 서군문에게 미치지 못함이 드러난 상태임에도 일대일 대결을 청한 것이다.

"그냥 항복하기에는 아쉽다는 뜻이군. 하지만 그러려면 목숨을 걸어야 할 것이다."

서군문이 담담하게 말했다.

"물론!"

귀독이 침을 꿀걱 삼키며 대답했다.

"좋아. 도전을 받아주지."

서군문이 망설이지 않고 대결을 승낙했다.

그러자 귀독이 대도를 들고 서군문을 향해 다가오기 시작했다.

스슥!

귀독이 움직이자 자연스럽게 사람들이 뒤로 물러나 서군문과 귀독에게 싸울 자리를 마련해 주었다.

장내에 갑자기 조용해졌다. 강변으로 밀려든 강물의 찰랑거림이 유일하게 들려오는 소리였다.

서군문은 검을 내려뜨린 채 다가오는 귀독을 응시하고 있었다.

조금 방심한 듯도 보였다. 이미 싸움에서 이겼고, 상대의 실력도 충분히 알았다는 듯한 표정이었다.

그래서 오히려 묵룡대선의 전사들이 서군문의 방심을 걱정할 정도였다.

당연히 십이귀장 귀독도 서군문이 자신을 무시하고 있다는 느낌을 받았다. 기분이 나쁘지만 한편으로는 기회라고도 생각되었다.

그래서 귀독이 선택한 것은 적이 방심한 틈을 노려 첫 번째 공격에 자신의 모든 힘을 쓰는 것이었다.

팟!

귀독이 가볍게 도약했다. 강변의 모래를 밀어낸 귀독의 몸이 허공으로 떠오르더니 빠르게 서군문에게로 접근했다.

그러자 서군문이 검을 들어 자신의 얼굴 쪽으로 다가오는 귀독의 대도를 겨누었다.

그런데 귀독의 대도와 서군문의 검의 거리가 일 장 안으로 다가섰을 때 갑자기 귀독의 몸이 땅속으로 꺼지듯 뚝 떨어졌다.

당연히 그의 도 역시 서군문의 시야에서 사라졌다

"하앗!"

그리고 그 순간 귀독의 입에서 강력한 기합 소리가 터져 나왔다.

콰아아!

땅에 닿을 듯 내려앉은 귀독의 몸이 바람을 일으키며 무서운 속도로 회전했다.

그의 손에 들린 대도가 그의 몸을 따라 돌며 강력한 도풍을 만들어냈다.

그렇게 만들어진 도풍이 한 치의 빈틈도 없이 서군문의 다리를 베어왔다.

대도의 무게와 귀독의 내공, 그리고 벼락처럼 움직이는 속도가 만들어내는 공격은 그야말로 태풍 같았다.

방심하고 있던 서군문이 도저히 막아낼 수 없을 것 같은 강력함이 귀독의 공격에 서려 있었다.

그런데 그 순간 서군문 역시 놀라운 변화를 일으켰다.

"기다리고 있었다.!"

쾅!

서군문이 벼락처럼 자신의 검을 땅에 꽂았다.

쩌저적!

서군문의 검이 땅에 꽂히는 순간 마치 지진이 난 것처럼 서군문과 귀독 사이의 땅이 갈라지는 듯한 소리를 내며 흔들렸다.

"읏!"

발밑의 땅이 진동하자 귀독이 한순간 몸의 균형을 잃었다.

귀독이 다급한 소리를 내며 두 발에 진기를 주입해 흔들리는 몸의 중심을 바로잡았다.

그러나 그 찰나의 순간을 서군문은 용서하지 않았다.

번쩍!

서군문이 땅에 박아 넣었던 검을 번개처럼 위로 쳐올렸다. 그러자 검을 따라 한 줄기 눈부신 검기가 허공으로 비산했다.

콰쾅!

서군문의 검기가 허공에서 밀려들던 귀독의 도기를 한순간에 반으로 갈라냈다.

만약 귀독의 중심이 순간적으로 흔들리지 않았다면, 이 반격은 귀독에게 큰 영향을 주지 않았을 것이다.

그러나 찰나의 흔들림이 귀독의 도에 실린 힘을 흩뜨렸고, 그

허점을 서군문이 정확하게 파고든 것이다.

콰아아!

귀독의 도기를 갈라 버린 서군문의 검기가 계속해서 귀독을 향해 뻗어 갔다.

"혁!"

귀독이 자신의 눈앞에 다가온 검기를 보며 헛바람을 토해냈다.

그리고 본능적으로 뒤로 물러나려는 순간, 그는 자신의 몸에서 터져 나온 붉은 혈무가 안개처럼 퍼져가는 것을 보았다.

쿵!

십이귀장 귀독이 피를 뿌리며 모래사장에 쓰러졌다. 그의 가슴에서 흘러나온 붉은 피가 빠르게 모래에 스며들었다.

툭!

서군문이 죽은 귀독을 보며 무심하게 검을 털었다. 그러자 그의 검에 묻었던 핏방울 두어 개가 검에서 떨어져 나갔다.

"더 싸울 자가 있느냐?"

검을 검집에 밀어 넣으며 서군문이 십이귀선의 해적들에게 물었다.

검을 거뒀다는 것은 자신의 질문에 대한 대답을 이미 알고 있다는 의미였다.

그의 예상대로 더 이상 서군문에게 도전할 해적은 남아 있지 않았다.

툭!

철컹!

곳곳에서 도검을 버리는 해적들의 모습이 보였다. 검을 들고 있는 자들조차 결국 천천히 모래 위에 무릎을 꿇었다.

그러자 서군문이 고개를 끄떡인 후 어느새 강변으로 올라온 총관 옹백에게 말했다.

"적선은 어찌 되었소?"

"모두 수장시켰습니다. 한 척은 추격에 나서는 대신 강을 거슬러 올라온 탓에 일이 이렇게 되었습니다."

옹백이 대답했다.

"그렇게 늦은 것은 아니오. 누번족 형제들이 피해를 입은 것이 안타까울 뿐."

"이 정도 피해는 각오하고 있었습니다. 아니, 오히려 예상보다 훨씬 피해가 적다고 할 수 있습니다."

누번족 전사 우발이 대답했다.

"그래도, 동족이 죽는 것은 슬픈 일이지. 그런 의미에서 이번 싸움을 통해 얻은 모든 전리품은 누번족의 것이오."

"감사합니다."

우발이 사양치 않고 고마움을 표시했다.

비록 침몰하고 있지만 십이귀선의 배에는 많은 보물과 병기들이 실려 있을 것이다.

그리고 불타고 있는 영채 안에서도 역시 적지 않은 보물들을 찾아낼 수 있을 것이다.

십이귀선이 그동안 모아들인 재물들의 양을 생각하면 누번족이 얻게 될 이득은 막대한 것이었다.

특히 서혹도와 같이 밀림이 우거진 척박한 땅에서는 더더욱 엄청난 수확이었다.

아마도 누번족이 이번 싸움에서 얻은 재물들을 제대로 이용하면 엄청난 세력 기반을 갖출 수도 있을 터였다.

그 기반이 될 재물을 마다할 우발이 아니었다.

"차두란 자가 있다고 들었다. 누구냐?"

싸움에서 얻은 재물을 모두 누번족에게 넘긴 서군문이 해적들을 보며 물었다.

그러자 그때까지도 용케 목숨을 부지하고 있던 영채의 채주 차두가 앞으로 나섰다.

"제, 제가 차두입니다."

차두가 해적답지 않은 고분고분한 말투로 말했다.

"가까이 와라!"

서군문이 차두를 불렀다.

그러자 차두가 조심스럽게 서군문 앞으로 다가왔다.

"남은 자들 중 무공을 할 줄 아는 자를 한쪽으로 가려내라."

서군문이 차두를 보며 말했다.

그러자 차두가 잠시 망설이다 해적들을 보며 말했다.

"뭣들 하느냐? 독사검왕님의 말씀을 들었지 않느냐? 무공을 아는 사람들은 앞으로 나서라!"

차두의 명에 해적들 중 일부가 차두가 있는 곳으로 다가왔다.

숫자는 대략 십여 명, 그들 외에 살아남은 해적들의 숫자는 겨우 이십여 명이 되지 않았다.

무공을 가진 자들이 가려지자 서군문이 다시 누번족 전사 우발에게 말했다.

"무공을 모르는 자들은 누번족이 처리하도록 하시게. 처분이야 족장께서 하시겠지만, 내 생각에 이들 대부분은 어쩔 수 없이 해적질을 하게 된 사람들일 것이니 죽일 필요는 없을 걸세. 더군다나 누번족이 서흑도를 장악하고 이곳에 제대로 된 영지를 구축하려면 이런 사람들도 필요할 것이네."

"하지만… 믿을 수 있을까요?"

해적질을 하던 자들을 선뜻 받아들이기 힘든 듯 우발이 물었다.

"일단 데리고 가게. 판단은 족장께서 하시겠지. 자네도 잘 살펴보고."

"…알겠습니다."

"오늘은 이곳에서 노숙을 하고 내일 마을로 돌아가세."

"예, 검왕님!"

우발이 고개를 숙이며 대답했다.

"우리도 대충 정리하고 쉬도록 합시다."

서군문이 총관 옹백에게 물었다.

"이자들은 어찌하면 좋겠습니까?"

옹백이 무공을 할 줄 아는 해적들을 가리키며 물었다.

"일단 살려두는 것이 좋겠소. 나중에라도 쓸모가 있을 수 있으니까."

"알겠습니다. 배에 오르시지요."

옹백이 서군문에게 묵룡이선에 오르기를 권했다.

그러자 서군문이 고개를 저었다.

"아니오. 함께 싸운 사람들과 있는 것이 예의 아니겠소?"

"알겠습니다. 그럼 적당한 곳에 숙영지를 세우겠습니다."

옹백이 대답을 하고는 묵룡대선의 전사들에게 소리쳤다.

"강변 초지에 숙영지를 구축하라. 오늘은 이곳에 머문다!"

*   *   *

서흑도에 산재한 부족들 중 제법 규모를 가진 부족장들이 누번족을 찾아오기 시작한 것은 십이귀선 해적들과의 싸움이 끝난 지 삼 일 후부터였다.

서흑도의 부족들 역시 무산 해협을 주름잡는 해적 집단 십이귀선의 악명을 익히 알고 있었다.

그들에 대한 두려움은 십이귀선이 바다에 나타나면 마을을 떠나 밀림 깊은 곳으로 들어가 숨을 만큼 대단했다.

그런데 그런 십이귀선의 해적들을 누번족이 물리쳤다.

물론 또 다른 바다의 제왕 묵룡대선 전사들이 도움을 주기는 했지만, 그래도 야차 같은 악명을 떨치는 십이귀선의 해적들을 상대로 혈전을 치른 누번족의 용맹함은 서흑도 제 부족들을 움직이게 만들 수밖에 없었다.

십이귀선 해적들에게 승리를 거둔 누번족이 이번 일을 기회로 서흑도에 산재한 다른 부족들을 공격할 수도 있기 때문이었다.

그런 두려움 때문에 서흑도의 부족장들이 누번족에게 공격을 당하기 전에 먼저 누번족과 화친을 하기 위해 족장 테긴을 찾기 시작한 것이다.

테긴은 찾아온 부족장들을 환대했다.

그는 십이귀선의 해적들을 상대로 승리를 거둔 자의 거만함이

나 도도함을 전혀 드러내지 않았다. 그들을 위협하지도 않았다.

그러나 그럼에도 불구하고 테긴의 위엄은 다른 족장들로 하여금 스스로 테긴에게 머리를 조아리게 만들었다.

그런 부족장들에게 테긴은 한 가지 제안을 했다.

그 제안이 단 며칠 사이에 서흑도의 원주족들을 크게 흔들어 놓았다.

"가능할까요?"

무한이 묵룡이선 갑판 위에서 눈부신 태양 아래 빛나고 있는 누번족 마을을 보면서 물었다.

그의 곁에는 언제나처럼 아적삼이 서 있었다.

"글쎄, 사람의 습성이란 쉽게 변하는 것이 아니어서……."

아적삼이 말꼬리를 흐렸다.

"부정적으로 보시는군요."

"서흑도의 원주족들은 오랜 세월 반목하며 살아온 사람들이다. 다른 부족을 약탈하는 것이 일상인 사람들이지. 어떤 부족은 아예 멸망한 곳도 있고. 그런데 그런 부족들이 과연 하나의 세력으로 모일 수 있겠느냐?"

아적삼이 되물었다.

"과거의 원한을 생각하면 쉽지 않은 일이지요."

무한이 고개를 끄떡였다.

"당장은 누번족의 위세에 눌려 고개를 숙이고 돌아갔지만 삼 일 후에 있을 대회합에 참여하는 부족이 얼마나 될지 알 수 없구나."

"그렇다면 선장님의 계획에도 차질이 생기겠군요."

무한이 걱정스러운 표정으로 말했다.

"아마 예상하셨을 거다."

"그럼 그 이후의 계획도 있다는 건가요?"

"그 이후에는… 결국 힘을 보여줘야겠지."

"묵룡대선이 직접 이 일에 나선다는 건가요?"

"우리가 아니라 누번족의 몫이 될 거다. 그 일은… 물론 묵룡
대선도 적지 않은 지원을 할 테고."

아적삼이 말했다.

그러자 무한이 고개를 저으며 말했다.

"그런 일이 벌어지지 않기를 바라야겠군요. 이번만큼은 아버
지의 예상이 틀려야 할 것 같아요."

무한이 가볍게 웃음을 지었다.

그로서는 다시 이 서흑도에 피의 광풍이 부는 것을 보고 싶지
않았다.

"물론, 나도 내 예상이 틀리길 바란다. 그리고 사실, 내가 말한
것은 최악의 경우다. 가능성은 반반으로 해두자. 사람이란 그래
도 좋은 쪽으로 희망을 갖고 살아야 하는 법이니까. 현실이 아
무리 뭣 같아도……."

아적삼이 농담으로 무한의 말을 받았지만, 얼굴에선 걱정이
떠나지 않고 있었다.

간절히 바라면 이루어진다고 했던가. 무한의 바람은 이뤄졌다.

아적삼의 예상과 달리 누번족의 족장 테긴이 소집한 서흑도 부
족들의 대회합에 거의 모든 부족들의 부족장들이 참여한 것이다.

후일 회합에 참여한 족장들의 말로는 그들에게는 십이귀선의 해적들을 상대로 승리를 거둔 누번족의 위세만큼이나 묵룡대선의 존재가 거대했다고 한다.

묵룡대선의 명성은 십이귀선이 따라올 바가 아니었다.

그런 묵룡대선의 지원을 받는 누번족에게 대항하는 것은 애초부터 불가능하다는 것이 서흑도 부족장들의 생각이었다.

그리고 만약 묵룡대선이 지원을 한다면 정말 누번족의 족장 테긴의 말처럼 서흑도를 미개한 부족들이 숨어 사는 섬이 아니라, 번성한 하나의 강력한 세력으로 만들 수도 있을 거란 기대도 했다고 한다.

그들에게 멸시받은 야만족의 처지에서 벗어날 수 있는 강력한 세력을 만드는 것은 꿈과 같은 일이었다.

그리고 그 꿈에 대한 가능성이 보인다면, 자신들의 운명을 걸 만큼의 대담한 용기가 서흑도의 부족장들에게 있었던 것이다.

*   *   *

누번족 마을이 분주했다.

서흑도 내에 거주하는 주요 부족들의 부족장들이 한자리에 모이는 것은 서흑도 역사에서 처음 있는 일이었다.

그들을 융숭하게 대접하는 것조차 물자가 부족한 서흑도에서는 쉬운 일이 아니었다.

다행히 누번족은 지난번 십이귀선 해적들과의 싸움에서 얻은 전리품들이 있었다.

그들은 그 전리품을 아낌없이 대회합에 풀어놓았다.

부족장 테긴의 초대에 응한 각 부족의 부족장들은 귀한 보물을 선물로 받았고, 묵룡이선에 타고 있는 숙수들까지 동원되어 준비된 화려한 음식들을 대접받았다.

테긴은 자신의 초대에 응한 부족장들을 위해 삼 일 동안 화려한 잔치를 벌였다.

그리고 각 부족장들이 그에 대해 완전한 믿음이 생겼다고 판단한 마지막 삼 일째, 그는 서흑도의 주요 부족장들과 서흑도의 미래에 대해 신중한 논의를 시작했다.

거의 하루 밤낮, 부족장들은 논의 끝에 모든 부족이 서흑도라는 하나의 세력으로 결합했음을 선언했다.

누번족의 테긴, 화족의 장앙, 포삼족의 척화강, 맹족의 자오사, 풍족의 달렵 등 서흑도의 패권을 놓고 피의 전쟁을 벌여온 부족의 주요 족장들은 서흑도가 하나의 세력으로 탄생했음을 선포하면서 거대한 계획을 발표했다.

그들은 서흑도를 동서로 가르는 돈강 하구에 대흑성이라는 강력한 성을 구축하기로 합의했다.

그것이 훗날 사령군도를 넘어 무산 해협 전체를 아우르는 거대하고 강력한 해상 세력이 될 대흑성의 시작이었다.

제4장

새로운 바람

후우웅!

싸늘한 바람이 거대한 산 위에서 불어왔다. 설산에서 불어온 바람이 검은 호수의 주변을 두껍게 얼려 버렸다. 그럼에도 호수 한가운데는 검은 물결이 찰랑이고 있었다.

파스스!

불어온 바람에 며칠 전 내린, 아니, 어쩌면 오랜 세월 내려 쌓인 눈밭에서 눈들이 날아올랐다.

그 눈보라 속을 오십여 명의 검은 전사들이 말을 타고 이동하고 있었다.

검은 전사들은 급하지도 않고 느리지도 않게 호수를 따라 이동했다.

호수의 크기는 그리 크지 않았다. 만약 얼음이 녹아 배를 띄울 수 있다면 작은 돛단배 하나로도 양쪽 끝을 오가는 데 한 시진 정도면 충분할 거리였다.

그럼에도 불구하고 호수에서 일어나는 특별한 기운이 호수를 실제보다 훨씬 크고 거대하게 느껴지게 만들었다.

그 기운은 어쩌면 호수 가장자리를 따라 얼은 얼음 밑으로 보이는 깊이를 알 수 없는 검은빛의 호수 때문인지도 모른다.

그 빛은 공포를 만들어내는 물빛이기도 했다. 얼지 않은 호수 중심의 검은 물이 마치 호수 변으로 밀려 나오다가 얼음 아래로 밀려 들어간 듯한 느낌이었다.

그 검은 물결은 호수 변 얼음 밑을 지나 눈 쌓인 땅과 흰 눈으로 덮인 숲까지 번져 나가고 있는 느낌이 들었다.

이 호수가 바로 파나류 최고의 오지라는 대산맥 곤모산 깊은 비처에 존재하는 마정(魔井)이었다.

까아악!

한순간 눈바람이 불어도 침묵이 돌던 호수 변에 이질적인 소리가 들렸다.

그러자 검은 전사들이 한 사람처럼 말을 세웠다. 그리고 같은 곳으로 시선을 향했다.

까아악!

다시 한번 이질적인 소리가 검은 전사들 귀에 들렸다.

뒤를 이어 그들의 머리 위를 떠도는 한 마리 갈까마귀가 눈에 들어왔다.

그러자 검은 전사 중 한 명이 손을 입으로 가져가 갈까마귀와 같은 소리를 만들어냈다.

까아악!

검은 전사의 입에서 새소리가 만들어지자 갈까마귀가 허공에서 크게 원을 한 번 그러고는 사냥에 나선 매처럼 수직으로 떨어져 내렸다.

검은 전사가 하강하는 갈까마귀를 향해 한 손을 뻗었다. 그러자 갈까마귀가 검은 전사의 바로 위에서 속도를 줄이더니 검은 장갑을 낀 전사의 손 위에 사뿐히 내려앉았다.

검은 전사는 말의 고삐를 잡고 있던 손에서 장갑을 벗고 재빨리 갈까마귀 발목에 묶인 작고 검은 통을 열어 작은 종이 쪼가리를 꺼냈다.

그는 꺼낸 전서를 펼쳐 보는 대신 그대로 초로의 인물에게 건넸다.

전서를 건네받은 자가 능숙하게 전서를 펼쳐 읽었다.

갈까마귀 발목에서 나올 때는 작은 손가락만 한 크기였던 전서가 사내의 손에서 펼쳐지자 손바닥 크기로 커졌다.

전서 안에는 깨알 같은 글씨들이 빼곡하게 적혀 있었다.

전서에 쓰인 글을 모두 읽은 사내가 말을 몰아 다른 사람들과 달리 호수를 바라보고 있던 사내에게로 다가갔다.

그러자 사내, 신마성주 전마 치우가 물었다.

"제이성에서 온 것인가?"

"그렇습니다."

전서를 확인한 신마후 갈단이 대답했다.

"무슨 일인가?"

치우가 물었다.

신마성주는 무척 평온해 보였다. 이왕사후의 원정대와 대격전을 벌일 때의 강렬한 마기나, 혹은 급격한 감정의 격동 같은 것은 전혀 느껴지지 않았다.

오히려 전사가 아닌 평범한 시골 촌부의 느낌마저 들었다.

"십이귀선의 우두머리 무면귀 후탄이 성주님을 뵙기를 청했답니다."

"후탄… 그자가?"

"예, 북창 항구에 들른 모양입니다."

"북창… 그곳을 욕심내는가?"

"그런 모양입니다. 신마성에 복속하는 대가로 북창의 관할권을 요구했다고 합니다."

"…간교한 놈……."

신마성주 치우가 경멸의 말을 내뱉었다.

"아마도 본 성에 해상 전력이 없다는 것을 노리고 한 제안 같습니다."

"그렇겠지. 하지만 한낱 해적 따위가 감히 거래를 청하다니. 후우… 아직도 신마성의 무서움을 모르는 자들이 많은 것 같군."

"어찌할까요?"

갈단이 물었다.

"지금 북창에 누가 있나?"

"점령 이후 줄곧 천급 전사 발귀가 지키고 있습니다."

신마성주의 물음에 갈단이 대답했다.

"데리고 있는 전사의 숫자는?"

"일백입니다."

"일백! 후탄 그자가 전력을 다해 공격하면 막아내기 쉽지 않겠군."

"그가 감히 그럴 수는 없을 겁니다. 당장 북창을 점령할 수는 있다 해도 이후의 일을 감당할 자신은 없을 테니까요."

갈단이 대답했다.

"그러나… 신마성이 더 이상 패권을 추구하지 않는다는 것을 알게 된다면, 그래서 내가 그대들과 함께 이곳으로 물러났다는 것을 안다면 혹시 모르지."

신마성주가 담담하게 말했다.

"그자에게… 그런 배포가 있을까요? 독안룡에게 패한 후 흑라의 벌을 두려워해 세상에서 숨었던 자인데……."

갈단은 여전히 무면귀 후탄에게 신마성을 적대시할 용기가 있다고 생각지 않는 것 같았다.

"아무튼… 제법 흥미는 있군."

"그자를 치라 전할까요?"

갈단이 물었다.

"아니, 북창을 내어주라 하게."

"…성주님! 굳이 그런 자까지 거둬들이는 것은……."

갈단은 무면귀 후탄을 신마성의 일원으로 들이는 것이 마음에 들지 않는 모양이었다.

그러자 전마 치우가 고개를 저으며 말했다.

"그를 신마성에 들이겠다는 것이 아니네. 다만 북창을 넘길 뿐이지. 조건은 그자가 감히 십이귀선 앞에 신마성의 이름을 쓰지 않는 것! 그리고 필요시 나의 부름에 응할 것! 이것이 내 조건이네."

"그자가… 다른 야심가들처럼 파나류의 주요 제후로 성장하기를 원하시는 겁니까?"

갈단이 조심스럽게 물었다.

"그럴 수 있다면 그의 능력이겠지만… 내가 갖는 호기심은 그게 아니야. 난 그가 과연 옛 북창의 사람들로부터 그 항구를 지켜낼 수 있을지 그게 궁금한 것뿐일세."

"옛, 북창의 사람들이라면… 아! 그들에게 북창을 돌려주려는 생각이시군요."

"그들에게 능력이 있다면… 애초에 그 항구를 원하는 것은 촌장 염호를 내 사람으로 만들기 위함이었네. 그 이유는 그대도 잘 알 것이고. 그런데 이젠 그가 필요 없으니 굳이 북창을 가지고 있을 이유가 없지 않은가. 그렇다고 신마성의 이름으로 다시 북창 사람들에게 넘겨주기에는 좀 그렇고……."

전마 치우의 말에 갈단이 고개를 끄떡였다.

"무슨 말씀인지 알겠습니다. 그리 전하겠습니다."

갈단이 더 이상 묻지 않고 대답했다.

"그나저나 그들의 움직임은 포착되었는가?"

치우가 물었다.

"육주의 여덟 종파는 이미 움직인 듯합니다. 반면 사대휴무종의 경우는 아직은 관망하는 듯합니다."

"파나류에 성들이 세워지고 영지가 분할되기 시작하면 반드시 움직일 걸세. 그때… 그들과 연을 맺어두라 전하게."

"알겠습니다, 성주!"

갈단이 고개를 숙여 대답하고는 뒤로 물러났다.

그러자 신마성주 전마 치우가 깊은 눈으로 위대한 마의 근원이라 불리는 마정(魔井)을 바라보며 중얼거렸다.

"폭풍이 오면 쌓인 눈이 날아가고, 그 아래 가려져 있던 진실이 세상에 드러나는 법이지. 폭풍을 일으켰으니 진실이 보이기를 기다릴 시간이다."

*　　　*　　　*

"하하하! 하하하!"

귀신들이 타고 있을 법한 괴기스러운 거대한 배가 한 사람의 웃음소리로 흔들렸다.

그 배의 진동으로 배가 떠 있는 바다의 파도까지 흔들리는 것처럼 느껴졌다.

검은 배에 어울리지 않게 하얀 얼굴을 가진 중년인이 웃음의 주인이었다.

그의 앞에 그와는 전혀 어울리지 않은 모습의 사람들이 선실을 가득 메우고 있었다.

각양각색의 병기를 든 해적들, 제법 좋은 갑옷을 입은 자들조차도 오랫동안 제대로 씻지 않아 역한 냄새를 뿌려대고 있었다.

웃음을 터뜨린 흰 얼굴의 사내가 보여주는 깔끔한 모습과는 너무 어울리지 않는 모습이었다.

그러나 그 이질적인 사람들 속에서 흰 얼굴의 사내는 전혀 어색함이 없었다.

왜냐하면 그가 바로 이 해적들의 우두머리기 때문이었다.

무면귀 후탄, 바다를 무대로 활동하는 해적들의 왕 중의 왕이라 불리는 자가 바로 이 흰 얼굴의 사내다.

그는 방금 들어온 소식 하나를 전해 듣고 이렇게 광분하듯 기쁨을 표현하고 있었다.

그러나 그의 웃음은 선실에 있는 해적들의 긴장감을 극도로 끌어올렸다.

무면귀라는 별호와 달리 감정의 기복이 심한 후탄은 이러다가도 어느 순간 기분이 상해 누군가의 목을 날려 버리는 경우가 허다하기 때문이었다.

그런데 이렇게 웃을 때도, 또 갑자기 사람을 죽일 때도 그의 표정은 거의 변하지 않았다.

희노애락의 감정을 얼굴에 드러낸 적이 없는 무면귀 후탄이었다. 마치 한 꺼풀 가면을 쓰고 있는 것 같은 사람, 그래서 그의 별호가 무면귀다.

툭!

아니나 다를까 후탄의 웃음은 금세 끝이 났다.

그리고 마치 정말 아무 일 없다는 듯, 아니, 오히려 화가 난 듯한, 무표정한 후탄의 얼굴이 소식을 가져온 해적을 바라봤다.

"카파, 다시 묻겠다. 정확한 소식이냐?"

"그렇습니다. 북창을 지키는 발귀란 자가 직접 제게 말했습니다. 다만……."

"다만? 어떤 조건을 내걸었느냐? 공짜는 아닐 것이라 생각했다."

"그들은 우리 십이귀선이 신마성의 이름을 사용하는 것을 원치 않는다고 했습니다. 신마성의 십이귀선이 아니라 십이귀선 단독으로 북창을 지배하라고……."

십이귀장 중 한 명인 카파의 말에 무면귀 후탄이 무표정한 얼굴로 중얼거렸다.

"그래? 이상한 일이군. 보통의 경우는 신마성의 이름을 내세우길 원했을 텐데."

그러자 선실에 있던 해적 중 한 명이 조심스럽게 입을 열었다.

"아마도 그건 신마성의 최근 행보와 관련이 있는 것 같습니다. 신마성주는 이왕사후의 원정대를 몰살시킨 후 대정복전에 나서는 대신 오히려 정복한 땅조차 내놓고 파나류 깊은 곳으로 물러났다고 합니다. 그리고 더 이상 신마성의 이름으로 정복전을 벌이지 않을 것이라 선언했다는 말이 들립니다. 그래서 몇몇 야심가들이 신마성이 물러난 땅을 차지하고 자신만의 성을 쌓으면서 세력을 구축하고 있다고 합니다."

"그 이야기는 들었다."

후탄이 역시 무심하게 말했다.

"아마도 그런 의미에서 북창을 우리 십이귀선의 이름으로 지배하라고 한 것이 아닐지……."

"그럴 수도 있겠군. 그런데… 참 이상한 자야. 애써 정복한 땅을, 그것도 이왕사후의 원정대를 상대로 대승리를 거둔 후에 포기한다는 것이… 미친놈이 아니라면 그런 결정을 할 수 없는데."

"아마도 그는 장막 뒤에서 세상을 지배하고 싶은 것 같습니다."

소식을 가져온 십이귀장 카파가 얼른 말했다.

"장막 뒤에서 세상을 지배해?"

"예, 무면귀 님! 그자의 조건 중 또 하나가 십이귀선의 이름으로 북창을 지배하되, 만약 신마성주가 부르면 언제든 그의 부름에 응해야 한다는 것이었습니다."

"…이자가 뭔가 꿍꿍이가 있군. 겉으로는 우리와 관계가 없는 척하면서, 뒤에서는 우릴 지배하려 하다니. 음흉한 자야, 흐흐흐!"

이번에는 나직하게 음소를 흘리는 무면귀다.

그러나 역시 그의 얼굴에는 어떤 표정도 드러나지 않았다.

"어찌 답변을 하면 좋겠습니까?"

카파가 물었다.

"뭘 어떻게 해? 준다는데 받아야지. 그리고 애초에 신마성의 일원이 되려 했는데, 신마성주의 부름에 응하는 조건이 마다할 이유가 되느냐?"

"그, 그렇군요."

카파가 머리를 숙이며 대답했다.

십이귀장의 명성을 생각하면 그가 얼마나 무면귀 후탄을 두려워하는지 알 수 있는 모습이었다.

"뭐든지… 그들이 원하는 건 뭐든지 들어준다. 그리고 북창에 우리의 뿌리를 확고하게 내린다. 이후에는… 세상의 그 누구도 우릴 무시할 수 없는 세력을 만들겠다. 가서 전하라, 신마성주의 명은 무엇이든 따르겠다고! 북창만 내어준다면!"

"예, 무면귀 님!"

십이귀장 카파가 얼른 대답을 하고 선실을 벗어났다.

그러자 무면귀가 다른 해적을 보며 물었다.

"서흑도의 소식은 아직 안 왔느냐?"

"예, 아직……."

"젠장, 뭔가 잘못됐군. 열흘이나 소식이 끊기다니! 실리!"

"예! 무면귀 님!"

무면귀의 부름에 날카로운 목소리가 대답했다.

여인이다. 여인의 몸으로 십이귀장의 한자리를 차지하고 있는 해적, 실리다.

"알아봐!"

"알겠습니다."

"하여간… 묵룡대선 이놈들이 항상 문제야. 북창을 얻고 나면 반드시 독안룡 네놈의 한쪽 눈알마저 꺼내주마."

무면귀 후탄이 무심한 표정으로 독한 말을 흘려댔다.

*   *   *

십이귀선의 두목 무면귀 후탄이 수하 해적들을 이끌고 옛 북창의 포구로 들어간 것은 파나류의 변화를 단적으로 드러내는 일이었다.

무면귀 후탄이 옛 북창을 신마성의 전사들로부터 건네받은 후 십이귀선이라는 이름을 버리고 귀환성이라는 새로운 이름의 세력을 만든 것처럼, 파나류 중동부와 북중부에 이르는 거대한 땅에서 크고 작은 세력들이 자신들만의 성(城)을 세우고 영지를 넓혀가고 있었다.

물론 그 모든 일은 신마성이라는 절대적 세력의 묵인하에 이뤄지고 있었다.

신마성이 공식적으로 공포한 것은 아니지만, 이미 파나류의 야심가들은 신마성이 파나류 전체를 정복해 거대한 제국을 세울 의도가 없다는 것을 알고 있었다.

세상을 한 번에 집어삼킬 것 같던 그들은, 놀랍게도 육주 원정대를 궤멸시킨 후 자신들이 온 곳으로 물러갔다.

일만을 넘을 것이라고 이야기되던 신마성의 전사들 역시 파나류 각지로 흩어져 각자의 삶을 살기 시작했다.

신마성은 군림하되 지배하지 않는 존재가 되기로 스스로 결정했던 것이다.

신마성이 물러난 곳에서는 빠르게 새로운 세력들이 탄생했다.

그중 가장 빠르게 강력한 세력으로 부상하고 있는 자들은 당연히 신마성에 속했다가 독립한 자들이었다.

신마성의 신마후 마도한이 세웠다는 일리강 유역의 천극성, 그리고 다른 신마후 반융이 세웠다는 삼선산과 금하강 사이의 대하성은 파나류를 대표하는 세력으로 떠올랐다.

또한 금하강 하류에서는 그 뿌리를 알 수 없는 대금성이라는 성이 만들어져 세력을 넓히고 있었다.

대금성의 성주 탁지상은 그동안 육주는 물론 파나류 내에서도 그 이름이 알려지지 않은 인물이었다.

하지만 무명의 탁지상은 수백 명의 강력한 전사들을 데리고 대금성을 세운 이후 무서운 속도로 세력을 키워 지금은 전사의 숫자가 일천을 넘는다고 알려지고 있었다.

물론 그래도 대금성의 현 전력이 천극성이나 대하성에 비할 바는 아니었다. 하지만 얼마간의 시간이 흐르면 그들이 파나류의 강력한 세력 중 하나로 성장할 거라고 예상하는 사람들이 적지 않았다.

이들 세 세력 이외에도 파나류 곳곳에서 야심가들이 자신들의 야망을 표출하고 있었다.

십이귀선의 우두머리 무면귀 후탄 역시 옛 북창을 접수해 그 변화의 바람에 올라탄 인물 중 하나였다.

하지만 사실 그의 사정은 생각보다 좋지 않았다.

옛 북창을 아무런 힘도 들이지 않고 차지하던 그 시간에 그의 세력 중 삼분지 일이 서흑도에서 궤멸되었기 때문이었다.

*   *   *

쿵쿵쿵!

밀림 깊은 곳에선 끊임없이 커다란 나무들이 베어지는 소리가 들렸다.

베어진 나무들은 돈강에 모여 뗏목으로 묶인 후 돈강 하류까지 보내졌다.

강 하류에서 건져 올린 아름드리나무는 동쪽 바다가 보이는 작은 구릉으로 가져갔다.

그곳에서 거대한 성채가 지어지고 있기 때문이었다.

서흑도는 밀림의 섬이라 나무는 많고 돌은 적었다. 그래서 성의 대부분은 목재로 지어지고 있었다. 당연히 성의 경계를 막는 성벽도 나무로 세운 방책이 대신했다.

하지만 그 방책은 산적들이나 해적들이 영채를 보호하기 위해 만든 방책들과는 차원이 다른 방책이었다.

가운데 공간을 두고 두 겹으로 만들어진 방책은 그 사이로 사람들이 이동할 수 있는 공간이 존재하는 거대한 방책이었다.

웬만한 석성이나 토성보다도 단단했고, 외부의 침입을 막기에도 더 유리한 구조를 가지고 있었다.

다만 단 하나의 단점이라면 화공(火攻)에 약한 것과, 방책을 이루는 나무들이 썩거나 상하면 수시로 갈아줘야 한다는 것이었다.

그러나 그 단점을 메우기 위해 방책 주변에 땅을 파 해자를 설치하거나 돈강으로 이어지는 작은 개울들을 방책을 따라 흐르게 만들어 놓아 화공의 약점을 어느 정도 상쇄할 수 있었다.

그리고 무성한 밀림은 언제라도 방책을 수리할 수 있는 목재를 공급해 줄 것이다.

그래서 서흑도에 세워진 이 거대한 목성은, 석성의 단단함을 갖추지는 못했지만, 서흑도의 제 부족들이 새로운 시대로 나아가는 데 충분한 보호막이 되어줄 만큼 튼튼했다.

"정말 대단한 저력을 가지고 있었군요."

어느새 웅장한 모습을 갖춰가는 목성을 바라보며 무한이 말했다.

"그러게. 왜 지금껏 저들이 원시 부족으로 남아 있었는지 의문일 정도구나."

아적삼이 대답했다.

한 달이 지나기 전에 얼추 형태를 갖춰가는 서흑도 제 부족들의 목성은 묵룡대선의 선원들을 감탄시키기에 충분했다.

"하나 마음에 들지 않는 것은 이름이죠."

하연이 두 사람 옆에서 말했다.

"마음에 들지 않아요?"

무한이 되물었다.

"대흑성이 뭐냐, 대흑성이. 마치 마인들의 소굴 같잖아?"

하나의 세력으로 뭉친 서흑도 제 부족은 자신들의 성에 대흑성이란 이름을 붙였다. 얼핏 들으면 하연의 말처럼 마인들이 모인 세력 같은 이름이기는 했다.

"아마도 외부 세력에 두려움과 위압감을 주기 위해서 그리 지었을 것이네. 생존을 위해 치열하게 살아온 저들의 역사 때문이라고 해야겠지."

"오해하는 사람도 있을 거예요. 괜한 시비에 휘말릴 수도 있고요."

하연이 단지 대흑성이라는 이름이 주는 어감 때문에 불만인 것은 아닌 모양이었다.

그녀는 그 이름으로 인해 혹시라도 서흑도의 부족들이 흉악한 마인들로 다른 사람들에게 오해를 살 것을 걱정하고 있었다.

"그건 그리 걱정할 필요가 없을 것 같은데……."

아적삼이 하연의 걱정에 대답했다.

"왜요?"

하연이 되물었다.

"서흑도에 대흑성이 생긴 것이 묵룡대선의 지원 아래 이뤄진 일이라는 것이 알려지면 세상 사람들이 대흑성이라는 이름 때문에 이들을 마도의 세력으로 의심하는 일은 없지 않겠나?"

"…그건 그렇군요."

하연이 잠시 머뭇거리다가 아적삼의 말에 동의했다.

묵룡대선의 존재감은 충분히 그럴 만한 무게를 가지고 있었다.

"그리고 곧 이곳에 석림도의 상선들도 오가게 될 걸세. 그럼 더더욱 세상 사람들의 오해를 살 일이 없겠지."

"듣고 보니 제가 괜한 걱정을 한 것 같군요."

하연이 두 손을 들어 올리며 말했다.

"뭐, 그렇다고 아주 쓸데없는 걱정은 아니지. 사실 이름보다는 이들의 성정이……."

아적삼이 말꼬리를 흐렸다.

"그렇긴 하죠. 워낙 거친 사람들이라서… 상인들을 상대하는 일을 잘할 수 있을지 모르겠어요."

무한도 누번족을 포함해 서흑도 원주족들의 강렬한 성정이 걱정이 됐다.

이들은 흥정보다는 싸움에 익숙한 사람들이어서 상인들과 분란이 일어날 가능성은 충분했다.

"아마도 그래서 총관께서 그런 제안을 한 것일 거야."

아적삼이 말했다.

"북창 사람들을 불러오는 거요?"

"음, 지금쯤이면 섬 가름도 안정이 되었을 테니 이제 북창 사람들도 본격적으로 움직일 때가 되었지. 이곳은 옛 북창과도 가까운 곳이니까."

"그나저나 정말 옛 북창은 어찌 되었을까요? 십이귀선의 두목 무면귀를 신마성이 받아주었을까요?"

하연이 새삼스럽게 걱정스러운 표정으로 물었다.

"그 결과를 보면 신마성의 내심을 파악할 수 있겠지. 그들이 정말 정복지에서 물러나 더 이상 패권을 추구하지 않을지 어떨지……."

아적삼이 고개를 돌려 남쪽 바다를 바라보며 말했다. 그 바다를 건너면 파나류의 옛 북창 항구가 있었다.

아적삼이 궁금해하던 옛 북창의 소식은 하루가 지나지 않아 전해졌다.

그리고 그 내용은 놀라운 것이었다.

"정말? 정말 신마성이 옛 북창 항구를 포기했다고요?"

왕도문이 믿을 수 없다는 듯 되물었다.

그러자 용전사 송각이 대답했다.

"그렇다는군. 십이귀선의 후탄은 신마성에 복속되지도 않았다고 하더군. 신마성은 옛 북창항을 아무런 대가 없이 후탄에게 넘겼다고 한다. 물론 알려지지 않은 그들만의 은밀한 거래가 있을 수도 있겠지만……."

"아니, 그게… 왜 그런 말도 안 되는 일을?"

왕도문이 도저히 이해가 되지 않는다는 표정으로 중얼거렸다.

"그들이 정말 세상의 일에서 물러나는 걸까요? 그럼 세상에 나온 목적은 오직 이왕사후를 패망시키기 위한 것뿐이라는 건데……."

소독이 중얼거렸다.

"검왕께서도 혼란스러워하시는 것 같더군."

송각이 굳은 얼굴로 말했다.

"이렇게 되면 결국 옛 북창 사람들만 억울하게 된 것이군요. 대체 그렇게 쉽게 포기할 거면 왜 공격을 해서……."

하연이 화가 난 표정으로 말했다.

"그야 북창 촌장님을 위해서였겠지."

소독이 말했다.

"아무리 그렇다고 해도……."

하연이 여전히 이해할 수 없다는 듯 고개를 저었다.

그러자 사비옥이 말했다.

"아무튼 북창 사람들에게도 좋은 상황이라고 할 수 있지. 십이귀선이라면 신마성보다는 훨씬 수월한 상대니까. 더군다나 그자들은 우리 묵룡대선과 피할 수 없는 싸움을 앞두고 있고. 우리도 이 싸움에 참여할 명분이 있는 것이지."

"듣고 보니 그러네. 신마성이 물러난 것이 십이귀선의 해적 놈들만 좋은 일은 아니었구나."

왕도문이 고개를 끄떡이며 말했다.

그러자 침묵하고 있던 무한이 송각에게 물었다.

"전면전을 선택하실까요?"

"십이귀선에 대한 공격 말이냐?"

송각이 되물었다.

무한이 고개를 끄떡여 대답을 대신했다.

"글쎄… 아무래도 그럴 가능성이 크지."

"더 큰 싸움이 되겠군요. 서흑도에서의 싸움과는 비교도 되지 않을 만큼!"

"그렇겠지. 어쩌면 우리 묵룡대선 역사상 가장 큰 싸움이 될 것이다."

송각이 대답했다.

"정말 신마성이 개입하지 않을까요?"

하연의 의심스러운 표정으로 물었다.

"…그건 누구도 확신할 수 없겠지."

"만약 개입한다면… 후우… 이건 정말 위험한 싸움이 되겠어요."

"어쩌면 모든 것을 걸어야 할지도……."

사비옥도 중얼거렸다.

그런데 그때 망루에서 망을 보던 용전사가 큰 소리로 외쳤다.

"북쪽에서 배가 옵니다!"

"배? 적인가?"

무한을 비롯해 이야기꽃을 피우던 전사들이 놀라 묵룡이선의 난간으로 달려가 북쪽 바다를 살폈다.

그러자 그들의 눈에 검은색 일색인 배가 점처럼 들어왔다.

"어? 저건?"

왕도문이 놀란 표정을 지었다.

"본선인가? 칸, 그래?"

하연이 무한에게 물었다.

이제 동료들은 무한의 오감이 자신들보다 특별하다는 것을 자연스럽게 받아들이고 있었다.

그래서 멀리 보이는 배의 정체를 무한에게 확인하는 것 역시 자연스러운 일이었다.

"맞아요. 묵룡본선이 왔어요."

무한이 고개를 끄떡이며 대답했다.

독안룡 탑살의 등장은 신마성이 옛 북창 항구를 십이귀선의 두목 무면귀에게 대가 없이 넘기고 퇴각한 것만큼이나 갑작스러운 일이었다.

묵룡이선에 타고 있던 전사들이나 선원들 중 독안룡 탑살이 서흑도에 접근해 있다는 것을 아는 사람은 아무도 없었다.

오직 독사검왕 서군문과 총관 옹백, 그리고 대전사 석다산만이 독안룡 탑살의 움직임을 알고 있었다.

세 사람은 묵룡본선의 등장에 놀라지 않고 기다렸다는 듯 독안룡 탑살을 맞이했다.

독안룡이 도착하자마자 묵룡대선의 수뇌부는 반나절 가까이 선실에 들어가 향후의 행보를 논의했다.

논의가 끝나고 난 후, 독안룡 탑살은 열다섯 명의 묵룡전사들을 자신의 선실로 불렀다.

그리고 다시 삼 일 후 한 척의 작은 배가 서흑도를 떠나 검은 대륙 파나류를 향해 출발했다.

무한은 다른 용전사들과 함께 그 배에 타고 있었다.

쿠우웅!

배가 산처럼 거대한 파도를 넘었다.

어떤 배도 항해할 수 없을 만큼 거대한 파도가 파나류 북부 해안에 일고 있었다.

하지만 그런 바다의 뜻을 무시하고 바다를 여행하는 사람들도 있었다.

목숨을 모험과 바꿀 수 있는 사람들, 혹은 목숨을 내놓고라도 해야 할 일이 있는 사람들이 그런 사람들이었다.

무한은 배 위에서 파도의 산 너머로 간혹 모습을 드러내는 검은 땅을 바라보고 있었다.

배가 파도의 정상에 올랐을 때 잠깐씩 모습을 보이는 파나류는 여전히 검은빛이었다.

신마성이 파나류 깊은 곳에 있다는 그들의 발원지로 물러나고, 그들이 물러난 땅에 하루가 다르게 새로운 세력들이 우후죽순처럼 일어나고 있었지만, 파나류의 검은 빛은 여전히 우울했다.

배에는 열다섯 명의 묵룡대선 전사들이 타고 있었다.

전사들을 이끄는 사람은 묵룡사왕 중 한 명인 사풍왕 보로, 그 외에도 묵룡이선의 대전사 석다산도 타고 있었다.

일행의 구성은 소룡오대 출신의 용전사와 노련한 중년의 전사 송각과 전사 안홍이 이끄는 다섯 명의 일반 전사들로 이뤄져 있었다.

그리고 그들과 어울리지 않는 또 한 사람이 배에 타고 있었다.

갈륵족의 마지막 후예 장마산, 그 역시 이 거친 파도를 넘어 파나류로 향하는 배에 타고 있었는데 그는 이 위험한 항해에서 가장 고생하는 사람이었다.

"우욱!"

장마산이 배의 난간을 잡고 연신 토악질해 대고 있었다.

거의 평생을 파나류 내륙인 청류산에서 살아온 그에게 이런 거친 항해는 견디기 어려운 일이었다.

소룡오대와 파나류를 떠나 무산 해협을 횡단하는 긴 여행을 해보지 않은 것은 아니지만, 그때와 지금은 바다의 환경이 전혀 달랐다.

당시에는 이런 거친 파도를 일으키는 풍랑이 없었다.

"괜찮으세요?"

무한이 토악질을 해대는 장마산에게 다가가 등을 두드리며 물었다.

"괘, 괜찮네. 하지만 이건 정말… 이렇게 힘들 줄은 몰랐군."

한바탕 멀미를 한 장마산이 고개를 절레절레 흔들며 말했다. 그런 장마산에게 무한이 작은 수통을 건넸다.

장마산이 무한에게 수통을 받아 들고 입을 대지 않은 채 수통을 기울여 입에 물을 쏟아부은 후 한바탕 입을 헹궈 바다로 뱉어냈다.

"그래도 이제 다 와가요."

"그러게. 이렇게 한바탕 멀미를 하고 나면 이런 환경에 익숙해진다던데. 익숙해지려니 물이군."

장마산이 난간에 기대어 눈을 가늘게 뜨고 검은 땅을 바라보며 말했다.

"후회하지 않으세요?"

무한이 문득 물었다.

"후회? 뭐에 대해? 묵룡대선의 사람이 된 것? 아니면 이번 일에 따라온 거?"

장마산이 되물었다.

"둘 다요."

"글쎄… 묵룡대선의 사람이 된 것은 후회할 일이 아니지. 덕분에 아내와 아이들은 안전하게 살 수 있으니까. 사실 청류산에서는 이공 어른이 도움을 주신다고 해도 늘 불안했거든. 내가 갈룩족이라는 사실이 알려지는 순간 어떤 위험이 닥칠지 알 수 없었으니까. 하지만 묵룡대선에서는 그런 위험은 없지."

"그렇긴 하죠. 특히 봄섬에 머문다면……."

"그래서 후회 같은 것은 없어, 차라리 행운이라고 생각할 정도지. 물론 이번 일은……."

장마산이 말꼬리를 흐렸다.

"굉장히 위험할 수도 있어요."

"그렇겠지. 하지만 솔직히 말하면 난 자신 있어."

장마산이 다부진 표정으로 말했다.

"그 말을 들으니 안심이 되네요. 이 계획은 아저씨가 있어서 가능한 것이니까요."

"후후, 설마. 내가 없다고 해도 이 계획은 실행되었을 거야. 다만 내가 조금 더 성공 확률을 높인다고 할 수는 있지. 파나류, 그것도 북부 파나류에 대해 나만큼 잘 아는 사람은 없으니까. 특히 흑룡강 유역은……."

"옛날 갈륵족의 터전이었다지요?"

"음."

장마산이 고개를 끄떡였다.

"그럼 뭐……."

"아무튼 그래. 나로서는 지난번 서흑도 싸움도 그렇고, 한 번이라도 더 묵룡대선을 위해 일할 수 있는 기회를 갖는 것이 좋지. 그런 기회들이 쌓여 나가면 내가 정말 묵룡대선의 일원으로 받아들여지는 게 빨라질 테니까."

"에이, 지금도 이미 아저씨는 묵룡대선의 식구예요. 아무도 타인이라고 생각하지 않을 거예요."

"물론 고맙게도 모두 그렇게 대해주고 있지. 하지만 다른 사람이 아니라 내 스스로 떳떳하고 싶어서 그래. 나도 묵룡대선을 위해 많은 일을 했다. 식구로서… 그런 마음을 갖고 싶어서."

"그럼 뭐……."

"그런데 그자, 정말 움직일까?"

장마산이 문득 화제를 돌렸다.

"움직일걸요?"

"왜 그렇게 확신하지?"

장마산이 되물었다.

"해적이잖아요."

"해적이어서라니?"

"도적이나 해적들은 기본적으로 강렬한 탐욕이 있으니까요. 더군다나 그는 옛 북창을 차지한 지 얼마 되지 않았어요. 북창을 재건하고, 자신만의 성을 쌓으려면 많은 재물이 필요하죠. 마침 서혹도도 빼앗겨 그곳에 숨겨두었던 재물을 모두 잃어버렸으니……."

무한이 차분하게 설명했다.

그러자 장마산이 고개를 끄떡였다.

"들고 보니 그렇군. 욕심 많은 성격이 아니라도 당장 재물이 절실하게 필요한 상태긴 하지. 어쩌면 세상모르게 신마성에 공납을 해야 할 수도 있을 거고."

"그럴지도 모르겠군요. 신마성이 정말 아무런 조건 없이 북창을 내어주지는 않았을 테니까요."

무한이 고개를 끄떡였다.

그때 배 중앙에서 사풍왕 보로의 목소리가 들렸다.

"상륙 준비를 하라!"

철퍽!

왕도문이 재빨리 배에서 뛰어내렸다. 바닷물이 그의 허리까지 차올랐다.

그러나 왕도문은 바닷물에 젖는 것을 아랑곳하지 않고 해안가 숲으로 전진했다. 그런 그의 손에 배와 연결된 굵은 밧줄이 들려 있었다.

풍덩!

그의 뒤를 이어 무한과 다른 몇몇 전사들이 해안가로 뛰어들었다.

그러고는 이미 뭍으로 올라간 왕도문을 따라가 그가 들고 있던 밧줄을 잡고 배를 끌기 시작했다.

쿠웅!

다섯 명의 전사들이 힘을 합쳐 밧줄을 끌자 작은 배의 뱃머리가 해안가 숲 초지 위로 올라왔다.

"배를 위장하고 숲으로 들어간다."

배를 뭍으로 올린 후 사풍왕 보로가 명을 내렸다.

그러자 묵룡대선의 전사들이 급히 배 안에서 짐을 챙겨 내린후, 무성한 숲에서 나무들을 베어내 뭍으로 끌어 올린 배를 위장하기 시작했다.

숲에 배를 감추는 일은 금세 끝이 났다. 작은 소선이었으므로 이각도 걸리지 않아 배는 나뭇가지로 덮였다.

그렇게 배를 감춘 무한 일행은 지체하지 않고 배를 떠나 숲으로 들어가기 시작했다.

*   *   *

툭툭툭!

십이귀선의 수장이자 최근 옛 북창의 주인이 된 무면귀 후탄이 자신의 거처에 앉아 손에 들린 검으로 나무 탁자를 무의식적으로 두드리고 있었다.

그것이 그가 깊은 생각을 할 때 하는 오랜 버릇이라는 것을 알기에 그의 곁을 지키는 호위들은 아무런 표정의 변화가 없었다.

그러다가 문득 후탄이 입을 열었다.

"가서 귀장들을 불러와."

"모두… 부를까요?"

호위 중 한 명이 되물었다.

"있는 사람은 다 불러와, 어서!"

후탄이 재촉했다.

"예, 선장님!"

호위가 대답을 하고는 즉시 후탄의 거처를 나갔다.

그러자 후탄이 자리에서 일어나 다른 수하에게 명을 내렸다.

"넌 가서 술 좀 가져와라."

"예, 선장님!"

대답을 한 수하 역시 앞서 명을 받은 자처럼 지체하지 않고 무면귀 후탄의 방을 벗어났다.

"확신이 서지 않을 때는 여러 사람들의 판단을 들어보는 것도 좋겠지."

탁탁탁!

후탄이 이번에는 선 채로 탁자를 두드리며 중얼거렸다.

후탄의 명은 이각이 지나지 않아 실행됐다.

사람보다 술이 먼저 왔다.

옛 북창 포구 외곽 바다에 나가 있는 십이귀장을 제외한 포구에 머물러 있던 다섯 명의 귀장들이 후탄을 찾았을 때는 이미 후탄 앞에 술상이 차려져 있었다.

"어서들 와."

귀장들이 안으로 들어서자 후탄이 손을 들어 귀장들을 불렀다.

그러자 다섯 명의 귀장들이 후탄 앞으로 다가와 서슴없이 후탄 앞에 자리를 잡고 앉았다.

자리를 잡고 앉은 귀장들 중에는 특이하게도 두 명의 여인이 있었다.

여인으로서 해적들을 통솔하는 귀장이 되는 것이 불가능하다고 생각할 수 있지만, 그녀들의 차갑고 살기 어린 얼굴을 보면 그녀들이 여인이라는 생각을 잊을 수밖에 없었다.

귀장들은 후탄의 수하들이기는 하지만 해적의 습성이 몸에 배어 후탄 앞에서도 행동에 거침이 없었다.

"갑자기 무슨 일로 술을……?"

십이귀장 중 서흑도에서 독사검왕에게 잡힌 와사불을 제외하면 가장 뛰어난 자로 알려진 안사가 물었다.

"북창을 차지하고 난 후에 술 한잔 하지 못해서… 겸사겸사 불렀네."

후탄이 무심하게 대답했다.

"그럼 제가 먼저 한 잔 올리지요."

안사가 자리에서 일어나 술병을 들어 후탄의 술잔에 술을 따랐다.

이후부터는 귀장들이 각자 자신들의 잔에 스스로 술을 채웠다.

"일단 한 잔씩들 하지."

후탄이 손을 들어 술을 권하고는 자신이 먼저 잔에 든 술을 한 번에 입에 털어 넣었다.

"흠!"

한 번에 술잔을 비운 후탄이 술맛을 음미하며 소매로 입술을 닦았다.

그사이 귀장들 역시 남김없이 술잔을 비웠다. 그들에게 술은 술이 아니라 물과 같은 모양이었다.

"술만 주시려고 부르신 것은 아닐 텐데요?"

두 명의 여귀장 중 한 명인 실리가 술잔을 내려놓으며 물었다.

"물론. 내가 한 가지 이야기를 할 테니 이 일에 대한 생각들을 말해봐. 자네들의 생각을 듣고 싶어서 불렀으니까."

"무슨 일이기에 저희들의 의견을⋯⋯?"

평소 후탄은 독선적인 성격이라 타인의 의견을 듣는 경우가 거의 없었다. 그런 그가 귀장들의 의견을 묻는다는 것은 정말 어려운 문제가 생겼다는 의미였다.

"그 빌어먹을 독안룡이 파나류에 사람을 보내 뭘 찾는다는데, 그게 정말인지 거짓인지 그걸 잘 모르겠어서⋯⋯."

탁탁탁!

후탄이 다시 검으로 술상을 치며 대답했다.

제5장

해왕의 보물

최근 얼마간 무면귀 후탄은 속으로 심한 감정의 기복을 겪었다.

물론 그럼에도 그는 그런 감정을 얼굴에 드러내지 않았다. 하지만 후탄의 마음은 결코 편치 않았다.

시작은 좋았다.

파나류의 북부 해안의 요지, 옛 북창 포구를 아무런 힘도 들이지 않고 신마성으로부터 넘겨받았기 때문이다.

그러나 그 이후부터는 불쾌한 소식이 계속 이어졌다.

서흑도에 나가 있는 세 명의 귀장으로부터 소식이 끊긴 것부터가 불길했다.

그리고 뒤를 이어 들어오는 소식들, 귀선 세 척이 수장당하고, 서흑도를 묵룡대선에게 빼앗겼다는 소식은 그를 충격과 분노에

빠뜨렸다.

그 충격은 과거 그가 흑라의 시대에 겪었던 패배의 충격과 비슷했다.

세 척의 귀선과 십이귀장 세 명을 잃은 것도 큰 피해지만, 그보다는 십이귀선의 명성이 다시 묵룡대선에 의해 꺾인 것이 더 큰 문제였다.

옛 북창 포구를 기반으로 해적이 아닌 강력한 해상 세력으로 부상하고 싶은 무면귀 후탄에게 서흑도의 패전은 큰 장애가 될 것이 분명했다.

파나류의 야심가들은 또다시 독안룡에게 철저하게 패배한 십이귀선의 힘을 얕잡아 볼 것이다. 그리고 양육강식의 세계에서 누군가 타인에게 약세를 보이는 순간 그는 강자들의 사냥감으로 전락한다.

그래서 이제 서흑도에서의 패배로 인해 파나류의 세력가들이 옛 북창과 무면귀 후탄을 노릴 가능성이 농후했다.

이 상황을 되돌리기 위해서는 어떻게든 묵룡대선, 아니, 독안룡 탑살에게 큰 피해를 줄 수 있는 반격이 필요했다.

그런데 그렇게 복수의 의지를 불태우고 있는 무면귀 후탄에게 유혹적인 소식 하나가 은밀히 전해진 것이다.

소식을 전한 것은 서흑도에 묵룡대선을 끌어들이기 위해 이용했던 거간꾼 묘풍이었다.

묘풍이 가져온 소식은 다시 한번 후탄을 흥분시킬 만큼 대단한 것이었다.

무산 해협을 중심으로 거대한 해상 연합 세력을 구성하려는 독안룡 탑살이 필요한 재원을 충당하려고, 오랫동안 숨겨두었던 그의 선조, 해왕의 숨겨진 보물을 찾기로 했다는 소식을 가져온 것이다.

그 보물이 숨겨진 곳은 파나류 내륙의 비처, 이미 그 보물을 가져가기 위해 일단의 묵룡대선 용전사들이 은밀히 파나류로 출발했다는 것이 거간꾼 묘풍이 가져온 소식이었다.

"그자를 믿을 수가 있을까요?"

여귀장 실리가 의심 어린 표정으로 물었다.

"믿을 수 없는 놈이지."

후탄이 말했다.

"그럼 당연히……."

"그런데 그놈이 이득에 밝단 말이야. 그놈의 심성은 믿을 게 못 되지만, 그놈의 욕심은 믿을 수가 있단 거지. 그래서 그 말이 사실일 가능성이 커."

"하지만 그런 중요한 일을 그자가 어떻게 알 수 있었겠습니까? 그자의 말대로 독안룡이 오랫동안 숨겨져 있던 해왕의 보물을 찾으려 한다면 철저히 비밀로 했을 텐데요."

실리가 다시 물었다.

"누번족 중에는 여전히 그놈과 소통하는 자가 있다고 한다. 서흑도에 들어간 묵룡대선 전사들의 시중을 드는 누번족 사람에게서 전해 들었고, 자신의 눈으로 독안룡이 파나류로 보내는 용전사들이 탄 배가 서흑도를 떠나는 것까지 확인했다고 하더군."

"그것만으로는……."

실리가 확신할 수 없다는 듯 중얼거렸다.

"그래서 확인을 해봤다. 그리고 그자들을 찾아냈지. 흑룡강 하구 인근의 해안가 숲에서 놈들이 숨겨둔 배를 발견했어. 그러니까, 적어도 독안룡이 용전사들을 은밀히 파나류로 보낸 것은 확실해."

탁탁탁!

무면귀 후탄이 다시 검으로 탁자를 두드리며 말했다.

그런 그의 행동에서 오랫동안 그를 따른 십이귀장들은 이미 그가 묘풍이란 거간꾼이 가져온 소식을 믿고 있다는 것을 알아챘다.

그의 욕심이 이미 묘풍이 가져온 소식을 진실이라고 믿게 만들고 있는 것이다.

그리고 일단 그가 독안룡 탑살이 그 선조로 여겨지는 고대의 전설적인 고수 해왕 장천이 숨겨놓은 보물을 찾으려 한다는 사실을 믿는 순간 다른 귀장들의 의견을 그리 중요치 않았다.

감히 그의 믿음에 반기를 들 귀장은 없기 때문이었다.

그래서 귀장들은 더 이상 묘풍이 가져온 소식을 의심하는 말을 하지 않았다. 대신 그들은 이 일을 어떻게 처리할지에 대한 의견을 말하기 시작했다.

"독안룡의 손에 막대한 보물이 들어가는 것은 위험한 일입니다. 그 힘으로 서흑도의 부족들과 옛 북창 사람들을 강한 세력으로 키울 수 있을 테니 말입니다. 그럼 우리에겐 큰 위협이 될 것입니다."

귀장 안사가 어두운 표정으로 말했다.

"그렇지? 역시 위험한 일이지?"

후탄이 되물었다.

"그렇습니다. 사실 그들만이 아니라 파나류 내에서 우후죽순처럼 일어나는 세력들을 끌어들일 수도 있을 겁니다. 지금 파나류의 야심가들에게 가장 필요한 것은 성을 세우고, 전사들을 모을 재력이니까요."

안사가 말했다.

"역시 안사 자네가 정확하게 상황을 읽는군. 맞아. 지금은 재물이 힘을 쓸 때야. 사실 우리도 재물이 무척 필요한 시점이고. 이 포구를 예전의 그 화려했던 북창, 아니, 그 이상의 단단한 요새로 재건을 하려면 그동안 모아둔 재물들로는 턱도 없어. 더군다나 서흑도에 숨겨놓았던 보물들은 모두 독안룡 그놈에게 빼앗겼으니까."

후탄이 무표정한 얼굴과 달리 분노가 느껴지는 목소리로 말했다.

"그럼 좋은 기회인 것 같습니다. 빼앗긴 것을 되돌려받을!"

그동안 침묵을 지키고 있던 귀장 누한이 말했다.

"나도 그렇게 생각하는데… 장소와 때를 정하기가 어렵군."

"당연히 놈들이 보물을 찾는 순간 기습을 해야 하지 않겠습니까?"

누한이 되물었다.

그러자 귀장 안사가 고개를 저으며 말했다.

"그렇게 서두를 일이 아니네, 아우."

"형님의 생각은 다르십니까?"

"생각해 보게. 만에 하나 우리가 파나류 내에서 묵룡대선의 용전사들과 보물을 두고 싸움을 벌인다는 사실이 알려지면 근방의 모든 세력들이 달려올 거야. 더군다나 용전사 놈들을 상대하려면 적지 않은 병력을 데려가야 할 텐데… 비밀을 지키기가 쉽지 않을 걸세. 더군다나 보물이 있는 장소가 해안가에서 멀리 떨어진 파나류 내륙 깊숙한 곳이라면 더더욱."

"듣고 보니 형님의 말씀이 맞군요. 생각보다 신중히 처리할 일이었군요."

누한이 고개를 끄떡였다.

그러자 무면귀 후탄이 입을 열었다.

"이 일을 실행하려면 여러 가지 생각해야 할 것들이 많아. 만약 그 보물들을 정말 빼앗아 온다면, 그리고 그 사실을 독안룡이 알게 된다면 우린 그와 바로 전쟁을 치러야 할 거야. 그런데 그 전쟁에서 이길 수 있을까?"

무표정한 후탄의 얼굴에서조차 독안룡과의 정면 대결에 대한 두려움이 엿보였다.

"그럼 해안가나 바다에서 공격하는 것도 위험하겠군요. 바다에서 일을 벌이면 누구라도 우리를 의심할 테니 말입니다."

안사가 말했다.

"그래. 그래서 조금 어렵더라도 난 그들이 보물을 찾아낸 직후에 공격하는 게 좋다는 누한 귀장의 생각에 동의하네. 일단 보물을 빼앗은 후 다른 놈들이 알아채기 전에 사라져 버리는 거지, 연기처럼. 물론 보물을 가지러 온 묵룡대선 놈들은 모두 죽여 버려야 하고."

그러자 귀장 안사가 다시 입을 열었다.

"말씀드렸듯이 그렇게 하려면 제법 많은 병력이 필요할 것입니다. 과연 사람들의 이목을 끌지 않고 일을 해낼 수 있을지⋯⋯."

안사의 걱정에 무면귀 후탄이 단호하게 말했다.

"나와 그대들 모두가 가면 된다."

"예?"

안사가 놀란 눈으로 무면귀 후탄을 바라봤다.

"안사, 자네 말처럼 사람을 많이 데려갈 수 없으니까. 우리 모두와 수하들 중 가장 뛰어난 놈들 열댓쯤 데려가면 가능하지 않을까?"

무면귀 후탄이 결정을 내리듯 말했다.

"그럼 이곳은⋯⋯?"

"일단 바다에 머물고 있는 귀장들에게 맡겨야지. 넷이면 얼마간 충분히 지키지 않겠나?"

"만약 독안룡이 공격해 오면 어쩝니까?"

누한이 물었다.

"그러지 않을 거야. 당장 공격할 것이면 보물을 찾으려고 사람을 보내지도 않았을 거야. 그자는 무척 신중한 자라서 아마도 서혹도에 제대로 된 성채를 구축하고 난 후에야 천천히 우리를 공격하려 하겠지. 아무튼 그리들 알고 준비해."

후탄이 더 이상 생각할 것 없다는 듯 명을 내렸다.

"⋯알겠습니다. 그럼 출발은⋯⋯?"

"삼 일 후에 출발하지. 그 전에 준비할 것이 있을 테니."

"너무 늦은 것 아닐까요? 사오일이면 놈들의 흔적을 찾기 가……"

안사가 걱정스럽게 말했다.

"내가 그렇게 허술한 사람은 아니지. 이미 꼬리를 붙여놨어."

"아! 역시 그러셨군요. 알겠습니다. 그런 그렇게 준비하겠습니다."

안사가 다부진 표정으로 대답했다.

"독안룡 그놈에게 제대로 한 방 먹여보자고, 후후후!"

무면귀가 흔하지 않은 웃음을 흘렸다. 물론 그럼에도 불구하고 그의 얼굴은 전혀 움직이지 않았지만…….

*   *   *

검은 땅을 여행하는 것은 낮이나 밤이나 그리 유쾌하지 않은 일이다.

하지만 일행의 어깨를 짓누르는 것은 이 땅의 색 때문이 아니었다.

파나류 깊은 곳으로 들어갈수록 일행의 말수는 줄어들었다. 또한 긴장감도 높아져 수시로 주변을 살피곤 했다.

이동하는 시간과 장소도 조심스러웠다. 한낮, 사람들의 눈에 띌 수 있는 시간은 철저히 피했고, 사람이 사는 마을 역시 우회했다.

그래서 흑룡강을 따라 십여 일을 올라왔지만, 실제로 이동한 거리는 그리 많지 않았다.

그리고 그쯤에서 일행의 길이 변했다.

그동안은 흑룡강 해안가 숲을 따라 이동했는데, 그때부터는 강으로부터 멀어지기 시작한 것이다.

강과 멀어진 그들은 검은 땅을 가득 채운 무성한 숲 지대를 관통해 황량한 검은 바위산 앞까지 도달했다.

그리고 그곳에서 일행은 바위산을 타고 오르기 시작했다.

"후욱후욱!"

장마산이 일정한 간격으로 숨을 내쉬었다. 검고 황량한 산을 오르는 것이 힘이 부치기도 했지만, 그가 힘을 나눠 쓰기 위한 버릇이기도 했다.

그는 그렇게 자신만의 독특한 호흡법으로 숨을 쉬면서 무공을 가진 묵룡대선의 용전사들에게서 뒤처지지 않고 오히려 앞장 서서 길을 열고 있었다.

갈륵족으로서의 그의 능력은 이번 여행에서도 여실히 드러나고 있었다.

일행이 검고 어두운 숲 지대를 관통해 이 황량한 산기슭까지 무리 없이 도착할 수 있었던 것은 모두 장마산의 노련한 길 안내 덕분이었다.

그렇다고 그가 이 산에 와본 적이 있는 것도 아니었다.

장마산은 그저 독안룡 탑살이 내어준 지도 한 장에 의지하고도 마치 여러 번 이 산을 오간 사람처럼 능숙하게 길을 찾아냈다.

덕분에 일행은 수월하게 계획된 날짜에 목적지인 검은 산에

도착할 수 있었다.

"좀 쉬어 가겠나?"

장마산의 숨이 조금 더 거칠어진 것을 깨달은 사풍왕 보로가 뒤에서 물었다.

그러자 장마산이 고개를 저었다.

"아닙니다. 거의 다 왔습니다. 도착해서 쉬지요."

"그런가? 이상하군. 선장님께서 말씀하신 곳이 보이지 않는데… 이런 곳에 석동이 있을 수 있나?"

사풍왕 보로가 고개를 갸웃했다. 그도 그럴 것이 그들의 목적지는 거대한 석동인데, 그들이 오르고 있는 산 어디에서도 석동의 입구를 찾을 수 없었다.

"산의 지형이란 것이 보는 방향에 따라 완전히 달라지지요. 저기 바위가 보이실 겁니다. 그 뒤로 돌아가면 여기서 보는 것과 전혀 다른 지형을 보게 되실 겁니다."

장마산이 확신하듯 말했다.

"그런가? 난 도통……."

"일단 가시지요."

장마산이 자신 있게 길을 안내했다. 정말 이곳에 자주 와본 사람 같았다.

일행은 장마산의 능력을 알고 있기에 반신반의하면서도 그의 뒤를 따라 걸음을 옮겼다.

그리고 다시 이각 여를 이동해 장마산이 지목했던 커다란 바위를 돌아가는 순간 일행의 입에서 탄성이 흘러나왔다.

"엇!"

"이, 이거 봐라. 갑자기 웬 절곡이……?"

일행이 저마다 탄성을 자아내며 서둘러 바위 뒤쪽으로 돌아갔다.

그러자 마치 누군가 거대한 칼로 날카롭게 산을 잘라낸 듯, 폭이 좁으면서도 그 끝이 보이지 않을 만큼 깊은 절곡이 눈앞에 펼쳐졌다.

푸드득!

절벽 사이에 둥지를 틀고 새끼를 낳아 기르던 새들이 이방인의 침입에 놀라 사방으로 날아오르며 요란스러운 소리를 냈다.

그러면서도 멀리 날아가지 않는 것은 둥지에 있는 새끼들 때문일 것이다.

일행은 그런 새들의 움직임을 바라보면서 이방인으로서의 발걸음을 내디뎠다.

"참 특이한 곳이군요."

무한이 입을 열었다.

아무도 짐작할 수 없는 곳에 위치한 이 깊고 좁은 절곡은 마치 사람들을 다른 세계로 이어주듯 산 저편까지 길게 이어져 있었다.

그 끝이 산의 반대편이라는 것은 이미 알고 있었다.

이 검은 산을 목적지로 정한 것은 이 산에 대해 독안룡 탑살이 누구보다 잘 알고 있기 때문이었다.

이 산의 지형에서부터 이 깊은 절곡의 존재와 그 안의 사정까지, 독안룡 탑살은 떠나는 일행에게 하나도 빼놓지 않고 설명했었다.

당연한 일이었다. 만약의 경우 무면귀 후탄 일행이, 그들이 해왕의 보물을 가지고 나오기 전에 공격하기로 결정한다면 바로 이 산에서 일을 벌일 것이기 때문이었다.

"지형을 모른다면 길을 잃기 십상인 곳이네."

장마산이 두려운 표정으로 주변을 살피며 말했다.

그의 말대로 절곡 안은 밖에서 보는 것과 달리 일직선의 한 길로만 이뤄진 것이 아니었다.

중간중간 다른 방향으로 이어지는 계곡들도 적지 않아서. 자칫 길을 잘못 들면 반대편 출구로 나가는 대신 이 절곡 안을 끝없이 헤매고 다닐 수도 있었다.

"그들이 들어온다면 일은 수월할 텐데……."

왕도문이 중얼거렸다.

그러자 이들의 수장인 사풍왕 보로가 말했다.

"후탄, 그자가 직접 온다면, 그는 이 안으로는 들어오지 않을 것이다."

"왜 그렇게 생각하십니까?"

왕도문이 되물었다.

"생각보다 겁이 많은 자니까. 좋게 말하면 조심성이 많은 것이고. 그 옛날 흑라의 시대 때 대해전에서 대패한 후 흑라의 처벌이 두려워 숨어버린 것을 보며 알 수 있지 않느냐? 그자는 위험을 감수하는 자가 아니야. 회피하는 자지."

사풍왕 보로가 확신하듯 말했다.

"그렇군요. 그래도 어떻게든 이곳으로 그자를 끌어들일 수 있으면 좋을 텐데요."

왕도문이 아쉬운 표정으로 말했다.

"그가 이 산에 나타나기만 해도 좋은 결과다."

사풍왕 보로가 차분하게 말했다.

"그가 올까요?"

"오긴 올 거다."

이번에도 사풍왕 보로가 확신하듯 말했다.

"겁이 많다는 것은 조심성이 많다는 뜻 아닌가요? 그런데도 산까지는 온다고요?"

왕도문의 되물었다.

"그래도 올 거야. 겁은 많지만 욕심도 많으니까. 그래서 그는 최대한 조심해서 우릴 공격하려 할 것이다. 당연히 우리가 해왕의 보물을 가지고 있는지 확인한 후에."

"결국은 우리가 이곳을 벗어나야 공격할 거란 뜻이군요. 애초에 생각했듯이."

왕도문이 중얼거렸다.

그러자 사풍왕 보로가 장마산에게 말했다.

"서둘러 가세. 밤이 되기 전에 목적지에 도착해야 하네. 그래야 편히 쉴 수 있을 것이네."

"알겠습니다. 해가 지기 전에는 도착할 것입니다."

"가세."

사풍왕 보로가 손짓을 하며 재촉하자 장마산이 어둡고 좁은 절곡을 다시 걷기 시작했다.

  일행의 여정은 장마산의 장담처럼 해가 지기 전에 끝이 났다.
  그들은 절곡의 중간에서 방향을 틀어 옆으로 이어진 또 다른
절곡으로 들어갔다. 그리고 그 절곡은 작은 동굴로 이어졌는데,
동굴로 들어간 일행은 이각이 지나지 않아 전혀 다른 풍경의 땅
으로 나오게 되었다.
  석양이 지고 있었다. 바위에 올라서면 검은 산 아래로 지평선
까지 펼쳐진 숲이 보였다.
  그 위로 드리운 석양이 붉게 퍼져 나가고 있었다. 석양 아래
숲이 검은색이라는 것을 상상할 수 없을 만큼 강렬한 붉은빛이
었다.
  일행은 한동안 검은 산 팔부 능선 자락에 있는 큰 바위 위에
올라 지는 해를 바라보고 있었다.
  묵룡대선을 타고 바다를 여행하면서 수없이 많은 아름다운
석양을 만난 일행이지만, 검은 산에서 보는 대지의 석양은 바다
의 그것과는 또 다른 감흥을 주었다.
  그들은 태양이 모든 빛을 감추고 사라질 때까지 바위 위에 있
었다.
  그러다 어둑한 밤이 시작되자 사풍왕 보로의 지시에 따라 다
시 그들이 나온 동굴로 들어갔다.

  "자, 이곳에서 한동안 지내야 할 테니 주변을 정리하도록 해
라. 오래 있을 것은 아니니까 너무 힘들이지 말고. 대충 정리하

고 오늘은 쉬도록 하자."

"예, 사풍왕님!"

일행이 일제히 대답을 하고는 동굴 안, 오래전 사람이 기거한 듯한 석실을 치우기 시작했다.

작지 않은 넓이의 석실 세 개가 이어져 있는 구조였지만, 일행은 동굴 안쪽을 금세 정리했다.

그리고 각자 마음에 드는 석실에 자신의 짐을 풀었다.

그렇게 각자의 머물 곳을 정한 후에는 동굴 입구와 가까운 곳에서 작은 모닥불을 피웠다.

물론 빛은 동굴 밖으로 새어 나가지 못했다.

모닥불이 피워지자 석실에 온기가 돌았다.

일행은 모닥불 주위에 모여 앉아 간단하게 요기를 한 후 사풍왕 보로의 말대로 일찍 잠자리에 들었다.

긴장된 여행을 오래 한 탓에 일행에게 가장 필요한 것은 휴식이었다.

하지만 다른 사람과 달리 무한은 잠자리에 들 수 없었다. 막내로서 그가 제일 먼저 동굴 밖으로 나가 불침번을 서야 했기 때문이었다.

"후우!"

불침번을 서기 위해 동굴 밖으로 나온 무한은, 도착하자마자 일행이 모두 올라 석양을 구경했던 바위 위로 올라섰다.

그리고 찬찬히 주위를 살펴본 후 어떤 인기척도 느껴지지 않자 바위 위에 엉덩이를 붙이고 앉았다.

그런데 바로 그 순간 바위 아래서 누군가 모습을 드러냈다. 무한이 시선을 아래로 주자 동굴을 나온 사풍왕 보로가 훌쩍 몸을 날려 바위 위로 올라왔다.

"무슨 일이라도……?"

무한이 사풍왕의 등장에 놀라 급히 물었다.

"아니다. 잠이 올 것 같지 않아서 나와봤다."

사풍왕 보로가 고개를 저으며 말했다.

그러고는 무한 옆에 털썩 엉덩이를 붙이고 앉았다.

하지만 무한은 사풍왕 보로가 정말 잠이 안 와서 나온 것이 아니라는 것을 알고 있었다. 그는 무한에게 하고 싶은 말이 있는 것이다.

무한은 보로에게 하고 싶은 말이 뭔지 묻지 않았다. 그는 그냥 담담하게 어둠에 싸인 검은 산 주변을 응시하며 보로가 하고 싶은 말을 할 때까지 기다렸다.

"선장님께 약간의 이야기를 들었다."

결국 보로가 먼저 입을 열었다.

"무슨……?"

"네가 다른 사람들이 생각하는 것 이상으로 뛰어나다는… 물론 이미 네가 다른 소룡 출신 전사들과는 전혀 다른 속도로 무공의 진보를 이루고 있다는 것은 알고 있었지만……."

"그야 운이 좋은 거지요. 혹은 제 친부모님께서 제 몸속에 뭔가를 남겨주셨을 수도 있다고 선장님께서 그러시더군요."

독안룡 탑살이 적어도 빛의 술사에 대해선 이야기하지 않았을 거란 믿음을 가지고 무한이 대답했다.

"음, 그 이유야 여러 가지겠지. 네가 선천적으로 무공에 대한 뛰어난 자질을 타고 태어난 것도 확실한 것 같고. 또 네 말대로 사막에서의 고립이 네게 무공에 대한 일종의 깨달음을 주었을 수도 있다. 그런데 내가 하고 싶은 말은 네 무공에 대한 것이 아니다."

"그럼……?"

무한이 되물었다.

"사실 이 계획을 세울 때 선장님께서 하신 말씀이 있다. 선장님께서 말씀하시길 이 일의 성패는 어쩌면 칸, 네게 달려 있을 수도 있다고 말씀하셨다."

"…제가 따로 해야 할 일이 있습니까?"

무한이 물었다.

독안룡 탑살이 그런 말을 했다면 그는 자신이 이번 계획에서 뭔가 특별한 일을 해주기를 바라고 있다는 의미였다.

"두 가지 말씀을 하셨다. 첫 번째는 너의 빠름이 무면귀의 움직임을 살피는 데 유용할 것이란 말씀."

"무슨 말씀인지 알겠군요. 산을 내려가 그들의 전력과 움직임을 확인하라는 말씀이시죠?"

무한이 되물었다.

"음… 할 수 있겠느냐? 위험할 수도 있는데."

"그 정도 일이야……."

"문제는 역시 속도다. 그들이 우리가 예상치 못한 움직임을 보인다면 그 일에 대비할 시간을 네가 만들어줘야 한다."

"해보겠습니다."

무한이 담담하게 대답했다.

"고맙구나."

"그런 일은 그냥 명을 내리시면 되는데……."

이렇게 부탁하듯 말하는 보로가 이해되지 않는다는 듯 무한이 말했다.

"음, 그 일 말고도 다른 일을 하나 더 말씀하셨다."

"…뭘 더 하면 될까요?"

무한이 정색을 하며 물었다.

그도 보로가 두 번째 하는 말이 정말 중요한 일이라는 것을 느낀 것이다.

"만약 일이 어려워지거나 혹은 무면귀 후탄이 도주하는 일이 생기면 그를 잡는 일을 네게 맡기라고 말씀하셨다. 솔직히 말해서 난 지금도 그 일을 네게 맡기라고 하신 것은 조금… 지나친 말씀이 아닌가 생각한다만."

"…그 말씀은 저도 의외군요. 제 생각에는 그를 추격하는 것만을 말씀하시는 것 같습니다. 그를 제압하는 것은……."

칸이 말꼬리를 흐렸다.

"음, 나도 그렇게 생각했다만… 모르겠다. 선장님께서 시간이 될 때 이 말을 네게 꼭 하라고 하시더구나. 아마도 너에 대한 선장님의 기대가 크기 때문이겠지."

보로도 무한이 혼자서 무면귀 후탄을 제압할 능력까지는 없을 거라 생각하는 것 같았다.

"뭐, 아무튼 기대가 큰 건 부담스럽지만 기분 나쁜 일은 아닌데요?"

무한이 보로를 보며 씩 웃었다. 그러자 보로가 마주 웃으며 말했다.

"네 녀석은 참… 알다가도 모를 녀석이다. 이런 상황에서 웃음이라니. 네놈 목숨을 걸고 하는 일이야."

"한 가지는 확실해서 그리 부담이 되지 않아요."

무한이 말했다.

"뭐가 확실한데?"

"제가 죽지 않을 거란 거요."

무한이 손으로 가슴을 툭 치며 말했다.

"오만하다고 꾸중을 한다면?"

보로가 정색을 하며 물었다. 그의 오랜 경험이 말해주고 있었다. 어떤 싸움이든 위험하지 않은 싸움은 없다고. 하물며 무면귀 후탄과 그의 정예 수하들을 상대하는 일이었다.

"이길 거라는 게 아니라 죽지 않을 거란 말이어서 꾸중은… 히히, 선장님과 사풍왕님도 인정하시듯이 제가 이제는 도망가는 데는 누구에게도 뒤지지 않는 사람이 되었거든요."

"뭐? 도망? 그 말이었냐? 위험하면 도망가겠다고?"

"일단 살고 봐야죠."

"하하하, 이 녀석 참, 정말 선장님 말씀대로 엉뚱한 데가 있단 말이야. 그래그래. 전쟁이나 싸움이나 모두 살자고 하는 일인데 목숨이 위험하면 도망을 가야지. 하지만 싸우기도 전에 도망가면 안 돼."

"그럼요. 도망은 언제나 최후의 수단이죠."

무한이 빙그레 미소를 지으며 말했다. 그러고는 다시 시선을 검은 산 아래, 오래된 숲으로 돌렸다.

사풍왕 보로가 잠시 무한을 바라보다 그 역시 무한을 따라 산 아래로 시선을 돌리며 말했다.

"어쩌면 선장님이 말씀이 맞을 수도 있겠구나."

"설마 이제 와서 제가 무면귀를 잡을 거라 말씀하시는 것은 아시죠?"

무한이 농담처럼 말했다.

"아니, 싸움 이야기가 아니고."

"그럼 선장님께서 저에 대해 다른 말씀도 하셨어요?"

"음… 네놈이 언젠가는 떠날 것 같다고 말씀하시더라. 지나가는 말로, 무척 서운한 얼굴이셨지. 본래 선장님은 강한 분이라 그런 표정을 잘 드러내 보이시지 않으시는데……."

"그건… 이미 묵룡대선에 탈 때부터, 그리고 선장님의 제자가 될 때부터 말씀드린 건데요… 새삼스럽게……."

"물론 그 이야기는 나도 들었다. 하지만 그 시간이 선장님 생각보다 빨라질 것 같다는 그런 말씀을 하시더구나. 정말 그럴 생각이냐?"

사풍왕 보로가 다시 물었다.

그러자 무한이 잠시 생각에 잠겼다가 대답했다.

"어쩌면… 그럴지도 모르겠어요. 더 이상 십이귀선 같은 강적이 바다에 존재하지 않게 되면, 그때는 뭐……."

"대체 왜?"

"그야… 심심하잖아요? 육주와 봄섬을 오가는 생활은."

"아이쿠, 심심해서? 그래서 어딜 갈 건데?"

"그야 모르죠. 여행이란 게 어디로 갈지 모를 때가 더 즐거운 법 아닌가요?"

"후우… 역시 젊구나. 그런 여행을 기대하는 것을 보니. 아무튼 그러기 위해서라도 이번에 제대로 하자."

"예! 그런데 언제 숲으로 갈까요?"

무한이 물었다.

"내일 새벽에… 무면귀라는 자, 생각보다 빨리 움직일 수 있으니까."

보로의 말에 무한이 굳은 표정으로 고개를 끄떡였다.

　　　　*　　　　　　*　　　　　　*

다음 날 묵룡대선의 전사들은 잠자리에서 일어난 후에야 무한이 사라진 것을 알았다.

그 사실을 처음 알아챘을 때 전사들은 크게 당황했지만, 사풍왕 보로가 무한에게 특별한 임무를 주어 산 아래로 내려보냈다는 소리를 듣고 나서는 당황한 마음 대신 보로에 대한 원망을 주절거렸다.

한 무리는 무한이 혼자 산 아래로 내려간 것에 대한 걱정으로, 다른 무리는 그런 흥미로운 임무의 적임자로 무한을 선택한 것에 대해 원망했다.

그러나 그들도 알고 있었다. 무한이 맡은 일이 은밀하게 움직여야 하는 일이고, 또한 그들이 견줄 수 없는 무한의 속도에 의지해야 하는 일이라는 것을. 그래서 결국 그들의 원망은 금세 수 그러들었다.

대신 그들은 그들의 막내 사제가 무사히 돌아오기를 바랄 뿐이었다.

산을 내려온 무한은 상쾌한 자유로움을 느꼈다. 검은 산 아래, 어두운 숲에 들어설 때도 마찬가지였다.

숲 역시 밤의 기운을 벗어냈으므로 밝기는 했지만, 땅이 검으니 날이 밝아도 검은 빛이 가득했다.

그러나 그럼에도 불구하고 무한은 즐거웠다. 묵룡대선의 사형 사매들과 지내는 것도 즐거웠지만, 이렇게 홀로 숲을 걷는 것은 전혀 다른 느낌의 즐거움이었다.

어쩌면 그건 어린 시절 사자림에서 육주의 강자들이 보낸 자들에 의해 고립의 삶을 살았기 때문인지도 모른다,

그 당시 그는 마치 사자림이라는 감옥에 갇힌 듯 답답했었다. 결국 스스로 절벽에서 뛰어내리는 도박을 할 정도로.

그 당시의 기억 때문인지 무한은 이렇게 홀로 자유로운 시간이 좋았다.

사막에서 일행에게서 홀로 떨어져 나왔을 때조차도 사실은 그 자유로움에 쾌감을 느끼기도 했었다.

그리고 이렇게 혼자일 때는 또 다른 즐거움이 그를 찾아온다.

카릉!

무한이 묵룡대선의 전사가 아닌 전혀 다른 존재로 변하는 순간을 알려주는 소리다.

"풍룡!"

무한이 하늘을 보며 손을 들었다.

그러자 어느새 나타난 풍룡이 수직으로 하강해 무한의 팔뚝에 내려서더니 능숙하게 팔을 타고 올라 무한의 어깨에 앉았다.

"용노는?"

무한이 어깨 위로 올라가 앉은 풍룡에게 물었다.

"카르륵!"

풍룡이 나직한 울음소리를 냈다.

"그래? 그럼 그리로 가자."

무한이 고개를 끄떡이고는 갑자기 숲을 달리기 시작했다.

그러자 한순간 무한의 모습이 검은 숲에서 사라졌다.

아니, 사라진 것이 아니라 그가 향하는 방향을 따라 한 줄기 빛이 그가 지나간 흔적처럼 남아 있었다.

＊   ＊   ＊

"이것 참 생각처럼 즐겁지만은 않은 생활일세."

빛의 신전을 지키는 삼대 문지기 중 한 명인 용노가 두 마리 말을 끌고 검은 숲을 걸으며 중얼거렸다.

투덜거리는 것은 아니지만 말투에 무료한 기색이 역력했다.

"그나저나 이놈은 대체 어디로 간 거야? 갑자기 사라져 버리다니."

용노가 무성한 나무들로 가려진 하늘을 보며 투덜거렸다. 아침까지도 간간히 눈에 보이던 풍룡이 벌써 반나절 이상 보이지 않고 있었던 것이다.

비록 무한처럼 서로의 말을 알아들을 수는 없지만, 그래도 간간히 모습을 보여주던 풍룡의 존재는 무한을 따라 이동하는 용노에게는 큰 위안이었다.

홀로 여행하는 그에게 오직 풍룡만이 여행의 동반자였기 때문이었다.

물론 아주 가끔, 그는 빛의 전사들을 만나기도 했다.

그러나 그들과의 만남은 아주 잠깐뿐이어서, 그들은 풍노가 어디로 여행을 갈지, 어떤 일을 하고 있는지조차 제대로 알지 못했다.

용노의 이런 행보는 새로운 빛의 술사 무한의 존재를 아직 빛의 전사들에게 드러내지 않았기 때문에 어쩔 수 없는 선택이었다.

그 와중에 풍룡조차 사라져 버렸으니 용노로서는 따분하기 이를 데 없었다.

"후… 하루빨리 술사님이 정체를 밝혀야 할 텐데. 그럼 아랫놈들과 같이 움직여도 되어서 심심하지 않을 텐데. 언제까지 이렇게 혼자 술사님을 따라다녀야 하는 건지……."

용노가 혼잣말을 중얼거리는데 갑자기 앞쪽 숲에서 풍룡이 나타났다.

카룽!

풍룡이 날카로운 울음소리를 내며 순식간에 풍노가 타고 있는 말 머리에 내려앉았다.

히히힝!

갑작스러운 풍룡의 등장에 놀란 말이 앞발을 높이 들며 비명을 내질렀다.

"워워! 진정해라! 진정해!"

풍노가 서둘러 고삐를 당기며 놀라 요동치는 말을 진정시켰다.

그 와중에도 풍룡은 말 머리에서 내려오지 않았다.

푸르륵 푸르륵!

말은 익숙한 주인의 손길에 금세 진정됐다.

그러자 풍노가 화가 난 표정으로 풍룡을 향해 주먹을 쳐들었다.

"이런 말썽꾸러기가 있나. 어딜 갔다 불쑥 나타나서는 말을 놀래켜! 얼른 내려가지 못해!"

"카릉!"

풍노의 호통에 풍룡이 여전히 말 머리에 앉은 채 당당하게 소리를 냈다. 마치 자신이 말 머리에 앉아 있을 자격이 있다는 듯.

"뭐라는 거야? 뭐? 대단한 일이라도 했다는 거냐?"

비록 풍룡의 말을 알아듣지는 못해도 오랫동안 풍룡을 돌봐온 덕에 대충 풍룡의 마음을 읽을 수 있는 풍노가 풍룡에게 물었다.

그러자 풍룡이 고개를 돌려 자신이 날아온 숲을 가리켰다. 풍노의 시선이 자연스럽게 풍룡을 따라 돌아갔다. 그리고 그 순간 그의 입에서 탄성이 흘러나왔다.

"오!"

풍노가 풍룡을 제쳐두고 앞으로 걸어 나갔다.

"술사님!"

"오랜만이죠?"

숲에서 걸어 나온 무한이 풍노에게 인사를 건넸다.

"여긴 어떻게?"

풍노가 반가우면서도 일행에게서 떨어져 나와 산 아래로 내려온 무한이 걱정되는지 서둘러 물었다.

"무면귀 후탄이란 자의 동태를 살피는 일을 맡았어요."

"술사님이요?"

풍노가 조금 놀란 표정으로 되물었다.

"예. 이상한가요?"

"아니, 저야 이상할 것이 없지만, 그래도 일행 중 가장 어린 분인데……."

"이젠 묵룡대선에서 제가 제법 유명한 사람이 되었어요. 빠르기로… 모두 절 무공의 천재라고 수군거리지요, 하하하!"

"뭐, 가지고 계신 능력으로 보면 당연한 일이지만, 그래도 이런 일은 보통 무공보다는 노련함을 우선시하는데……."

풍노가 말꼬리를 흐렸다.,

"글쎄 그런 믿음이 있다니까요, 저에 대한."

"하긴… 술사님은 특별한 분위기를 가지고 계시긴 하죠."

풍노가 고개를 끄떡였다.

"특별한 분위기라뇨?"

"농담 삼아 말하면 애늙은이 같은… 나이답지 않은 침착함이 있으시죠."

"후후후, 그런가요? 우울하네. 어려서 고생 많이 했다는 소리로 들려서."

"아이고, 글쎄 나쁜 뜻으로 한 말은 아니고요."

"하하하, 알고 있습니다. 아무튼 잘됐죠? 한동안 같이 지낼 수 있으니까. 심심하다고 불평하는 소리가 숲 저쪽까지 들리더라고요."

무한이 웃으며 말했다.

"아니, 그게 들렸습니까?"

풍노가 놀란 표정으로 물었다.

"괜히 무공의 천재겠어요?"

"…역시 밀교 법술의 힘이겠군요."

"가장 중요하죠. 하지만 제 재능과 노력도 분명히 섞여 있다는 건 알아주세요."

"후후후, 물론이죠. 이놈이 선택한 분인데."

풍노가 풍룡을 가리키며 말했다.

"카룽!"

풍룡이 도도한 모습으로 소리를 냈다.

"그래, 알아! 네가 영물이라는 거. 하지만 잘난 척 좀 그만해라. 질린다, 질려."

풍노가 고개를 저으며 말했다.

그 모습을 웃으며 지켜보던 무한이 잠시 기다려 들뜬 분위기가 가라앉자 차분해진 목소리로 물었다.

"두 분과는 연락이 되세요?"

"그야 뭐, 가끔 연락을 하고는 있습니다. 하지만 시간은 제법 걸리지요. 아무래도 저와 삼제는 끊임없이 움직이고 있으니까요."

"이공께서는 바다를 건너 송강 하구에 도착하셨겠지요?"

"지난번 연락은 그곳에서 보냈더군요."

"음… 그럼 그를 찾았는지 모르겠군요."

무한이 진지한 표정으로 중얼거렸다.

"그 마골이라는 사람이 그렇게 중요합니까? 특별히 삼제를 보내 찾아야 할 정도로?"

용노가 물었다.

본래 무한은 세상만사에 큰 관심이 없는데, 이공에게 부탁해서 찾아보라고 한 사람에게는 무척 관심을 보이기 때문이었다.

"제겐 중요한 사람이지요. 다른 사람들에게는 그리 중요하지 않을 수 있지만. 그리고 이공 님을 보낸 것은 그분이 육주 여행을 원했기 때문이었지요."

"아이구, 삼제는 술사님께 무슨 기쁨을 드렸기에 그런 호강을 누리나."

용노가 부러운 표정으로 소리쳤다.

"용노께서는 지금 생활이 힘이 드시나 보군요. 그럼 사곤 님과 바꾸실래요?"

"아아! 아닙니다, 아닙니다. 무슨 말씀을! 제 욕심이 과했습니다. 하하하!"

다시 열화산으로 돌아가 한열지의 빛의 신전을 지키는 일을 하는 것은 절대 수긍할 수 없다는 듯이 용노가 서둘러 고개를 저었다.

"그러니까요. 사실 사곤 님을 생각하면 용노께서도 운이 좋으신 편이지요."

"물론입니다, 물론입니다."

용노가 크게 고개를 끄떡였다.

그러자 무한이 가볍게 웃음을 흘리고는 손뼉을 탁탁 치며 말했다.

"자, 그럼 이제 얼굴 없는 귀신을 만나러 가 볼까요?"

무면귀 후탄을 두고 하는 말이다.

"흥! 제깟 놈이 무슨 귀신씩이나 되겠습니까. 겨우 해적 주제에."

"그래도 무산 해협을 수십 년간 주름잡고 있는 해적들의 왕인데요."

"그래 봐야 해적은 해적이죠. 아니, 아예 그놈의 목을 베어 가는 것은 어떻겠습니까? 귀찮게 따라다니지 말고."

용노가 허리의 검을 툭 치며 말했다.

다른 사람이 그런 말을 했다면 오만해 보일 수 있지만 빛의 신전을 지키는 용노가 한 말이기에 결코 허튼 말로 들리지 않았다.

"세상일이란 게 해야 할 사람이 따로 정해져 있지 않나요?"

"아이고, 또 애늙은이 같은 소리를 하시네. 예예, 알겠습니다. 세상일은 항상 그 주인이 따로 있는 법이지요. 놈의 목을 베는 것은 당연히 묵룡대선 전사들의 몫이고 말입니다."

용노가 두 손을 들어 올리면서 말했다.

"후후, 그만 가요. 풍룡! 부탁한다!"

"카릉!"

무한의 말에 풍룡이 날카로운 울음소리를 터뜨리고는 훌쩍
말 머리에서 날아올랐다. 그리고 순식간에 까마득한 창공으로
떠올랐다.

제6장

무면귀 후탄

무면귀 후탄과 그의 수하들은 북창 포구를 떠난 후 쉬지 않고 말을 몰았다.

　하지만 그렇게 광풍처럼 달려온 그들도 검은 숲으로 들어온 이후에는 신중하지 않을 수 없었다.

　파나류에 연해 살아왔지만, 그들이 익숙한 공간은 파나류 북부 해안과 바다였다.

　그들이 이렇게 내륙 깊숙한 곳에서 활동하는 것은 이례적인 일이었다.

　더군다나 파나류 북부의 숲들은 검은 땅 위에 형성된 숲이라 사람들로 하여금 본능적인 두려움을 느끼게 만드는 곳이었다.

　그래서 자연히 무면귀 후탄이 이끄는 해적들의 속도 역시 숲으로 들어온 후에는 늦어질 수밖에 없었다.

하지만 그렇다고 무면귀와 그 수하들이 초조한 것은 아니었다. 이미 첩자를 통해 묵룡대선의 전사들이 어느 곳으로 향했는지 알고 있기 때문이었다.

그들은 숲으로 들어온 이후 일정한 거리를 이동하면 반드시 휴식을 취했다.

아마도 적과 마주쳐 싸움이 벌어졌을 때를 대비해 최상의 몸상태를 유지하려는 목적인 듯 보였다.

서둘지 않았고, 조금 일찍 노숙지를 정해 휴식을 취하고, 아침에도 늦게까지 잠을 재우는 후탄이었다.

그래서 그 모든 것을 살펴보고 있는 무한은 조금 지루한 느낌이 들 정도였다.

"게으른 것은 아닌데……."

무한 곁에서 용노가 심드렁한 표정으로 중얼거렸다.

"신중한 거죠."

무한이 대답했다.

"아무래도 그렇겠지요? 역시 후탄이란 놈, 만만한 놈이 아니군요."

"십이귀선의 역사가 그의 능력을 말해주는 것 아니겠어요?"

"그렇긴 하지요. 못된 놈이기는 하지만 능력만큼은 인정해 줘야 하는 놈이지요. 아무튼… 언제 돌아가시렵니까?"

용노가 다시 물었다.

풍룡이 후탄 일행을 발견한 이후 이미 이틀이 지나고 있었다.

후탄 일행은 검은 숲의 절반 정도를 전진한 상태였다. 이대로

라면 내일 정도가 되면 검은 산 근처에 도달할 수 있는 거리였다.

"일단 저들의 선택을 확인하고요."

"선택이라면……?"

"즉시 검은 산으로 올라가 공격을 시작할지, 아니면 우리가 해왕의 보물을 가지고 산을 내려올 때를 기다릴지, 그걸 확인해야 우리도 다음 계획을 세울 수 있지요."

"음, 그렇긴 하군요."

용노가 고개를 끄떡였다.

그러자 다시 무한이 입을 열었다.

"가장 좋은 것은 저들이 오랫동안 숲에서 기다리는 겁니다. 그렇게 시간을 벌면 선장님께서 북창을 공격할 충분한 시간이 될 테니까요."

"북창이 공격당했다는 소식을 듣고 저들이 귀환하려고 하면 어떻게 되는 겁니까? 길을 막는 것입니까?"

용노가 물었다.

"아뇨. 돌아가게 둘 겁니다. 그게 최선이지요. 돌아가면 결국 그들은 북창을 회복한 선장님을 만나게 될 테니까요. 사실 일단 무면귀가 옛 북창을 떠난 것만으로도 이 계획은 칠 할 이상 성공한 거지요. 다만……."

무한이 말꼬리를 흐렸다.

"걱정되는 것이라도……?"

"그나마 가장 위험한 상황은 저들이 북창이 공격당했다는 소식을 들은 후, 북창으로 돌아가는 것을 포기하고 산으로 올라와 우리 일행을 죽기 살기로 공격하는 것, 그리고 혹은 아예 다른 곳으로 도주하는 것이지요. 그 경우에는 조금은 고생을 하게 되겠지요."

"도주를 택하면 막는 겁니까?"

"그건 사풍왕님의 판단에 맡겨야지요."

무한이 말했다.

"그것 참… 일이 다 된 것 같으면서도 또 잡다한 변수가 남아 있군요."

용노가 턱을 쓸며 말했다.

"북창만 얻어도 큰 소득이기는 해요."

무한이 크게 신경 쓸 것 없다는 듯 말했다.

"하긴… 그렇긴 하지요. 애초 목적이 옛 북창 포구를 되찾는 것이었으니까."

용노가 고개를 끄떡였다.

무한과 용노는 다시 하루 밤낮을 무면귀 후탄과 해적들을 따라 이동했다.

밤에는 그들을 감시할 수 있는 아름드리나무 위에서 별빛을 벗하고 잠들었다.

깊은 잠에 빠져도 무면귀 일행의 갑작스러운 행동을 놓칠 일은 없었다.

빛의 법술을 전수받은 후 극도로 예민해진 무한의 오감뿐 아니라, 무한보다도 더 뛰어난 감각을 가진 영물, 풍룡이 그들과 함께 있기 때문이었다.

하지만 그런 능력도 사실 필요 없었다. 무면귀 후탄이 급하게 움직이지 않기 때문이었다.

그런 이유로 무한과 용노는 누군가를 추적하는 일치고는 한가로운 상태로 후탄 일행을 따라다니고 있었다.

"이곳이 좋겠군!"

한순간 후탄이 말을 세우며 말했다. 그러고는 다시 한번 주변을 둘러보기 시작했다.

눈앞에 검은 산이 보이고, 산 중턱 위쪽으로는 위태로운 바위의 군락과 까마득한 봉우리가 보였다.

산에는 사람이나 짐승들이 오간 듯한 흔적이 남아 있어 길의 형태를 그리고 있었는데, 산허리에서 길은 갑자기 산 뒤쪽으로 이어졌다.

멀리서 보면 그 흐름을 알 수 있지만, 그 길을 걸으면 중간에 길의 흔적을 잃기 십상인 산길이었다.

"준비를 하겠습니다."

그를 따라온 귀장들 중 우두머리인 안사가 말했다.

"일단 주변을 샅샅이 뒤져보게. 혹시라도 이곳에 사람을 남겨두었을 수도 있으니까. 발견하는 즉시 죽이고."

무면귀 후탄이 차갑게 명을 내렸다.

"알겠습니다."

안사가 대답을 한 후 뒤로 물러나 세 명의 해적을 데리고 주변 숲을 조사하기 시작했다.

"생각보다 신중한 놈이군요."

십이귀장 안사가 움직이는 거리만큼 나무와 나무를 건너 넘으며 뒤로 물러나던 용노가 말했다.

"해적질이라는 게 늘 조심해야 하는 일 아니겠어요?"

무한이 웃으며 말했다.

"하긴… 도적질을 하며 살아가는 자들에게 가장 중요한 것은 하나도 둘도 조심하는 거지요. 아무튼 거참, 멀리도 쫓아오네."

용노가 수색의 범위를 넓히고 있는 십이귀장 안사를 보며 투덜거렸다.

귀장 안사는 반경 일백여 장을 샅샅이 훑어본 후에야 무면귀 후탄이 있는 곳으로 돌아갔다.

후탄은 숲에서도 마치 바다에서처럼 모든 준비를 했다.

그는 근처 가장 높은 나무에 해적 한 명을 올려 보내 주변을 살피게 했다. 배 위 망루에 사람을 세우는 것처럼. 덕분에 무한과 용노는 더욱 조심할 수밖에 없었다.

그렇게 가장 먼저 경계병을 세운 후탄은 방어가 손쉬운 지형을 찾아 숙영지를 갖추기 시작했다.

가능한 소리를 내지 않으면서 주변의 나무를 조용히 베어 와 간단한 방책까지 세우는 후탄이었다.

그 모습을 보며 무한과 용노가 후탄의 조심성에 혀를 내두를 정도였다.

그렇게 은밀히 숙영지를 구축한 무면귀 후탄은 그때부터 숙영지에 틀어박혀 검은 산 위, 무한 일행이 움직이기를 기다리기 시작했다.

"기다릴 생각인 듯합니다."

무면귀 후탄이 검은 산 아래 숲에 숙영지를 구축한 지 하루가 지나자 용노가 말했다.

후탄이 수하들을 데리고 산을 오를 기미가 보이지 않기 때문이었다.

"그런 것 같군요. 그럼 저도 올라가 봐야 할 것 같습니다."

무한이 용노에게 말했다.

"다시 내려오십니까?"

"아마… 그럴 것 같긴 하군요. 이들을 살피는 일은 무엇보다 중요하니까."

"북창의 소식은 언제 전해질까요?"

"아마 지금쯤이면 북창을 공격하고 있을 겁니다. 전서구를 사용하면 이틀이면 족하고, 전서구가 아니라 사람이 움직인다면 조금 더 걸리겠지요."

무한이 대답했다.

그러자 용노가 잠시 생각에 잠겼다가 말했다.

"북창의 소식이 전해지는 시간이 길어지면 그가 산으로 올라갈 가능성이 크겠군요. 그러면 의심할 수도 있습니다. 너무 오래 산 위에 있으면."

용노가 신중하게 말했다.

그러자 무한이 고개를 끄떡였다.

"그도 그렇군요. 음… 그 문제는 올라가서 상의를 해봐야겠군요."

"어서 가보십시오. 전 이곳에서 계속 놈들을 감시하겠습니다."

"조심하시고요."

"후후, 해적 놈들 따위……."

용노가 가볍게 실소를 흘렸다.

하긴 그의 능력을 생각하면 무한이 걱정할 일은 아닐 수도 있었다.

"그럼 다녀올게요."

무한이 더 이상 걱정하지 않고 나뭇가지 위에서 일어났다. 그러고는 한순간에 그가 있던 자리에서 사라졌다.

"제길… 역시 다르군. 빛의 술사와 문지기의 무공은 애초에 차이가 있는 거야… 쩝!"

그림자도 남기지 않고 사라지는 무한을 보며 용노가 투덜거렸다.

*　　　　*　　　　*

후탄이 검은 산 가까이 다가와 있다는 것은 사풍왕 보로가 이끄는 묵룡대선의 전사들도 알고 있었다.

단지 짐작뿐 아니라 깊은 밤 검은 산 중턱까지 내려와 그들의 존재를 확인한 사풍왕 보로였다.

하지만 그럼에도 그들은 무한이 전하는 소식을 기다리고 있었다. 무한이 좀 더 정확하게 후탄의 움직임을 살폈을 것이기 때문이었다.

"기다린다? 역시 겁이 많은 자군."

사풍왕 보로가 중얼거렸다.

후탄이 산 아래 숲에 숙영지를 구축하고 그곳에서 산에 오른 묵룡대선 전사들이 움직이기를 기다린다는 무한의 말을 전해들은 후의 반응이었다.

"나쁘지 않은 것 아닙니까?"

사비옥이 물었다.

"뭐, 결과적으로는… 시간을 벌게 되었으니까."

사풍왕 보로가 고개를 끄떡였다.

"그럼 싸울 일도 없겠는데요?"

왕도문이 서운한 표정으로 말했다.

그러자 무한이 차분하게 말했다.

"우리가 끝내 보물을 가지고 내려가지 않으면 그들은 움직일 겁니다. 의심해서 뒤로 물러나든, 아니면 직접 보물을 가지러 산으로 올라오든. 물론 그 전에 북창의 소식이 전해져도 마찬가지지요."

"그렇겠지. 그런데 그때까지 기다리는 게 맞는 건가요? 아예 내려가서 승부를 내는 것이 낫지 않을까요?"

왕도문이 무한의 말에 동의하면서도 빨리 승부를 내고 싶은지 보로를 보며 물었다.

"성급하구나. 만만한 자들이 아니야. 최대한 기다리면서 저들의 행보를 보고 그에 맞춰 대응하는 게 낫다. 우리 목적은 저들을 제압하는 게 아니라 선장님께 북창을 공격할 시간을 만들어드리는 것이니까. 무면귀를 잡는 것은 그 이후의 일이다. 사실 북창을 되찾은 이후에는 우리의 안전이 제일 중요한 일이라고 할 수 있다. 선장님의 당부다!"

사풍왕 보로가 엄격한 표정으로 말했다.

"…그럼 할 수 없죠. 기다리는 수밖에."

왕도문이 시무룩한 표정으로 말했다.

그러자 보로가 무한에게 다시 명을 내렸다.

"칸, 다시 내려가거라. 이번에는 저들이 움직일 때 그때 올라오너라."

"알겠습니다."

무한이 대답을 하고는 자리에서 일어났다.

그러자 하연이 얼른 소리쳤다.

"야! 끼니라도 때우고 가!"

*   *   *

무면귀 후탄은 삼 일을 기다렸다. 예민한 그의 성격을 생각하면 무던히도 인내심을 발휘했다고 할 수 있었다.

그런 그가 검은 산에 들어간 묵룡대선 전사들의 행보에 의문을 가지기 시작했을 때, 아니, 그 의문이 무르익어 정말 검은 산에 해왕의 보물이 있는지, 묵룡대선의 전사들이 그 보물을 가지러 이곳까지 온 것이 맞는지를 의심하기 시작했을 때, 생각지 못한 소식이 그에게 날아들었다.

그리고 그 소식을 듣는 순간 그가 의심하기 시작했던 일들은 모두 현실이 되었다.

"뭐라고! 다시 말해봐라!"

쿵!

무면귀 후탄이 오늘쯤은 검은 산을 올라가 봐야겠다고 생각한 날 아침, 북창에서 급하게 날아든 소식에 들고 있던 검으로 강하게 땅을 찍었다.

그 덕에 간밤에 피워놓았던 모닥불의 잔재들이 허공으로 치솟았다.

무면귀에게 소식을 가져온 해적, 흑룡강 변에서 전서구를 통해 북창과 연락을 주고받던 해적이 분노하는 무면귀 후탄에게 죽을죄를 지은 사람처럼 머리를 조아리며 대답했다.

"북창이… 독안룡에게 공격받았다고 합니다."

"묘풍! 이 개자식……."

후탄의 입에서 거친 욕설이 흘러나왔다.

해적질을 그만두고 정상적인 파나류 북부의 영주로 거듭나려던 그가 최근 이렇게 거친 말을 내뱉은 적이 거의 없었다.

스스로 해적으로 살 때의 습관을 고치려고 노력 중이기 때문이었다.

그러나 이번만큼은 참을 수 없었다. 교활한 거간꾼의 말에 속은 것치고는 그 대가가 너무 크기 때문이었다.

북창을 잃는다면, 그리고 그곳에 정박해 있는 십이귀선을 잃는다면 그는 다시는 재기하지 못할 치명상을 입는 것이다.

아니, 재기는커녕 아마도 십이귀선이 몰락했다는 소문이 세상에 퍼지면 그간 자신에게 당한 자들, 약탈당한 상인은 물론, 같은 해적이지만 그에게 핍박받던 자들 모두 그를 사냥하기 위해

나설 것이다.

"무면귀님, 서둘러 북창으로 돌아가야지 않겠습니까?"

귀왕 안사가 물었다.

"돌아가? 돌아가서 무엇으로 독안룡과 싸운단 말이냐?"

후탄이 물었다. 이 와중에도 그의 표정은 변화가 없었다. 다만 그의 말투에서 짙은 분노가 느껴질 뿐이다.

"그건……."

"독안룡과 북창을 두고 싸울 수 없다면 북창을 떠난 수하들을 수습하는 일도 중요합니다."

여인으로 귀장의 위치에 오른 실리가 침착하게 말했다.

"돌아갈 때쯤이면 이미 모두 흩어졌을 것이다."

후탄이 중얼거리듯 말했다.

"그럼 이제 어떻게 합니까?"

다른 귀장 누한이 조심스럽게 물었다.

그러자 후탄이 잠시 생각에 잠겼다가 갑자기 고개를 눈앞 검은 산으로 돌렸다.

"이렇게 된 이상 파나류 내륙 깊은 곳으로 숨어들어 가야 한다. 한동안… 우리의 존재가 잊혀질 때까지 숨어 살아야겠지. 그 이후에 재기를 도모하도록 한다. 그 전에……."

후탄의 눈에서 갑자기 살기가 쏟아져 나왔다.

귀장들은 즉시 그의 의도를 알아챘다.

"위험할 수도 있습니다. 저들이 미끼라지만 우리의 공격을 예상하고 있었을 겁니다."

안사가 신중하게 말했다.

"물론 그렇겠지. 하지만… 겨우 스무 명 남짓한 놈들이다. 그 것도 사풍왕 보로와 석다산을 제외하면 젊은 놈들이 대다수고. 우린 노련한 귀장만 다섯이다. 이기지 못할 싸움이 아니야. 그대 로 물러나기에도 억울한 상황이고."

무면귀 후탄이 단호하게 말했다.

"묵룡대선의 용전사들은 나이가 어려도 생각보다 뛰어 난……."

안사가 다시 입을 열다가 한순간 후탄과 시선이 마주치자 급 히 입을 닫았다. 더 이상 반대했다가는 자신의 목이 먼저 날아 갈 수도 있다는 것을 깨달은 것이다.

"결정됐다. 공격한다!"

무면귀 후탄이 쐐기를 박았다.

그러자 그를 따라온 귀장들과 해적들이 군소리 없이 자리에 서 일어나 검은 산으로 올라갈 준비를 하기 시작했다.

"또 얼마간 헤어져 있어야겠네요."

싸움을 준비하는 해적들을 보며 무한이 말했다.

"어쩔 수 없는 일이지요."

용노가 서운한 표정으로 대답했다.

"그래도 아주 오래 걸리지는 않을 테니 주변에 머물러 주세 요."

"그 말씀은… 다른 계획이 있으신 겁니까?"

"…음, 십이귀선과의 싸움이 끝나면 육주로 가볼 생각입니다. 묵룡대선을 타고 갈지 아니면 혼자 갈지는 아직 모르지만……."

"삼제를 만나러 가시는 거군요."

용노가 말했다.

"맞습니다. 그곳에서 해야 할 일이 있어요."

"대체 삼제에게 찾으라 명하신 사람의 정확한 정체가 뭡니까?"

용노가 궁금한 듯 물었다.

그러자 무한이 웃으며 대답했다.

"사실 나도 그게 궁금합니다. 그 사람이 대체 어떤 비밀을 가지고 있을지……."

"후우… 술사께서 정확한 정체를 모르는 사람을 찾는다는 것이 이해가 되지 않는군요. 위험할 수도 있는 겁니까?"

용노가 걱정스럽게 물었다.

"전혀요. 다만, 실망할 수는 있겠지요."

무한이 미소를 지었다.

"점점 더 수수께끼 같은 말씀을 하시는군요."

"함께 가시죠."

"저도 말입니까?"

용노가 놀람과 기쁨이 섞인 표정으로 물었다.

"여기 남아서 하실 일도 없지 않습니까?"

"그거야… 당연히 그렇지요, 흐흐!"

용노가 음흉한 실소까지 흘렸다.

"그 웃음은 뭡니까?"

"흐흐 한열지에 계시는 사곤 노형님이 생각나서요. 제가 육주까지 간 것을 아시면… 흐흐흐!"

신전을 지키는 사곤이 자신을 부러워할 것을 생각하니 웃음이 나는 모양이었다.

"지금 이 모습을 사곤 님께 있는 그대로 전해드리지요. 그럼 나중에 뵈어요!"

그 말을 남기고 무한이 다시 연기처럼 용노 앞에서 사라졌다.

그러자 용노가 당황한 표정으로 중얼거렸다.

"아니, 뭐 그렇다고 일러바치실 것까지야……."

*   *   *

저벅저벅!

무면귀 후탄과 그 일행은 굳이 자신들의 존재를 숨기지 않았다. 세상이 그들을 보고 해적이라고 손가락질해도, 무면귀 후탄과 귀장들은 스스로를 해적이라 생각하지 않았다.

어느 성의 성주나 전사와 비교해도 뒤질 것 없다고 생각하는 그들이었다.

그래서 겨우 십여 명 남짓, 그것도 자신들을 끌어내기 위한 미끼로 쓰인 묵룡대선 전사들을 공격하는 데 굳이 움직임을 숨길 이유가 없다고 생각하는 듯했다.

그들은 산 뒤쪽으로 돌아서면 나타나는 좁은 절곡까지 단숨에 올라왔다.

하지만 그곳에서만큼은 그들도 걸음을 멈출 수밖에 없었다.

산 아래 숲에서 보면 산 뒤쪽으로 이런 높고 좁으며 날카롭게 갈라진, 절곡이 있을 거라고는 전혀 생각할 수 없었다.

그래서 갑자기 나타난 깊고 날카로운 절곡에 당황할 수밖에 없는 그들이었다.

더군다나 그 안으로 들어가 적을 공격해야 한다고 생각하면 쉽게 발을 떼놓을 수 없는 상황이었다.

"이놈들이 이곳으로 온 이유가 있군요."

귀장 누한이 절곡 앞에서 굳은 얼굴로 중얼거렸다.

귀장들 모두 절곡 안으로 들어가기가 두려운 듯 보였다. 당연한 일이었다. 이런 절곡은 지키는 자가 공격하는 자에 비해 배는 유리한 지형이었다.

무면귀 후탄 역시 망설여지는 것은 마찬가지였다. 호기롭게 검은 산을 올라오기는 했지만, 설마 이런 지형이 기다리고 있을 거라고는 생각지 못했던 것이다.

그런데 그런 그들의 망설임에 변화를 주는 일이 생겼다.

저벅저벅!

갑자기 절곡 안쪽에서 사람의 걸음 소리가 들리더니 검을 들고 활을 등에 멘 중년 사내가 절곡 앞에 모습을 드러낸 것이다.

"사풍왕 보로……."

귀장 안사가 중얼거렸다.

절곡에서 모습을 드러낸 자는 사풍왕 보로였다.

혹라의 시대 대해전에서 이미 사풍왕 보로의 활 솜씨를 직접 몸으로 경험한 안사로서는 본능적으로 경계심이 생길 수밖에 없었다.

"왔으면 들어오지 않고 뭘 망설이는 것이냐? 역시 해적 나부랭

이들이란 건가? 감히 이 안으로 들어올 용기가 없는 것이냐?"

사풍왕 보로가 오만한 자세로 물었다.

그러자 무면귀 후탄과 십이귀장들이 모욕감에 이를 갈았다. 그리고 그중 귀장 안사가 앞으로 걸어 나오며 소리쳤다.

"사풍왕, 이놈! 네놈이 그런 말을 할 자격이 있느냐? 싸우는 것이 무서워 절곡 안에 함정을 파고 기다리는 놈이!"

안사의 욕설에도 사풍왕 보로는 가볍게 미소를 지었다.

"후후 이제 보니 안사로구나. 널 기억한다. 혹라의 시대 대해전에서 가장 먼저 꼬리를 말고 도망가던 널 말이다. 그래, 그동안 용기가 좀 늘었느냐?"

보로의 말에 안사의 얼굴이 붉어졌다. 안사가 더 이상 참을 수 없다는 듯 앞으로 다가서며 소리쳤다.

"이놈! 절곡 밖에서 나와 겨룰 용기가 있으냐?"

창!

안사가 검을 빼 들었다.

그러자 사풍왕 보로가 미처 대답을 하기도 전에 그의 뒤쪽에서 굵은 사내의 목소리가 들렸다.

"안사, 사풍왕께서 왜 너 같은 쥐새끼를 상대하시겠느냐? 네놈은 내가 상대해 주마!"

안사를 향해 소리친 사람은 대전사 석다산이었다.

그가 앞으로 걸어 나오자 보로가 고개를 돌려 그를 바라봤다.

그러자 석다산이 말했다.

"제게 맡겨주시지요."

석다산의 청에 보로가 고개를 끄떡였다.

"알겠소. 그럼 이 싸움은 대전사에게 맡기겠소."

"감사합니다."

보로에게 고개를 숙여 보인 석다산이 훌쩍 몸을 날려 절곡 밖으로 나왔다.

그러고는 자신의 검을 그대로 땅에 박아 넣었다.

쿵!

석다산의 검이 검집째 땅속 깊이 박혀 들어갔다. 그 충격으로 작은 진동이 일어났다.

그러자 안사가 석다산의 기세에 밀려 자신도 모르게 두어 걸음 뒤로 물러났다.

"난 묵룡대선의 대전사 석다산이라고 한다. 나와 싸울 용기가 있느냐?"

석다산이 물러난 안사를 보며 물었다.

그러자 안사가 뒤로 물러난 것에 창피함을 느끼고는 그 창피함을 가리고자 거칠게 대답했다.

"네놈 따위 잡졸의 이름을 내가 어찌 알겠느냐? 아무튼 좋다. 네놈의 목을 잘라 사풍왕 앞에 던져주겠다."

안사가 살기를 뿜어내며 석다산을 향해 다가가기 시작했다.

석다산은 안사가 검을 뽑아 들고 다가옴에도 땅에 박아 넣은 검을 빼 들지 않았다.

대신 날카로운 눈으로 안사를 바라보며 한 발을 앞으로 더 내

디뎌 싸울 자세를 취했다.

"놈!"

여전히 검을 빼 들지 않는 석다산의 행동에 모멸감을 느낀 귀장 안사가 분노를 검에 실어 석다산을 찔러갔다.

쿠오!

본래 해적들은 도검의 구분이 거의 없는 병기를 사용한다. 안사의 검 역시 그랬다. 두꺼운 검신을 자랑하는 안사의 검이 마치 도처럼 곡선을 그리며 석다산의 목을 베어갔다.

석다산은 안사의 검이 사선으로 자신의 목을 향해 떨어지는 광경을 뚫어지게 바라보다가 상대의 검이 거의 반 장 안쪽으로 들어왔을 때 갑자기 움직였다.

툭!

갑자기 석다산의 몸이 땅으로 꺼지듯 푹 내려앉았다. 그리고 다음 순간 땅에 박아 넣었던 그의 검이 번쩍이는 검광과 함께 검집을 벗어났다.

팟!

석다산의 검이 땅에서 솟구치듯 그의 머리 위로 올라왔다.

카캉!

어느새 석다산의 머리 위를 지나고 있던 귀장 안사의 검이 석다산이 쳐올린 검과 강하게 부딪혔다.

"웃!"

안사의 입에서 당황한 듯한 음성이 흘러나왔다.

벼락처럼 쳐올리는 석다산의 검에 실린 힘이 생각보다 훨씬 강했기 때문이었다.

파팟!

안사의 검을 쳐낸 석다산의 검이 다시 한번 허공에서 움직였다.

펄럭!

순간 미처 땅에 착지하지 못한 안사의 등 쪽 옷자락이 석다산의 검에 길게 베여 펄럭였다.

"음!"

안사가 등으로 파고드는 차가운 한기에 놀라 신음을 흘리며 뒤로 물러났다.

"겨우 이 정도냐?"

뒤로 물러나는 안사를 따라붙으며 석다산이 소리쳤다.

"이놈……!"

안사가 뒤로 물러나면서도 재빨리 중심을 잡으며 다가오는 석다산을 향해 벼락처럼 검을 휘둘렀다.

콰아!

안사의 검이 수직으로 공기를 갈랐다. 석다산을 베려는 의도보다는 그의 공세를 늦추려는 의도가 강한 초식이었다.

그런데 그 순간 석다산이 크게 몸을 흔들었다. 그러자 그의 몸이 두어 개로 분리되는 듯한 모습을 보이며 안사의 검에서 흘러나온 검기를 옆으로 흘려냈다.

뒤를 이어 석다산의 검에서 한 줄기 빛이 뻗어 나갔다.

석다산의 검에서 뻗어 나간 빛이 당황하는 안사의 검과 충돌했다. 그 순간 정으로 강하게 바위를 깨뜨리는 듯한 굉음이 터져 나왔다.

쩡!
굉음과 함께 안사의 검신이 뚝 부러져 허공으로 날아갔다.

쾅!
절반이 부러져 나간 검을 들고 당황하는 안사의 가슴에 석다산의 발이 파고들어 왔다.
"컥!"
정확하게 명치를 가격당한 안사가 이삼 장 뒤로 날아갔다.,
쿵!
안사가 짐짝처럼 절벽에 부딪혔다.
"욱!"
그 충격에 안사가 다시 신음 소리를 냈다. 그런 그를 향해 석다산이 다시 한번 날아들었다.
빠르게 찔러낸 석다산의 검은 정확하게 안사의 명치를 겨누고 있었다.
그런데 그의 검이 안사의 가슴을 꿰뚫으려는 순간 한 자루 비도가 날카롭게 날아들었다.
팟!
캉!
석다산이 벼락처럼 검의 방향을 틀어 날아든 비도를 쳐냈다.

그러자 그 틈을 이용해 안사가 옆으로 물러나며 소리쳤다.

"검!"

안사의 외침에 귀장들 사이에서 한 자루 검이 날아왔다. 안사가 재빨리 동강 난 검을 버리고 새로운 검을 낚아챘다. 그러고는 이를 갈며 석다산을 향해 다시 달려들었다.

"오늘 네놈을 반드시 죽이겠다."

살기등등한 안사의 돌격을 보며 석다산이 재빨리 뒤로 물러났다.

하지만 그건 안사의 공격이 두려워서가 아니었다. 그의 시선은 안사가 아니라 어느새 십이귀선의 해적들 사이에서 삼사 장 앞으로 나와 있는 한 여인을 보고 있었다.

여인으로 십이귀선의 귀장이 되려면 남자들보다 두 배는 독해야 한다. 해적들은 특히 남녀의 차별이 심한 집단이어서 여인은 살아남기조차 힘들었다.

그런 집단에서 우두머리가 되었으니 허리에 비도를 꽂은 요대를 찬 십이귀장의 일인 실리의 능력과 독함은 의심할 필요가 없었다.

앞서 비도를 날려 안사를 위기에서 구한 것 역시 그녀였다.

그런 그녀의 존재로 인해 석다산은 안사에게만 집중하기 어려웠다.

그 틈을 노리고 안사가 맹렬하게 석다산을 공격했다.

캉!

안사의 검과 석다산의 검이 다시 한번 충돌했다.

그리고 두 사람이 거의 동시에 뒤로 물러났다. 충격은 역시 안사가 더 컸다. 다만 석다산도 처음처럼 안사를 밀어붙이지는 못했다.

귀장 실리의 비도를 신경 쓰지 않을 수 없었던 것이다.

그러나 그렇다고 빈틈을 보인 적을 그대로 둘 수는 없었다. 석다산이 실리를 신경 쓰면서도 뒤로 물러나는 안사를 향해 돌진했다.

콰아!

석다산의 검이 다시 안사의 심장을 노리고 파고들었다. 그러자 기다렸다는 듯이 실리가 비도를 날렸다.

슈욱!

실리의 비도가 살아 있는 생명처럼 꿈틀대며 석다산을 향해 날아갔다.

당연히 안사를 공격하던 석다산의 검도 방향을 틀 수밖에 없었다.

그런데 그 순간 갑자기 절곡 안쪽에서 한 줄기 검은 그림자가 바람처럼 튀어나와 거짓말처럼 석다산을 향해 날아가던 비도를 쳐냈다.

캉!

쩡!

검은 그림자가 쳐낸 비도가 절벽으로 날아가 부딪히더니 맥없이 바닥에 떨어졌다.

"하연 사매!"

비도를 쳐낸 검은 그림자가 사람의 형태로 변하는 순간 그림자의 입에서 화난 목소리가 터져 나왔다.

무한이었다.

무한은 모든 사람들이 경악스러운 시선으로 자신을 바라보는 것을 잊고 고개를 돌려 절곡 안을 노려보고 있었다.

그러자 절곡 안, 사풍왕 보로의 뒤쪽에서 하연이 빼꼼히 고개를 들고 두 손을 머리 위로 올려 손뼉을 쳤다.

"잘했어, 사제! 대전사님을 좀 도와드려. 다른 사람들이 방해하지 못하게."

"이게 무슨 짓입니까? 갑자기 밀어내면 어떡해요?"

무한이 다시 소리쳤다.

"네가 제일 빠르잖아!"

무한이 절곡 밖으로 뛰쳐나와 일리의 비도를 막은 것은 그의 의사와는 상관없는 것이었다.

아니, 약간의 준비는 하고 있었다.

그뿐 아니라 묵룡대선의 전사들 모두 언제라도 석다산이 위험해지면 싸움에 뛰어들기 위해 검을 빼 들고 있기는 했다.

그런데 그 와중에 하연이 귀장 실리가 비도를 날리려는 기색을 보이자 무한을 절곡 밖으로 밀어버린 것이다.

그리고 일단 절곡 밖으로 나온 무한은 달리지 않을 수 없었다. 그쯤 실리가 정말 석다산을 향해 비도를 날렸기 때문이었다.

"싸움에 집중하거라!"

무한이 계속 하연에게 불평을 늘어놓으려는 것을 본 사풍왕 보로가 무한에게 주의를 줬다.

어느새 귀장 실리가 무한을 향해 다가오고 있었기 때문이었다.

"제가… 합니까?"

무한이 당황한 표정으로 사풍왕에게 물었다.

하연에게 밀려 어쩔 수 없이 절곡 밖으로 나와 방패로 실리의 비도를 막기는 했지만, 그렇다고 자신이 귀장 중 한 명을 상대하는 것은 어울리지 않는 일이라고 생각한 것이다.

그의 실력이야 어떻든 그는 묵룡대선의 일행 중 가장 어린 사람이기 때문이었다.

"네가 그녀의 비도를 막았으니까. 그녀도 널 원할 것이다."

사풍왕이 턱으로 실리를 가리키며 말했다.

"그래도……."

"애송이! 도망갈 생각 마라!"

무한이 싸움을 망설이는 듯한 모습을 보이자 귀장 실리가 차갑게 소리쳤다.

그러자 무한이 시선을 돌려 실리를 바라봤다. 그녀의 차가운 안광이 무한의 동공을 파고들었다.

'참 독하게 살아온 사람이구나.'

실리의 눈빛을 보며 무한이 속으로 생각했다.

"운이 없구나. 네 의지로 나온 것이 아닌 것 같은데. 하필이면 내 비도를 막다니. 난 내 비도를 막은 사람을 살려둔 적이 없다. 더군다나… 사풍왕까지 어린 너에게 싸움을 강요하니 결국 넌 오늘 죽게 되겠지."

실리가 다시 한번 차갑게 말했다.

그러자 무한이 덤덤한 표정으로 대꾸했다.

"당신의 비도가 두려워서 물러나려는 게 아니오. 다만, 용전사들 중 막내인 내가 나서는 것이 주제넘은 것 같아서 물러나려 했던 것이지. 그런데… 어쩔 수 없이 내가 당신을 상대해야겠구려. 그래서 아마도 운이 없는 건 내가 아니라 당신이 될 거요."

"네가 감히 날 상대할 수 있을 거라 생각하느냐? 네 말대로 넌 네 동료들 중 가장 어린데?"

실리가 차가운 비웃음을 흘리며 말했다.

그러자 무한 역시 입가에 미소를 지으며 대답했다.

"당신은 하나만 알고 둘은 모르는군. 사풍왕께서, 그리고 내 사형제들이 왜 나에게 당신을 상대하라고 했겠소. 그건 내게 당신을 상대할 능력이 있기 때문이라고 생각지 않소? 아니면 저 양반들이 당신들처럼 독하고 사악한 사람들이어서 어린 사제를 죽음의 구렁텅이에 밀어 넣을 사람들처럼 보이시오?"

무한의 질문에 한순간 실리의 표정이 굳어졌다.

생각해 보면 이상한 일이기는 했다. 십이귀장을 상대하는 데 가장 어린 전사라니… 그건 오직 두 가지 경우에만 가능하다.

이 젊은 전사가 죽기를 바랐거나, 혹은 정말 그에게 실리 자신을 상대할 능력이 있다고 믿거나.

"실력을 보겠다!"

의문을 푸는 가장 확실한 방법은 상대와 직접 겨뤄보는 것이다.

실리가 두 손을 내려뜨리며 무한을 공격할 준비를 했다. 그녀의 양손에는 이미 각기 한 자루씩의 비도가 들려 있었다.

"어쩔 수 없군."

무한이 고개를 저으면서 들고 있던 방패를 가슴까지 들어 올렸다.

실리는 비도를 날리기도 전에 이미 상대가 만만치 않다는 것을 깨달았다.

무한이 그저 방패를 들어 올려 가슴을 막고 있을 뿐인데 비도를 날려 보낼 허점을 찾기 어려웠기 때문이었다.

하지만 이런 경우에도 방법은 있다. 적을 움직이게 만들고, 그 움직임에서 허점을 찾는 것이다. 실리와 같은 비도의 고수들이 즐겨 쓰는 수법이다.

팟!

한순간에 실리가 왼손의 비도를 날렸다.

슈우욱!

실리의 손을 떠난 비도가 무한을 향해 직선으로 날아가지 않고 허공으로 떠올랐다. 그리고 십여 장 높이로 떠오른 후 곡선을 그리며 하강을 시작하는 순간 비도가 놀라운 속도를 만들어 냈다.

쐐액!

허공에서 내리꽂히는 비도에서 소름끼치는 파공음이 일어났다.

그리고 그 소리의 격렬함만큼이나 빠르게 비도가 정확하게 무한의 정수리로 떨어졌다.

"아!"

누군가의 입에서 탄성이 흘러나왔다.

적아를 떠나 비도가 만들어내는 선이 너무 신비롭고 아름다우면서도 살기 가득하기 때문이었다.

무한이 시선을 여전히 실리에게 두면서 방패를 머리 위로 들어 올렸다.

콰아아!

그의 귀에 폭포수처럼 떨어지는 비도의 파공음이 들렸다. 당장에라도 눈을 들어 비도의 실체를 확인하고 싶은 충동이 일어나는 소리다.

그러나 무한은 고개를 들지 않았다. 그의 시선은 여전히 귀장 실리에게 고정되어 있었다.

그녀는 어느새 다시 양손에 비도를 들고서 무한이 허공에서 떨어지는 비도에 대응하기를 기다리고 있었다.

시선을 돌리거나, 혹은 몸을 움직여 허공에서 떨어지는 비도를 막는 순간이 그녀가 노리는 순간이었다.

뻔한 수를 알고 있으면서도 사람들은 그 수를 피하지 못할 때가 있는데, 지금 무한이 바로 그런 경우인 것 같았다.

하지만 사람들은, 아니, 적어도 실리는 무한의 진정한 능력을 너무 모르고 있었다. 특히 무한의 강점이 빠름에 있다는 사실은 더더욱 모르고 있었다.

그래서 그녀는 무한이 방패로 비도를 막을 것 같은 자세를 취하다가 갑자기 그녀의 시야에서 사라지는 순간, 상대의 허점을 찾는 대신 그녀 자신이 큰 허점을 노출할 수밖에 없었다.

픽!

무한을 향해 떨어지던 비도가 허공을 가르며 땅에 박혔다.

"대체……?"

귀장 실리는 당혹스러운 감정을 드러내며 갑자기 사라진 무한을 찾아 주위로 시선을 돌렸다.

그런데 그 순간 비도가 떨어진 지점에 다시 무한의 모습이 나타났다. 그리고 번개처럼 땅에 박힌 비도를 들어 실리를 향해 던졌다.

쐐액!

무한의 손을 떠난 비도가 실리가 던진 것만큼이나 빠르고 강력하게 실리를 향해 날아갔다.

"흡!"

실리가 놀라 숨을 들이켰다. 그러면서 급히 몸을 틀어 비도의 궤적에서 벗어났다.

그런데 그 순간 다시 묵직한 파공음이 그녀를 덮쳤다.

쿠우우!

무한이 들고 있던 방패가 어느새 실리의 머리를 박살 낼 듯 날아들고 있었다.

"웃!"

실리가 재빨리 허리를 뒤로 젖혀 무섭게 회전하는 방패를 피했다.

파팟!

그녀의 머리카락 몇 가닥이 마치 칼에 잘려 나가듯 회전하는 방패의 모서리에 잘려 나갔다.

그렇게 방패를 흘려보낸 실리가 재빨리 몸을 틀며 이삼 장 물러나 몸을 바로 세우는 순간, 갑자기 그녀의 등 뒤에서 한 자루 검이 다가와 그녀의 어깨를 찔렀다.

퍽!

"악!"

귀장 실리의 입에서 비명이 터져 나왔다. 그 순간 다시 그녀의 목 뒤 급소에 무한의 손이 닿았다. 그러자 그녀가 마치 생명을 잃은 고목처럼 땅 위에 쓰러졌다.

제7장

검은 숲 속의 추격전

어처구니없는 일이 벌어졌다.

비도의 달인 실리가 순식간에 무한에게 제압당하고, 귀장 안사가 불리하지만 여전히 대전사 석다산과 목숨을 걸고 싸우고 있는 상황에서 무면귀 후탄의 선택은 모두를 당황시켰다.

뜻밖에도 그 순간 도주를 선택했던 것이다.

"떠난다. 각자 목숨을 보전하라! 나중에 보자!"

그가 수하들에게 남긴 말은 그게 전부였다.

그는 그저 나중에 보자는 말을 남기고 검은 산을 가장 먼저 달려 내려가기 시작했다.

여전히 정면 대결을 벌이면 십이귀선의 해적들이 유리할 수도 있는 상황이었다.

숫자 면에서 유리했고, 비록 두 명의 귀장이 패배했다고는 해도 무면귀 후탄과 세 명의 귀장이 남아 있었다.

그들을 따라온 솜씨 좋은 해적들까지 동원해 전면전을 벌이면 십이귀선의 해적들이 패한다고 단정하기 힘든 상황이었다.

그럼에도 불구하고 무면귀 후탄은 미련 없이 도주를 선택했다.

아마도 이미 북창을 빼앗기고 십이귀선을 잃어 기반을 상실한 그로서는 괜한 위험을 감수하면서까지 묵룡대선의 전사들과 싸울 생각은 없었던 것 같았다.

어쩌면 해적이나 도적들이 타고난 특유의 성정, 일단 자신이 먼저 살고 봐야 한다는 그 본성이 때가 되자 살아난 것일 수도 있었다.

그런 면에서 무면귀 후탄은 타고난 해적이었다.

그리고 그 수하들 역시 해적임이 분명했다.

후탄이 도주하자 잠시 당황하던 십이귀선의 해적들이 후탄을 따라 일제히 산을 달려 내려가기 시작했다.

그 와중에 드디어 귀장 안사가 대전사 석다산의 검에 쓰러졌다.

"욱!"
쿵!
귀장 안사는 여귀장 실리보다 운이 좋지 않았다.

실리는 비록 부상을 당했어도 죽지는 않았지만, 안사는 최후의 순간 석다산의 검에 급소가 찔러 단번에 절명했기 때문이었다.

"추격합니까?"

급히 귀장 안사를 벤 석다산이 사풍왕 보로를 보며 물었다. 그의 말투에 조급함이 묻어난다.

이 싸움의 목적은 물론 북창을 회복하고, 그곳에 있는 십이귀 선의 배들을 침몰시키는 것이었지만. 그래도 싸움이라는 것은 그 우두머리를 잡아야 제대로 끝나는 법이기 때문이었다.

그래서 도주한 무면귀 후탄을 추격하는 일은 서둘 수밖에 없는 일이었다.

하지만 그럼에도 석다산이나 사풍왕 보로는 망설일 수밖에 없었다.

비록 도주했다지만 무면귀 후탄은 강한 자였다. 그의 실력은 의심할 바가 없었다.

그런 그를 추격하다 보면 예상치 못한 변수가 생길 수도 있었 다.

"쉽지 않군."

사풍왕 보로가 중얼거렸다.

그러면서 자신의 활을 매만졌다. 지나고 나니 아쉬움이 드는 것 같았다. 무면귀 후탄이 도주를 선택했을 때, 보로 역시 당황 해서 화살로 그를 공격할 기회를 놓쳤던 것이다.

"그를 살려 보내면 향후 늘 손에 박힌 가시처럼 불편한 존재 가 될 것입니다. 물론 큰 세력으로 재기하는 것은 불가능하겠지 만, 곳곳에서 우리 묵룡대선의 형제들을 공격할 가능성은 충분 하지요. 그럴 만한 놈이고……."

석다산은 위험해도 추격을 하는 것이 좋다고 생각하는 것 같왔다.

그러자 사풍왕이 잠시 생각에 잠겼다가 무한에게 물었다.

"따라잡을 수 있겠느냐?"

"제, 제가요?"

무한이 갑작스러운 사풍왕의 말에 놀란 표정으로 되물었다.

그러자 보로가 대답했다.

"네가 아니면 따라잡기 힘들 것이다. 아마도 이런 경우를 생각하고 선장님께서 그런 말씀을 하신 것 같구나."

사풍왕 보로가 며칠 전 밤에 한 말을 꺼내들었다.

그때 보로는 만약의 경우 무한이 무면귀 후탄을 상대할 수 있을 거라는 독안룡 탑살의 생각을 전했었다.

"그게······."

"일단 그의 발만 묶어놓아라. 우리도 곧 따라갈 테니."

보로의 말에 무한이 잠시 머뭇거리다가 결국 고개를 끄떡였다.

"알겠습니다. 그럼 먼저 가보겠습니다."

기왕에 추격을 하려면 촌각이라도 빨리 움직이는 편이 좋다. 결심을 한 무한이 순식간에 해적들을 추격하기 시작했다.

그러자 사풍왕 보로가 계곡 안쪽을 보며 소리쳤다.

"모두 추격에 나선다. 다른 자들은 필요 없다. 오직 무면귀 후탄, 그자만 추격한다. 송각, 자네가 이곳을 지켜라."

"예, 사풍왕님!"

계곡 안쪽에서 전사 송각의 대답이 들려왔다.

그때는 이미 하연 등 묵룡대선의 전사들이 절곡을 뛰쳐나와 무한을 따라 추격을 시작하고 있었다.

*   *   *

"젠장할! 독안룡, 이 씹어 먹어도 시원찮을 놈! 내가 언젠가 반드시 네놈의 심장에 검을 박아주겠다. 물론 그 전에 하나 남은 네놈 눈알도 빼주고!"

후탄이 검은 숲을 달리면서 이를 갈았다. 멀리 그의 뒤쪽으로 십이귀장 중에서 살아남은 자들이 따라오는 것이 보였다.

"추격은 없는 건가?"

후탄이 잠시 걸음을 멈추고 뒤를 돌아봤다.

그러자 자신의 수하들 뒤쪽 멀리, 이제는 아스라이 보이는 검은 산 아래 부근으로 일단의 사람들이 달려 내려오는 것이 보였다.

"이것들이 따라오겠다는 건가?"

후탄의 얼굴이 어두워졌다. 설마 묵룡대선의 전사들이 추격할 거라고는 생각지 못한 모양이었다.

그러나 곧 그의 얼굴에 미소가 번졌다.

"흐흐흐, 이렇게 되면 나에게도 다시 기회가 있겠군. 한두 놈은 죽일 기회가. 그러자면 아무래도 놈들을 분산시켜야겠지. 귀장들은 모두 흩어져라. 적이 추격을 시작했다. 흩어져서 각자 살길을 찾아라. 살아나면 내가 찾아가마!"

후탄의 명에 멀리서 그를 따라오던 십이귀장과 해적들이 잠시 망설이다가 결국 사방으로 흩어지기 시작했다.

후탄은 그렇게 수하들을 흩어버리고 다시 숲을 달리기 시작했다.

"누구든 오너라. 제대로 화풀이를 해줄 테니!"

후탄이 검은 숲으로 모습을 감추며 소리쳤다.

무한은 잠시 멈춰 서서 앞과 뒤쪽을 살폈다.

후탄도 보이지 않고 뒤따라오는 묵룡대선의 전사들도 보이지 않았다.

그러자 무한이 천천히 걸음을 옮기며 입으로 작은 새소리를 흘렸다.

그렇게 삼십여 장을 더 이동하자 갑자기 나뭇가지가 펄럭이면서 풍룡이 무한의 어깨에 내려앉았다.

"앞뒤에 사람들이 있으니까 함께 있을 수는 없어. 그러니까, 하늘에서 사람을 좀 찾아줘."

무한이 어깨에 내려앉은 풍룡에게 말했다.

"카륵!"

풍룡이 얼른 대답했다.

"누군지는 알지?"

"카릉!"

"좋아. 그럼 시작해 보자."

무한이 고개를 끄떡이자 풍룡이 재빨리 무한의 어깨에서 날아올라 무성한 숲 사이로 사라지는 듯하다가 다시 그 위, 잔뜩 구름이 낀 창공으로 새처럼 날아올랐다.

무한은 잠시 그런 풍룡을 바라보다가 풍룡이 작은 점으로 변했을 때 다시 걸음을 옮겼다.

후탄은 규칙적으로 걸음을 옮기면서 가끔 휴식을 취했다. 물론 힘이 부쳐서 휴식을 취하는 것은 아니었다. 그는 그를 추격하고 있을 묵룡대선의 전사를 기다리고 있었다.

누가 가장 먼저 그의 눈에 띌지는 알 수 없었다. 만약 가장 먼저 눈에 띄는 자가 사풍왕 보로라면 그는 망설이지 않고 다시 도주를 시작할 것이다.

사풍왕 보로와 겨루면 패할 것이란 생각 때문은 아니었다. 사풍왕 보로와의 승부는 장기전으로 갈 수밖에 없는데, 그사이 다른 묵룡대선 전사들이 몰려오면 위기에 빠질 수밖에 없기 때문이었다.

기왕에 살기 위해 도주를 택한 무면귀 후탄이 그런 위험을 감수할 리 없었다.

하지만 사풍왕이 아니라 다른 자가 먼저 온다면 후탄은 빠르게 승부를 내 제대로 분풀이를 한 뒤 다시 도주할 생각이었다.

그런데 그런 후탄이 망설일 수밖에 없는 상황이 벌어졌다.

"제길, 왜 저 녀석이지?"

후탄이 무성한 나무들 사이로 언뜻 보이는 젊은 청년, 무한을 발견하고는 투덜거렸다.

사풍왕 보로가 오지 않은 것은 다행이지만, 귀장 실리를 제압한 무한 역시 만만찮은 상대기 때문이었다.

아니, 겨루면 여전히 후탄은 젊은 무한을 이길 자신이 있기는 했다. 적어도 묵룡대선의 전사들 중 사풍왕 보로를 제외하고는 누구도 자신을 상대할 수 없다고 자신하는 후탄이었다.

하지만 문제는 역시 시간이었다. 귀장 실리를 제압한 젊은 무한을 단번에 꺾어버릴 수 있을까 하는 의구심이 스스로에게 들었던 것이다.

망설일 수밖에 없었다. 단번에 승부를 내지 못하면 위험을 자초한 꼴이 된다.

"그렇다고 이대로 포기하는 건 말이 안 되지. 내가 누구냐! 난 십이귀선의 수장 무면귀 후탄이다. 독안룡의 유일한 적수로 꼽히는 사람이 내가 아니던가. 애송이쯤… 뭐, 십여 번 부딪힌 후 베지 못하면 그때 포기하면 되고……."

무면귀 후탄이 무한을 공격할 결심을 하며 중얼거렸다.

후탄이 검을 빼 들고 그 자신의 몸통보다 서너 배는 더 굵어보이는 아름드리나무의 뒤쪽으로 몸을 숨겼다.

"반격을 하겠다?"

무한이 거대한 나무로 다가서면서 중얼거렸다.

후탄을 쫓는 것은 어려운 일이 아니었다. 그 스스로도 그를 추격할 수도 있었지만, 풍룡의 도움까지 받은 이상 그를 놓칠 일은 없었다.

그래서 정확하게 후탄이 움직인 경로를 따라가고 있는 무한이었다.

그러다 거대한 나무 뒤에서 몸을 숨기고 자신을 기다리고 있는 후탄을 발견한 것이다.

"나쁘지 않겠지. 해적이기는 하지만 이런 강자를 만나 검을 섞어보는 것은 흔치 않은 기회니까."

무한이 방패와 검을 빼 들었다. 그리고 갑자기 속도를 높였다.

"웃!"

후탄의 입에서 당황스러운 음성이 흘러나왔다. 동시에 그가 아름드리나무에서 뒤쪽으로 빠르게 물러났다.

만만치 않은 상대라고 생각했지만, 설마 상대가 자신의 존재를 눈치채고 있을 거라고는 예상하지 못한 후탄이었다.

그래서 무한이 후탄의 검이 닿지 않을 거리를 벌려두고 빠르게 아름드리나무를 우회해 벼락처럼 공격해 오자 후탄은 당황할 수밖에 없었다.

그러나 그 와중에도 후탄은 무한의 기습적인 공격을 피해냈다.

팟!

무한의 검이 후탄이 숨어 있던 아름드리나무를 날카롭게 베어냈다.

보통의 경우 적을 베지 못하면 검이 나무에 박히게 마련이지만, 무한의 검은 무서운 속도로 나무의 한 면을 베어낸 후 다시 후탄을 겨누었다.

"정말… 만만치 않은 놈이구나. 쉬울 거라고 생각하진 않았지만."

후탄이 삼사 장 뒤로 물러난 후, 어느새 다시 자신을 향해 검을 겨누고 있는 무한을 보며 말했다.

"나도 조금 놀랐소. 옷이라도 벨 줄 알았는데."

무한 역시 자신의 기습적인 공격에 어떤 피해도 입지 않고 물러난 후탄의 실력에 놀라고 있었다.

역시 대단한 자다. 십이귀선의 주인으로 오랜 세월 무산 해협을 주름잡을 자격이 있는 후탄이었다.

그 성격이 음흉하고 교활한 것을 제외하면, 한 명의 무인으로서 결코 무시할 수 없는 인물이었다.

"나만큼이나 놀랐겠냐? 너 같은 애송이가 이런 무공을 가지고 있는 줄 누가 알았겠느냐? 넌 누구지?"

후탄이 새삼스럽게 무한의 정체를 물었다.

"묵룡대선의 전사란 걸 몰라서 묻는 것이오?"

"아니, 그야 모를 리 있나. 난 다만 네 이름과 진실한 내력을 알고 싶은 것뿐이다."

"이름 따위 알아서 뭘 하겠소."

"그래도 내가 죽인 놈의 이름 정도는 알아야 예의가 아닐까 해서."

후탄은 여전히 자신이 무한을 벨 수 있다고 생각하는 것 같았다.

"그런 예의는 차리지 않아도 될 것 같소. 당신에게 죽을 내가 아니니까. 오히려 당신이 조심해야 할 것이오."

무한이 덤덤하게 말했다.

"후우… 좋아. 뭐, 그 정도 오만함을 가질 만한 실력이 있는 것 같으니까. 하지만… 난 다른 사람과 달라. 네가 상대한 귀장 실리 정도로 생각하면 안 될 거야."

"물론 무면귀 후탄을 어떻게 가볍게 보겠소. 걱정 마시오."

"좋아. 시간이 없으니 십 초만 버텨봐라. 십 초 안에 널 베지 못하면 살려주겠다."

후탄이 자신과 무한이 지나온 숲 저편을 힐긋 바라보며 말했다.

역시 신경 쓰는 것은 무한 뒤를 따라올 추격자인 듯 보였다.

"십 초가 지난 후에 당신이 이곳을 벗어날 수 있을지 모르겠군."

무한이 한 줄기 미소를 지으며 말했다.

"됐다. 건방은 거기까지다!"

후탄이 더 이상 말씨름을 하기 싫다는 듯 무한을 향해 도약했다.

후탄의 몸이 흐릿하게 사라졌다. 그러다가 갑자기 무한 앞에서 세 개의 환영으로 나타났다.

무한이 재빨리 뒤로 몸을 뺐다.

파파팟!

세 갈래의 검기가 무한이 있던 공간을 조각냈다. 무한의 잔영들이 그 검에 갈기갈기 찢겨 나갔다.

무한은 자신의 잔영들이 잘려 나가는 것을 보며 놀라지 않을 수 없었다.

이런 무공은 처음 보는 것이었다.

그렇다고 무한처럼 극쾌의 움직임에 의해 나타나는 환영은 아니었다.

애초부터 후탄은 이렇게 사람들의 착시를 일으키는 무공을 가지고 있었던 것이다.

파팟!

무한이 재차 자신을 향해 달려드는 후탄의 환영들을 향해 날카롭게 검을 휘둘렀다.

십이파랑검이다.

무한의 손에서 일어난 검기들이 여러 갈래로 쪼개지면서 후탄의 모든 환영을 베어냈다.

"흠!"

잔영들 사이에서 후탄의 나직한 음성이 흘러나왔다. 무한의 검세에 당황한 듯한 목소리다.

그런데 그것이 그의 실수였다.

무한이 그가 내는 소리를 듣고 순간적으로 여러 환영 속에서 그의 위치를 파악한 것이다.

팟!

무한이 무서운 속도로 환영 중 하나를 향해 검을 찔러 넣었다.

"헉!"

순간 후탄의 환영 중 하나가 당황한 듯한 소리를 토해내며 죽 뒤로 밀려났다.

그러자 거짓말처럼 다른 환영들이 흩어졌다.

투툭!

급하게 물러난 후탄이 두 다리에 힘을 줘 다급하게 몸을 바로 세웠다.

그의 발에 밀린 검은 숲의 흙들이 사방으로 튕겨 나갔다.

그런데 겨우 몸의 중심을 잡은 후탄 앞에 어느새 무한이 나타났다.

팟!

무한이 다시 검을 사선으로 그었다.

캉!

엉겁결에 들어 올린 후탄의 검이 무한의 검을 막았다.

그런데 그 순간 마치 싸움을 처음 시작했을 때 후탄이 한 것처럼 무한의 몸이 후탄의 시야에서 사라졌다.

"엇!"

후탄이 당황한 듯 다급한 소리를 내며 재빨리 뒤로 물러나려 했다.

그런데 그 순간 어느새 그의 뒤쪽으로 이동한 무한이 후탄을 향해 검을 찔러 넣었다.

삭!

자신의 등에 다가온 무한의 공세를 느낀 후탄이 재빨리 몸을 틀었지만, 그의 등 한쪽이 무한의 검에 베어지는 것은 어쩔 수 없었다.

팟!

후탄의 등에서 붉은 피가 솟구쳤다.

"욱!"

후탄이 나직한 신음 소리를 내며 갑자기 속도를 내 숲을 향해 달렸다.

다시 도주다!

그는 채 십 초가 지나기도 전에 자신이 이 젊은 묵룡대선의 전사를 도저히 상대할 수 없다는 것을 알아챈 것이다.

이 젊은 놈은 자신이 자랑하는 환영술조차도 무력화시킬 수 있는 속도를 가지고 있었다.

어떻게 이런 속도가 가능한지 모르겠지만, 일단 현실로 닥친 위험이라 피하는 것이 상책이라 판단한 후탄이었다.

그러나 그런 후탄의 선택은 결국 어리석은 결정이었다. 자신보다 빠른 상대를 피해 도주하는 것은 애초에 불가능한 일이기 때문이었다.

스슥!

후탄은 정말 바람이 움직이는 것 같다고 느꼈다. 상대에 대한 경계심과 적의에 앞서 감탄스러운 마음이 생겨나지 않을 수 없는 빠름이었다.

무한이 어느새 나무와 나무 사이를 바람처럼 지나쳐 후탄의 앞을 막고 있었다.

캉!

길을 막는 무한을 향해 후탄이 휘두른 검과 그 자신이 무한의 방패에 막혀 옆으로 튕겨 나왔다.

"흡!"

후탄이 급히 숨을 들이마셔 몸의 진기를 끌어냈다.

퉁!

그리고 등 뒤에 나타난 아름드리나무의 힘을 빌려 뒤로 밀리는 몸을 바로 세웠다.

"후욱!"

후탄이 길게 숨을 들이쉬었다.

그런 후탄을 향해 무한이 물었다.

"아직 십 초가 지나지도 않았는데 지친 것이오? 힘들면 포기하는 방법도 있소."

조롱하는 말은 아니었다. 무한은 그냥 이 싸움이 더 이상 의미가 없다는 것을 말하는 것이었다.

그런 무한을 후탄이 도저히 이해할 수 없다는 눈빛으로 바라봤다.

물론 그의 얼굴은 다른 때와 마찬가지로 어떤 표정도 드러내지 않았다. 그러나 그의 눈은 그의 마음에서 일어나는 감정이 묻어나고 있었다.

"도대체 알 수 없구나. 어떻게 이런 무공이 있을 수 있지? 독안룡의 무공도 무섭기는 하지만 이런 류의 무공은 아니었는데⋯⋯."

"당신이 스승님을 모두 다 아는 것은 아니잖소?"

"스승님? 그럼 독안룡의 제자인가? 소룡이라는 이름으로 키워진 제자들 중 하나인가?"

"그중 막내요."

무한이 대답했다.

"믿을 수 없다!"

후탄이 진심으로 반박했다.

아무래 대단한 독안룡이라도 마지막 제자를 단시간 내에 이런 고수로 키워낼 수 없다고 생각한 것이다.

그는 무한에게 독안룡 탑살의 제자 이외의 다른 무엇인가가 있을 거라고 확신하는 듯 보였다.

그리고 그건 사실 정확한 판단이었다. 만약 빛의 술사가 되지 않았다면 무한은 결코 무면귀 후탄을 이렇게 쉽게 상대할 수 없었을 것이기 때문이다.

하지만 그렇다고 무한이 후탄의 생각이 맞다고 대답해 줄 수도 없었다.

"스승님의 능력을 무시하는군. 그래서 당신이 항상 스승님께 패하는 것이오."

무한이 덤덤하게 말했다.

그 말을 듣는 후탄의 눈에서 분노의 빛이 일어났다. 하지만 후탄이 애써 그 분노를 억누르면서 말했다.

"내가 그에 비해 부족한 것은 인정하지. 또한 너와 같은 제자를 두지 못한 것도 씁쓸하구나. 하지만… 적어도 내 무공의 뿌리는 감히 독안룡의 해왕 무맥조차 넘볼 수 없는 것이다."

"…그 대단한 당신의 무맥이 어디요?"

무한이 물었다.

사실 처음부터 궁금한 문제였다.

마치 분신술을 쓰는 것처럼 순식간에 여러 개의 환영을 만들어내는 후탄의 무공은 빛의 술사인 무한에게도 특별했기 때문이었다.

"나의 무공은 위대한 환… 음……."

무한의 질문에 후탄이 입을 열려다 말고 입을 닫았다.

"자신의 무종을 밝힐 수조차 없을 만큼 당당하지 못한 것이오?"

"놈……!"

후탄의 눈에서 갑자기 붉은 기운이 흘러나왔다. 무표정한 그의 얼굴과는 너무도 대조적인 모습이다.

그러면서 그의 몸이 다시 여러 개의 환영을 만들어내기 시작했다.

"역시… 놀라워! 이런 기회는 쉽게 없지!"

무한이 환영을 만들어내는 후탄의 무공에 감탄하면서도 두려움 없이 그를 향해 검을 겨누었다.

우우웅!

후탄의 환영들이 무한을 에워싸고 회전하기 시작했다. 그러자 환영들이 어느 순간 하나의 그림자로 연결되어 사람의 형체는 사라지고 붉은 띠의 형태를 띠었다.

무한은 그 속에서 어떤 움직임도 없이 한 곳만을 응시하며 검을 겨누고 있었다.

그러던 한순간 그를 에워싼 후탄의 잔영들 사이에서 불쑥불쑥 검이 뻗어 나오기 시작했다.

캉!

무한이 자신을 휘감아 도는 후탄의 환영들 속에서 빠져나오는 검들을 하나하나 쳐냈다.

빠르고 매서운 공격들이었지만, 그 어떤 것도 무한의 옷자락조차 베지 못했다.

무한은 빛의 술사로서 전해 받은 모든 능력을 쓰고 있었다.

빛의 술사들에게 전해지는 은밀하고 신비로운 천년밀교의 신공인 천밀경은 그의 감각을 극한으로 이끌어서 환영 속에서 자신을 공격하는 후탄의 검을 하나하나 모두 읽어낼 수 있게 만들고 있었다.

카카캉!

여전히 후탄의 모든 공격은 무한의 검에 막혔다.

그러다 한순간 무한이 다른 손에 들고 있던 방패를 환영의 띠를 향해 갑자기 던져 버렸다.

쾅!

벼락처럼 날아간 무한의 방패가 도끼처럼 후탄이 만든 환영의 띠 한 곳을 갈라 버렸다.

"헉!"

환영이 흔들리면서 그 속에서 후탄의 놀란 소리가 터져 나왔다.

그리고 그 순간 후탄의 위치를 파악한 무한이 무섭게 검을 뻗어냈다.

팟!

날카로운 파공음과 함께 무한의 검이 정확하게 후탄의 어깨 부위를 찔렀다.

"컥!"

후탄이 비명을 흘리며 뒤로 물러났다. 그러자 그의 어깨에 박혀 있던 무한의 검이 빠지면서 피 분수가 터져 나왔다.

"크윽!"

후탄이 재빨리 다른 손으로 자신의 어깨를 눌렀다. 지혈을 하는 그의 손 사이로 붉은 피가 꾸물꾸물 흘러나왔다.

무한은 그런 후탄을 더 이상 공격하지 않았다. 대신 고개를 들어 숲의 먼 쪽을 바라봤다.

드디어 그를 따라온 묵룡대선의 전사들이 흐릿하게 보이기 시작했다.

"당신에게 살 기회가 있을지는 모르겠소. 하지만 내 손으로 당신을 죽이지는 않을 것이오. 상처를 치료하시오."

무한이 뒤로 물러나며 말했다.

"흐흐흐, 독안룡에게 내 운명을 맡기란 말이냐?"

"그렇소. 그게 싫어 당신 스스로 죽겠다면 말리지 않겠소."

무한이 무심하게 말했다.

가끔 무인들 중 명예를 위해 자신의 목숨을 끊는 자들이 있었다. 하지만 무한은 해적으로 살아온 후탄에게 그런 결기가 있을 거라고는 생각지 않았다.

그런데 그런 그의 기대와 달리 후탄이 놓았던 검을 들어 자신의 심장에 가져다 댔다.

"어떻게든 살고 싶긴 하지만… 독안룡에게 무릎 꿇고 삶을 구걸하기에는 내 무종의 뿌리가 너무……."

그런데 그 순간 무한이 갑자기 움직였다.

그의 손에 있던 검이 무서운 속도로 사선으로 그어졌다.

쾅!

"음!"

"후욱!"

무한이 깊은 숨을 들이쉬는 사이 한 명의 노인이 침음성을 흘리며 무한을 지나쳐 후탄에게 다가갔다.

그리고 어리둥절해하는 후탄에게 작은 주머니를 던졌다.

"상처에 뿌려라. 지혈이 되고 잠깐은 제대로 움직일 수 있을 것이다."

"누구요?"

후탄이 물었다.

"네 말 한마디가 널 살렸다. 해적질을 해 무종의 명예를 쓰레기로 만들었지만, 그래도 네가 더럽힌 무종의 이름을 끝내 말하지 않고, 그 명예를 지키기 위해 스스로 죽음을 선택한 네 마음이 널 살린 것이다."

"그, 그럼……?"

"본 무종은 네게 한 번의 기회를 주기로 했다, 젊은이!"

노인이 무한을 불렀다.

"……."

무한이 침묵으로 대답을 대신했다.

"이자는 내가 데려가겠네. 약속하지. 십이귀선은 더 이상 세상에 존재하지 않을 걸세. 우린 다만 본 무종의 먼 후예로서 이자의 재주가 필요해서 데려가려는 것이니까."

"내가 막겠다면 어쩌시겠소?"

무한이 차분하게 물었다.

"젊은이의 실력을 모르는 바 아니네. 그러나 난 홀로 이곳에

오지 않았네. 그리고 일단 우리가 묵룡대선 사람들과 싸우기 시작하면… 그대들은 전멸을 면치 못할 것이네. 이 거래는 서로에게 이득이 되는 거래네."

"당신은 누구요?"

무한이 물었다. 그러자 노인이 고개를 저었다.

"내 입으로는 말해줄 순 없네. 다만… 독안룡에게 오늘 겪은 무공을 설명하면 짐작할 수 있을지도 모르겠네. 그럼 지금 우릴 보내준 일을 칭찬받게 될 걸세. 가겠네. 자네 동료들이 다 온 것 같으니. 가자!"

노인이 후탄에게 말하고는 먼저 숲을 달려갔다. 그러자 후탄이 주춤거리며 노인의 뒤를 따랐다.

무한은 웬일인지 두 사람을 막거나 그 뒤를 쫓지 않았다.

바람처럼 달려온 묵룡대선의 전사들이 무한이 손을 들자 그 자리에 멈췄다.

그중 일부는 멀어지는 후탄의 뒷모습을 바라보고 있었고, 다른 일부는 무한을 바라봤다.

"어찌된 일이냐?"

사풍왕 보로가 물었다.

무한이 후탄이 도주하는 것을 막지 않았을 뿐 아니라, 자신들까지 멈춰 세웠기 때문이다.

"다른 사람들이 개입했습니다."

"다른 사람들?"

"그렇습니다."

"누구냐?"

"정체는 알 수 없습니다만 적어도 무면귀 후탄이나 십이귀선의 귀장들과는 비교할 수 없을 만큼 강한 자였습니다."

"그와 겨뤄보았어?"

하연이 급히 물었다.

"한 번 부딪쳐 봤어요."

무한이 대답했다.

"그래서?"

"지금까지 경험하지 못한 강자였어요. 물론 그 하나면 어떻게 상대할 수도 있지만, 그가 말하길 자신의 동료들이 숲에 있다고 하더군요. 그리고 만약 우리와 격돌하게 되면……."

무한이 말꼬리를 흐렸다.

물론 묵룡대선의 전사들은 무한의 다음 말을 듣지 않아도 짐작할 수 있었다.

"허풍을 떤 것일 수도 있잖아?"

왕도문은 후탄과 불청객을 추격하고 싶은 의지를 드러냈다.

"그렇게 보이지는 않았어요. 그리고… 그가 말하길 그는 무면귀 후탄의 뿌리가 되는 무종 종파의 사람이라고 하더군요. 그 무종 종파에서 후탄의 재주가 필요해 데려가겠다고. 물론 이후 십이귀선은 사라질 것이고, 더 이상 묵룡대선의 일에 관여하는 일도 없을 거라 했습니다."

"음… 미묘한 일이구나. 무종 종파라… 후탄이 어느 무종의 전수자였던가?"

사풍왕 보로가 중얼거렸다.

"직계는 아니고 후탄과는 아주 먼 관계에 있는 것 같았습니다. 하지만 후탄은 그 종파에 대해 충성심을 가지고 있더군요. 자신의 종파가 드러날 것을 우려해 스스로 죽으려고 했을 만큼요."

무한이 말했다.

"그래? 그가 자신의 뿌리를 드러내지 않기 위해 죽으려 했다고?"

사풍왕 보로가 조금 놀란 표정으로 되물었다.

"예, 그가 죽으려던 찰나에 그 노인이 나타났습니다."

무한이 대답했다.

"음……."

사풍왕 보로가 가볍게 침음성을 흘렸다. 갑자기 나타난 불청객 때문에 마음이 심란한 모양이었다.

"지금이라도 추격을 하려면 할 수는 있겠지만……."

무한이 말꼬리를 흐렸다.

그러자 묵룡대선의 사람들이 일제히 보로를 바라봤다. 그러자 보로가 잠시 생각에 잠겼다가 고개를 저었다.

"아니다. 이미 우리가 이곳에 온 목적은 달성했으니까. 무리할 필요는 없다. 일단 산으로 돌아가 짐을 챙긴 후 북창으로 간다."

"알겠습니다."

개중에는 왕도문처럼 서운해하는 사람도 있었지만, 묵룡대선의 전사들은 순순히 보로의 명에 수긍했다.

"돌아가자."

모두 자신의 뜻에 수긍하자 보로가 고개를 끄떡인 후 온 길을 되짚어 걷기 시작했다.

                    *   *   *

타탁타탁!

마른 나뭇가지들이 간간이 불꽃을 튀기며 타올랐다.

일행은 크게 피워놓은 모닥불 주위에 둘러앉아 두런두런 이야기를 나누고 있었다.

십이귀선과의 싸움이 갑자기 끝나 버려 뭔가 허망한 마음이 들기도 했지만, 그래도 일행 중 크게 다친 사람이 없다는 것에 안도하는 분위기였다.

그러면서 자연스럽게 관심은 후탄을 구했다는 노인의 정체로 쏠렸다.

"그러니까, 선장님이라면 짐작할 수도 있을 거라 말했다는 거야?"

노인과의 만남을 좀 더 자세하게 이야기하는 무한에게 사비옥이 되물었다.

"그렇게 말하더군요."

무한이 고개를 끄떡이며 대답했다.

"그 후탄이란 자의 무공이 어땠는데?"

사비옥이 다시 물었다.

"특이했어요."

"어떻게?"

"무공이 아니라 무슨 술법을 쓰는 것 같았어요. 절 공격할 때는 순식간에 여러 개의 환영을 만들어내더라고요. 그러면서도 각각의 환영이 모두 진짜인 것처럼 절 공격했어요."

"살아 있는 환영을 만들어냈다라… 그런 무공도 있나?"

왕도문이 고개를 갸웃했다.

그런데 그때 듣고 있던 사풍왕 보로가 급히 물었다.

"그가 몇 개의 환영을 만들더냐?"

"처음에는 다섯 개의 환영을 만들었고, 나중에는 그 환영들로 절 포위하듯 에워싼 후 무서운 속도로 회전을 시켰습니다."

"설마……."

사풍왕 보로가 놀란 표정으로 중얼거렸다.

"짐작 가는 곳이 있으십니까?"

소독이 긴장한 표정으로 물었다.

"한 곳, 그런 환영의 무공을 집대성한 무종이 있기는 하다. 그러나 그 무종을 받은 자가 해적이 된다는 것 자체가 불가능할 텐데……."

보로가 말꼬리를 흐렸다.

"대체 그곳이 어딥니까?"

왕도문이 답답해 죽겠다는 듯 소리쳐 물었다.

그러자 보로가 잠시 침묵을 지키다가 나직하게 입을 열었다.

"십이신무종의 일파인 환무종… 그들만이 그런 신비한 환영술을 가지고 있는 것으로 알려져 있지."

보로의 말에 묵룡대선 전사들의 말문이 막혀 버렸다.

십이신무종, 얼마나 강렬한 이름인가. 무공이라는 것이 이 땅에 생겨난 시원이라고 일컬어지는 종파들이다.

환무종은 그런 십이신무종의 일파였다.

혹라의 시대 이전에는 신들의 정원으로 불리던 아름다운 섬이었지만, 지금은 죽은 자들의 무덤처럼 여겨지는 사자의 섬 어딘가 있다는 환무종은, 혹라의 시대가 끝난 후에는 거의 세상에 그 존재를 드러내지 않고 있었다.

육주에 뿌리를 둔 십이신무종 종파들은 간혹 이왕사후의 초청에 의해 세상에 모습을 드러내곤 했다.

그러나 육주에 뿌리를 두지 않은 네 종파, 태양종, 환무종, 천마종, 사천종은 혹라의 시대 이후에는 거의 모습을 드러내지 않았다.

그래서 사람들은 이 위대한 종파들도 혹라의 시대에 큰 피해를 입었을 거라 짐작하고 있었다.

검은 마종 혹라는 십이신무종조차도 염두에 두지 않았을 만큼 강력한 존재였기 때문이었다.

그런데 뜻밖의 시간에, 뜻밖의 장소에서 갑자기 환무종이라는 이름이 흘러나온 것이다.

누구든 놀라지 않을 수 없는 상황이었다.

"에이, 설마요. 사풍왕님 말씀처럼 그들이 왜 한낱 해적을 구하겠어요. 아닐 겁니다."

왕도문이 그럴 리 없다는 듯 고개를 저었다.

"물론 나도 그렇게 생각한다만, 칸이 만났다는 노인의 말과 무면귀 후탄의 무공을 생각해 보면 아니라고 확신할 수만은 없구나."

사풍왕 보로가 어두운 표정으로 말했다.

"그런데 정말 그들이라면 큰일 아닌가요?"

하연이 물었다.

"음… 큰일이라기보다는 특별한 일이지. 그들이 이렇게 직접적으로 누군가의 분쟁에 관여하는 일은 거의 없으니까."

"그의 말대로 후탄이란 자가 환무종의 무종을 이은 방계의 문외 전수자 정도인 걸까요?"

사비옥이 침착하게 물었다.

그러자 보로가 가볍게 고개를 저었다.

"그래도 설명이 안 돼. 십이신무종의 무종을 얻은 문외 전수자들은 때가 되면 스스로 자신의 앞날을 선택하지. 각 성의 전사가 되는 것이 대부분이지만. 그렇게 앞날을 결정한 자들은 이후 십이신무종과 철저하게 거리를 둔다. 그게… 그 옛날 이 땅에무종이 시작될 때부터 성립한 무종 종파의 규칙 아니냐."

"하지만 십이신무종이 은밀히 세상일에 관여하는 것은 모두알고 있는 사실 아닙니까?"

사비옥이 물었다.

"물론 그렇긴 하지. 하지만 이렇게 드러내 놓고……? 그리고무면귀 후탄이 그렇게 중요한 인물이었다면 그동안은 왜 방치해두었을까 싶기도 하고."

사풍왕 보로가 여전히 이해가 가지 않는다는 듯 고개를 갸웃했다.

"아무튼 서둘러 돌아가야 할 것 같습니다. 십이신무종이라면……."

사비옥이 중얼거렸다.

그러자 사풍왕 보로가 고개를 끄떡였다.

"내일 아침 일찍 떠난다. 모두 잠을 푹 자두어라. 이곳을 내려가면 쉬지 않고 옛 북창 포구로 갈 것이다."

"예, 사풍왕님!"

묵룡대선의 전사들이 일제히 대답했다.

*　　　　*　　　　*

무한 일행은 바람처럼 검은 산과 검은 숲을 빠져나왔다. 그리고 흑룡강 변을 따라 파나류 북부의 옛 북창 포구를 향해 달리기 시작했다.

무면귀 후탄을 무한의 손에서 구해 간 노고수의 약속대로, 그들이 옛 북창 포구를 향해 움직이는 동안 그들을 방해하는 사람은 없었다.

그 노인이 정말 환무종의 고수일 수도 있다는 사실이 일행의 마음을 무겁게 만들었지만, 그래도 북창의 옛 포구를 되찾은 기쁨이 그들의 귀환을 생기 있게 만들었다.

두두두두!

무한 일행을 태운 말들이 강변을 따라 펼쳐진 푸른 초원을 거침없이 달렸다.

"와홋!"

가끔 왕도문 등이 거친 고함 소리를 질러대며 초원을 달리는 기분을 만끽했다.

그렇게 얼마를 달렸을까. 신마성의 공격을 당했던 흑룡강 변의 옛 북창 마을을 지난 일행은, 다시 반나절 동안 빠른 속도로 달려가 드디어 무산 해협의 푸른 바다가 눈에 들어오는 야트막한 야산 자락에 도착했다.

바다가 보이자 일행은 더욱 속도를 높였다.

그들은 광풍처럼 옛 북창항과 흑룡강 사이의 마지막 관문인 작은 산의 하단을 따라 달렸다.

그리고 그 산을 빠져나와 잠시 가려졌던 시야가 트이는 순간, 일행이 약속이나 한 듯 질주를 멈췄다.

"와, 이게 정말 북창?"

"하아… 어느새 이렇게 되었지?"

사람들의 입에서 탄성이 흘러나왔다.

그러자 사풍왕 보로가 말했다.

"마치… 그 옛날, 흑라의 시대 이전의 북창을 보는 것 같구나!"

사풍왕 보로의 목소리에서 깊은 감동이 느껴졌다.

물론 그들의 눈앞에 펼쳐진 북창의 옛 항구는 여전히 오랜 방치로 인해 일부의 건물을 제외하고는 대부분 허물어지거나 낡아버린 상태였다.

하지만 그 앞쪽, 항구 앞 푸른 바다 위의 사정은 달랐다.

그 바다 위는 마치 과거 북창의 전성기를 되찾은 듯 수십 척의 상선들로 가득 차 있었던 것이다.

제8장

무산연맹

무한 일행이 서흑도를 떠난 것이 한 달 전의 일이다.

그사이 세상은 그 시간이 몇 년으로 느껴질 만큼 많이 변해 있었다.

무한과 일행은 파나류 옛 북창항을 가득 메운 배들을 보고 놀랄 수밖에 없었다. 선박들은 대부분 파나류 북부 해안에서 상 행을 하던 상선들이었는데, 그들은 독안룡 탑살이 북창항을 점 령했다는 소문을 듣는 순간 가장 안전할 것 같은 북창항으로 몰려들었던 것이다.

그런데 그렇게 몰려든 상선들보다 더 놀라운 것은 파나류 북 창의 근본적인 변화였다.

그 변화는 북창의 촌장 염호의 뜻밖의 선언에 의해 이뤄질 수 있었다.

"그러니까. 정말 북창의 촌장께서 이 항구를 내놓으셨다는 거죠?"

하연이 믿지 못하겠다는 듯 석와룡에게 물었다.

석와룡은 봄섬 인근에서 해신성주 궁마천과 함께 새로운 북창의 터전 가름으로 떠났었는데, 어느새 다시 파나류 옛 북창포구에 와 있었다.

"몇 번을 말해야 그만 물으실 건가?"

석와룡이 계속에서 같은 질문을 던지는 묵룡대선의 전사들을 둘러보며 웃으며 되물었다.

검은 산에서 북창항으로 돌아온 일행은 사풍왕 보로가 독안룡 탑살을 만나러 간 사이 묵룡대선의 전사들을 위해 북창항에 임시로 마련한 거처에 모여 있었다.

그런 그들에게 반가운 얼굴들이 찾아왔는데, 석림도의 삼공자 두굴과 북창의 전사 석와룡 등이었다.

그리고 두 사람이 들려주는 이야기는 무한 일행을 놀라게 만들기 충분했다. 그래서 계속해서 질문을 던질 수밖에 없었다.

그리고 그 질문 중 대부분은 석와룡을 향해 있었다.

그가 전한 말이 옛 북창항의 변화를 대변하고 있기 때문이었다.

"너무 큰 손해를 보시는 거 아닙니까?"

이번에는 왕도문이 물었다.

"처음에는 모두 그렇게 생각했지. 하지만 조금 더 생각해 보면 사실 우리 북창이 오히려 크게 이득을 보는 결정이라고 할 수 있다네."

석와룡이 미소를 지으며 대답했다.

"그러니까, 이 요지의 항구를 내놓은 것이 어떻게 북창에 이득이 될 수 있습니까? 이 항구는… 제대로 재건만 되면 천하의 모든 부(富)를 빨아들일 수 있는 곳 아닙니까? 더군다나 지금 파나류 도처에 야심가들에 의해 수많은 성들이 세워지고 있습니다. 그건 그들을 상대하는 상선들이 파나류로 밀려들어 올 거란 뜻인데……."

왕도문이 고개를 갸웃하며 말했다.

그러자 사도옥도 왕도문의 말을 거들었다.

"도문의 말이 맞습니다. 어쩌면 이 항구는 과거의 영광을 넘어 사해상가의 만화도에 버금가는 대항구가 될 수도 있을 겁니다."

"맞네. 어쩌면 그렇게 될 수도, 그러니까, 정말 그렇게 될 걸세. 그리고 그래서 촌장께서 이 항구를 내놓으신 거네."

석와룡이 웃으며 대답했다.

"무슨 말씀인지 정말 모르겠군요."

왕도문이 투덜거리듯 말했다.

"후후, 들어보게. 우리 북창이 사해상가와 같은 힘을 가지고 있나? 재력으로나 무력으로나?"

"그야……."

왕도문이 말꼬리를 흐렸다. 북창과 사해상가는 애초에 비교가 불가능한 세력이었다.

그건 흑라의 시대 이전의 북창이라도 마찬가지였다.

"모두 알다시피 그건 비교할 수도 없는 일이네. 그런데 그런 북창이 사해상가가 지배하는 송강 하구와 같은 거대한 상권을 지켜낼 수 있을 거라 생각하는가? 불가능한 일이네. 수많은 공격을 당할 것이고……."

왕도문이 잠시 말을 끊으며 고개를 저었다. 그리고 한 모금 물을 마신 후 다시 입을 열었다.

"우리라고 왜 욕심이 없겠는가. 하지만 우리 북창의 힘으로는 애초에 그런 거대한 무역항을 만들고 지키는 것이 무리네. 그래서 촌장께서는 다른 방법을 택하신 거네. 그 방법이 바로 무산연맹에 이 항구를 내놓는 거지. 사실 내용을 살펴보면 아주 포기하는 것도 아니고. 매년 이 항구에서 벌어들이는 수익의 일정 부분은 우리 북창의 몫이 될 거니까."

석와룡은 진심으로 촌장 염호의 결정에 만족하는 듯 보였다. 그의 설명을 들은 무한 등도 염호의 결정이 이해되기 시작했다.

사해상가의 송강 하구만큼이나 번성할 북창항이라면, 사실 북창의 주민들이 지켜내는 것은 불가능했다.

"그런데 무산연맹은 뭡니까?"

문득 무한이 물었다. 석와룡의 입에서 흘러나온 무산연맹이라는 말을 다른 사람들은 무심히 흘려들었지만, 사실 일행 모두 처음 듣는 말이었다.

"음, 한 달 동안 떠나 있었으니 모르겠군. 독안룡께서 무산연맹이라는 세력을 만드셨네. 뭐, 그렇다고 갑자기 하늘에서 뚝 떨어진 것은 아니고. 그간 묵룡대선을 중심으로 석림도와 우리 북창은 긴밀한 연대를 맺고 있었지 않은가. 그걸 공식적인 하나의 세력으로 선언한 거지. 그 이름을 무산연맹이라 붙인 것이네."

"그렇게 된 일이군요. 잘된 일이네요. 세상에 큰 변화가 일어나고 있으니까 무산연맹이 결성된 것은 우리 세 곳의 안전에 큰 도움이 되겠군요."

무한이 고개를 끄떡였다.

"사실 우리 세 곳만은 아니네. 서흑도의 누번족도 참여하였고, 또 은갑전사단에서도 사람이 와 있어."

"어? 은갑전사단도요?"

놀라서 물은 사람은 무한이지만 사실 다른 사람들도 놀라긴 마찬가지였다.

은갑전사단과 묵룡대선의 독안룡 탑살은 신마성의 출현 전후로 긴밀한 연락을 해오고 있었지만, 은갑전사단이 수호자들의 섬을 떠나 어떤 세력에 합류하는 것은 상상하기 어려운 일이기 때문이었다.

흑라의 시대 이후 은갑 전사들은 수호자들의 섬에 들어가 스스로 고립된 삶을 살고 있었다. 그래서 그들을 살아 있는 순교자들로 부르기도 했다.

"은갑전사단이 무산연맹의 정식 일원이 될지는 나도 모르겠네. 하지만 하여튼 사람이 오긴 왔어."

석와룡이 말했다.

"누가 왔습니까? 설마 단주께서 직접 오신 겁니까?"

소독이 물었다.

"아닐세. 시간적으로 북창의 회복 소식을 듣고 오실 수 있는 거리는 아니지. 그분이 아니라 파나류에 나와 있던 대전사라시던데… 마호자란 이름을 쓰시는 것 같던데."

"아! 그분이셨군요. 은갑전사단 오대 대전사님 중 한 분이지요. 듣기에는 무척 무서운 분이라고 하던데……."

소독인 고개를 끄떡이며 말했다.

"알고 있었군. 나도 그분이 오신 후에야 들었는데 과거 흑라의 시대에는 마인으로 오해를 받을 만큼 무서운 양반이었다고 하더군."

석와룡이 고개를 끄떡이며 말했다.

그러자 사비옥이 문득 무한을 보며 말했다.

"내가 알기로 마호자 대전사님은 무척 빠르다고 하던데, 칸 너와 한번 비교해 보는 것도 재밌을 것 같다."

"에이, 제가 무슨… 아무리 그래도 은갑전사단의 대전사님인데요."

무한이 손을 내저었다.

그러자 사비옥이 정색을 하며 말했다.

"칸, 이제 인정할 때가 됐다. 넌 아마도 어쩌면 이 세상의 전사들 중 가장 빠른 사람일 수도 있다. 그걸 인정하는 것이 오만한 것이 아니야. 오히려 그 자신감으로 넌 조금 더 강해질 수 있을 거다. 그러니 그 사실을 애써 부인하려고 하지 마. 강점을 살리는 것, 그게 더 강해지는 방법 중 하나니까."

사비옥의 진지한 충고를 무한은 거부하지 않았다. 대신 그는 웃음으로 고마움을 전했다.

"하하, 사형이 그렇다면 그런 거겠죠. 알겠습니다. 사실 자신

감은 좀 있었어요. 그렇다고 심부름을 더 많이 시키지는 마시고
요."

"후후, 그건 약속 못 하겠다. 빠르다는 것은 많은 일을 할 수
있다는 의미니까."

사비옥이 그에게는 흔치 않은 농담을 했다.

그런데 그때 문이 열리면서 사풍왕 보로가 들어왔다. 일행이
모두 자리에서 일어나 보로를 바라봤다.

"선장님이 저녁을 함께하자고 하시는구나. 지금은 무척 바쁘시
니까. 그때까지 휴식 시간이다. 만날 사람 만나고, 구경할 것 하
고."

"알겠습니다, 사풍왕님!"

전사들이 일제히 대답했다.

사실 무한 등 젊은 전사들에게는 독안룡 탑살을 만나는 것보
다 북창의 옛 항구를 구경하는 일이 훨씬 즐거운 일이었다.

"좋아. 그럼 저녁에 보자."

사풍왕은 바쁜 일이 있는지 독안룡 탑살의 말을 전하고 바로
거처를 나갔다.

"자, 그럼 일단 술이나 한잔하러 갈까? 두굴 형님이 사실 거
죠?"

사풍왕 보로가 나가자 왕도문이 두굴을 보며 물었다.

그러자 두굴이 고개를 저었다.

"아쉽게도 아직 여긴 술 파는 곳이 없네."

"그래도 술은 있으시잖아요?"

왕도문이 두굴에게는 반드시 술이 있을 거라 생각하고 다시

물었다.

"뭐, 조금 있긴 하지."

"그럼 좀 나눠주세요!"

왕도문이 소리쳤다.

"후우… 몇 병 없는데. 에이, 알겠네. 어차피 곧 석림도의 상선들도 곧 올 테니까. 자, 술 마실 사람은 나랑 갑시다."

두굴이 전사들을 둘러보며 말하고 앞서서 방문을 나갔다. 그러자 전사들이 줄지어 두굴을 따라 나섰다.

"칸, 안 갈 거야?"

하연도 두굴을 따라 나서다가 무한에게 물었다.

"전 아버지께 가려고요."

"아저씨께? 그렇구나, 넌 거기로 가야 하지. 알았어. 그럼 나중에 보자."

하연이 고개를 끄떡이고는 서둘러 앞서 나간 사람들을 따라 나갔다.

무한이 오래된 항구를 천천히 걸었다. 한때 완전히 파괴되었던 항구는 어느 정도 복구가 이뤄져 있었다. 신마성도 항구를 점령한 후에 놀고만 있지는 않았던 모양이었다.

물론 그 옛날 흑라의 시대 이전의 화려함은 찾아볼 수 없었지만 항구에 배가 드나들 수 있는 시설들은 제법 큰 규모를 자랑하고 있었다.

그리고 곳곳에서 새로운 북창항을 만들기 위한 공사가 시끄럽게 진행되고 있었다.

"시간이 지나면 정말 이곳이 세상의 중심이 될 수도 있겠구나."

무한이 빠르게 변해가는 북창항을 보며 중얼거렸다.

생동감이 넘치는 북창항이 무산연맹으로 이름 지어진 새로운 세력의 앞날을 말해주는 것 같았다.

"그럼 이제 나도 내 일을 할 시간이 되었다는 뜻이겠지."

무한이 항구 한쪽에 정박해 있는 묵룡이선을 바라보며 중얼거렸다.

"아버지!"

배로 올라서는 무한의 목소리에 놀란 아적삼이 얼른 고개를 돌렸다.

"칸!"

아적삼이 묵룡이선의 갑판을 정리하는 것을 감독하고 있다가 놀란 얼굴로 무한에게 달려왔다. 당연히 그의 곁에는 이문술이 있었다.

"어떻게 온 거냐? 돌아왔다는 말은 들었다만 선장님을 만나고 있을 줄 알았는데?"

아적삼이 반가운 얼굴을 하면서도 의아한 표정으로 물었다.

"저녁에 식사를 같이하기로 했어요."

"음, 그렇구나. 하긴, 선장님은 바쁘시니까."

아적삼이 이해가 간다는 듯 고개를 끄떡였다.

"그나저나 그놈은 놓쳤다면서?"

이문술이 옆에서 물었다. 아마도 십이귀선의 두목 무면귀 후탄을 두고 하는 말 같았다.

"예, 그렇게 됐어요."

"제길, 그놈 목을 땄어야 하는데… 후환이 될 거야."

이문술이 아쉬운 표정으로 말했다.

"다시 해적질을 하지는 못할 거예요. 한 팔은 영영 검을 들지 못할 테니까요."

"응? 그렇게 큰 부상을 입었어?"

이문술이 다시 물었다.

"예. 거의 죽을 뻔했어요."

"그런데 어떻게 그 지경으로 살아서 도망갔지? 사풍왕님도 계시는데… 정말 너무 아쉽구나."

이문술이 더욱더 아쉬운 표정을 지었다.

"죽을 운명은 아니었던 거죠. 그래도 뭐 이 항구를 찾았고, 십이귀선을 완전히 와해시켰으니까. 이번 계획은 완전히 성공한 거죠."

무한이 말했다.

"음, 그렇다고 봐야지. 예전에는 몰랐는데 점령하고 나니까 이 항구의 가치를 알겠더구나. 이곳을 지킬 힘만 있다면 이 북창항은 아마도 엄청나게 번성할 거다. 벌써 상선들이 모여들고 있으니까."

아적삼이 손을 들어 거대한 북창항을 가리켰다.

"그래서 선장님도 무산연맹을 만드신 것 같아요. 북창항은 어느 한 세력의 힘으로는 지키기 어려운 곳이니까요."

"음, 모두 그렇게 생각하고 있다. 그래서 염 촌장님도 기꺼이 북창항을 무산연맹에 내놓으신 것이겠지."

"현명하신 분이에요."

"그래. 무척 현명한 결정이지. 가름의 북창 또한 이곳에서 나는 막대한 이윤의 일부를 가져가게 되고 무산 연맹 안에서 안전할 테니. 일거양득이라고 할까?"

아적삼이 거대한 북창항을 바라보며 말했다.

"저기… 드릴 말씀이 있어요."

무한이 조심스럽게 아적삼에게 말했다.

"무슨……?"

아적삼이 갑작기 심각해진 무한을 불안한 눈으로 보며 물었다.

"선실로 들어가세요. 가서 말씀드릴게요."

무한이 아적삼을 선실로 끌듯 데려갔다.

그러자 이문술이 멀뚱한 표정으로 서 있다가 우울한 표정으로 중얼거렸다.

"부자간에 긴히 할 말이 있는 모양이구나… 젠장! 정말 장가라도 가야 하나……."

"천섬! 육주로 가겠다고?"

아적삼의 눈이 화등잔처럼 커졌다. 무한이 자신을 선실로 데리고 들어올 때부터 불안한 마음이기는 했다. 하지만 설마 무한이 육주로 가겠다고 할 줄은 꿈에도 생각지 못한 아적삼이었다.

사실 그는 무한이 육주라면 돌아보고 싶지도 않을 만큼 싫어할 거라고 생각하고 있었다.

세상의 중심이라는 육주지만, 그 땅에서 무한에게 좋은 기억은 하나도 없다는 것을 알기 때문이었다.

오죽하면 죽음을 각오하고 망망대해에 뛰어들었을까.

그런데 그 육주로 돌아가겠다는 무한이다.

"예, 가봐야 할 것 같아요."

"왜? 뭐가 남았다고? 설마… 비룡성에 가보려는 거냐? 그녀를 보러?"

이미 무한이 빛의 술사이며, 위대한 영웅 철사자 무곤의 아들임을 알고 있는 아적삼이었다.

그래서 무한에게 그나마 남아 있는 육주의 인연이라면 오직 궁산 비룡성의 딸 주란이 유일하다는 것 역시 알고 있었다.

하지만 주란과 무한의 인연은 악연이었다. 그런 인연은 굳이 찾지 않은 것이 좋다.

"아뇨, 그분을 만날 일은 없어요."

무한이 고개를 저었다.

"그럼 왜 육주에 가겠다는 거냐?"

"만나야 할 사람이 있어요."

"그러니까, 누구?"

아적삼이 답답하다는 듯 급히 물었다.

"돌아가신 친부께서 제 자신을 지킬 힘을 갖게 되면 만나보라고 한 사람이 있었어요. 그럼 그가 제게 힘을 줄 것이라고 했지요. 이젠 그를 만나도 될 때인 것 같아요."

"…그런 사람이 있었어?"

아적삼으로서는 무한의 친부, 철사자 무곤의 유언이라면 감히 관여할 수 없다고 생각했다.

"솔직히 말하면 그가 줄 수 있는 힘에 대해서는 크게 관심이 없어요. 그래 봐야 무공 정도겠죠."

"철사자님의 무공이라면… 관심을 갖는 게 좋을 것 같구나. 철사자님은 절대무적으로 불리던 분 아니냐? 그리고 어쨌든 네 뿌리이고……."

아적삼이 진심으로 충고했다.

무한이 철사자 무곤에 대해 원망의 마음을 가지고 있는 것은 아적삼도 알고 있었다.

하지만 철사자는 천하의 모든 사람들에게 대마인 흑라를 제거한 영원한 영웅이었다.

그래서 아적삼 역시 철사자 무곤에 대해 깊은 존경심을 가지고 있었다.

"무공으로 보자면… 빛의 술사로서 얻은 무공만으로도 충분해요. 하지만 뿌리에 대한 말씀은 맞아요. 제가 어떤 뿌리를 가지고 있는지, 그건 확인해 볼 필요가 있으니까요. 사실 그래서 그를 만나려는 거예요."

"그럼, 그래야지."

아적삼이 육주행을 권하면서도 무한이 떠나는 것이 아쉬운 듯 풀 죽은 목소리로 말했다.

"같이 가시면 좋을 텐데요."

무한이 아적삼을 보며 말했다.

그러자 아적삼이 얼른 고개를 저었다.

"아니다. 그건 네 삶이고 네 일이다. 나에겐 여기 묵룡이선에서의 삶이 내 삶이고. 우리가 비록 부자의 인연을 맺었다고 해도 각자 자신의 삶이 있는 것이니까. 뭐… 죽으러 가는 거라면 같이 가주겠지만."

아적삼이 단호하게 말했다.

"알았어요. 아버지에게 묵룡대선이 얼마나 중요한지 알고 있어요."

무한이 미소를 지으며 말했다.

"그렇다고 네가 나에게 묵룡대선만큼 중요하지 않다는 뜻은 아니다."

"걱정 마세요. 그런 오해는 하지 않으니까요."

무한이 가볍게 미소를 지었다.

"그런데 어떻게 갈 생각이냐? 묵룡삼선이 돌아오려면 꽤 시간이 걸릴 텐데?"

아적삼이 물었다.

육주로 가는 가장 손쉬운 방법은 묵룡대선을 타고 가는 것이다. 하지만 묵룡대선이 육주로 가는 시기는 정해져 있었다.

일단 현재 육주를 여행하고 있는 묵룡삼선이 돌아와야 묵룡대선 본선이 떠날 수 있었다.

그러려면 아마도 몇 개월은 기다려야 할 것이다.

"아무 상선이나 얻어 타고 가야죠. 마침 북창에 상선들이 많이 들어와 있으니까요."

무한이 대답했다.

"선장님의 허락을 받아야겠구나."

"허락해 주실 거예요. 제 사정을 알고 계시니까요."

무한이 대답했다.

"하긴… 허락하시겠지. 네가 어떤 사람인지 누구보다 잘 아는 분이니까. 급한 일도 모두 끝이 났고… 그런데, 일이 끝나면 다시 돌아올 거지?"

아적삼이 불안한 표정으로 물었다.

"당연하죠. 여기가 제 집인데요."

"혹시라도 널 알아보는 사람이 있지는 않을까? 그래도 육주에 선 널 오랫동안 감시한 사람들이 있지 않느냐?"

"그것도 걱정 마세요. 이미 이 년이 넘었어요. 더군다나 사자림에서는 일부러 제 본래 모습을 숨기고 있었어요. 피골이 상접하기도 했고……."

"하긴… 그리고 네가 처음 묵룡대선에 탔을 때와도 완전히 변했으니까. 아주 다른 사람처럼."

아적삼이 고개를 끄떡였다.

"그러니까, 걱정 마세요. 사실 전 즐거운 여행으로 생각하고 있어요."

"…알았다. 더 이상 걱정하지 않으마. 하긴 누가 누굴 걱정하겠느냐? 너처럼 대단한 아들을… 후후!"

아적삼이 대견하다는 듯 무한의 어깨를 툭툭 쳤다.

"다녀오면 이곳도 많이 변해 있겠지요?"

"그렇겠지. 세상도 변할 것이고……."

아적삼이 깊은 눈으로 선실의 창을 통해 보이는 북창항을 바라보며 말했다.

　　　　*　　　　　*　　　　　*

　독안룡 탑살과 함께한 저녁 식사는 오래 이어지지 않았다.

　탑살은 북창항을 되찾은 이후 거의 잠을 자지 못할 만큼 바쁜 시간을 보내고 있었다.

　북창의 촌장 염호가 급히 북창항으로 오고 있기는 하지만, 여전히 북창항에 도착하려면 적어도 보름 정도의 시간이 필요했다.

　그 전까지는 독안룡 탑살이 북창항 재건의 대소사를 관할할 수밖에 없었다.

　그래서 짧은 저녁 식사 후, 사람들이 서둘러 독안룡의 처소에서 물러날 때, 무한이 그에게 잠시 시간을 내어달라고 청한 것은 무척 조심스러운 일이었다.

　그러나 독안룡 탑살은 흔쾌히 무한에게 시간을 내줬다.

　아마도 그건 무한이 가지고 있는 또 다른 신분들, 철사자 무곤의 아들이며 당대 빛의 술사의 전인이라는, 그 신분의 힘일 것이다.

　"사풍왕에게 이야기는 따로 들었다. 무면귀를 상대할 때 큰 도움이 되었다고 하더구나. 그러면서 너에 대해 특별한 호기심이 생긴 것 같더구나."

　모든 사람이 물러가고 무한과 단둘이 남게 된 독안룡 탑살이 담담한 말투로 말했다.

　사풍왕 보로가 무한에 대해 새삼스러운 관심을 드러낸 것은 사실이었다. 그는 무한이 보여준 능력에 큰 충격을 받은 모양이었다.

"그런 관심들이 점점 늘어나겠지요?"

무한이 그에게 일어날 당연한 일들이라는 듯 담담하게 물었다.

"그렇겠지. 아예 숨기고 살 것이 아니라면……"

탑살이 대답했다.

"그래서… 겸사겸사 잠시 묵룡대선을 떠나 있었으면 합니다."

무한의 말에 탑살이 조금 놀란 표정을 지었다.

"부담… 스러운 거냐?"

"그런 것보다는 할 일이 있습니다."

"음… 어느 쪽 일인지 물어봐도 되느냐?"

탑살로서도 조심스러운 듯 보였다. 사실 빛의 술사의 일이라면 그조차도 함부로 물어볼 수 없는 일이었다.

"아버지와 관련된 일입니다."

"철사자님의?"

"당신께서 흑라와 싸우러 떠나시기 전에 제게 남기신 말씀이 있습니다. 유언 같은 것인데… 때가 되면 누굴 만나라고 말씀하셨지요. 이제 그를 만나야 할 때인 것 같습니다."

"가문의 일이란 거군. 그럼 가야겠지."

독안룡 탑살이 아쉬운 표정을 지으면서도 고개를 끄떡여 수긍했다.

"큰일은 대충 끝난 것 같기도 해서요. 이제 육주든, 이 검은 대륙이든 한동안은 야심가들이 각자의 세력들을 형성하는 데 집중하겠지요. 그렇게 어느 정도 세력들이 자리를 잡고 나면 그 이후에야……."

"다시 큰 싸움들이 일어나겠지."

탑살이 무한의 말을 받았다.

"그런 일이 일어나지 않게 하는 것이 사실 빛의 술사의 일이긴 한데요."

무한이 씁쓸하게 미소를 지으며 말했다.

과거의 빛의 술사라면, 당연히 대혈란을 미연에 방지하기 위해 동분서주했을 것이 분명했다.

그것이 빛의 술사에게 주어진 업이기 때문이었다. 그러나 무한은 그런 빛의 술사의 업에 매여 살기를 거부한 사람이었다.

빛의 술사로서 무한은 과거의 전통과는 전혀 다른 길을 가고 있었다.

"무조건 희생하는 것이 아니라면 조금은 신경을 써보는 것도 나쁘지 않을 텐데……."

독안룡 탑살이 충고하듯 말했다.

"할 수 있는 일은 할 생각입니다. 하지만 제 사람들의 희생이 따르는 일은 어려울 겁니다. 그런 일은 사실… 선장님에게 어울리는 일이지요."

무한이 미소를 지으며 말했다.

"나? 후후, 나도 아니다. 나도 그럴 만한 그릇은 못 된다. 나 역시 나와 인연을 맺은 사람들을 안전하게 지키는 것까지가 내 욕심이다. 그래서 무산연맹을 만든 것이고."

"그렇기는 해도 무산연맹이 자리를 잡으면 그 자체로 세상

을 안정시키는 데 큰 도움이 되겠지요. 특히 무산 해협 안에서
는……."

"그건 그렇겠지. 그런데 사실 문제는……."

독안룡 탑살이 무슨 말인가를 꺼내려다가 입을 닫았다.

"다른 걱정이 있으세요?"

무한이 궁금한 듯 물었다.

"음… 네게 어디까지 내 속을 털어놔야 할지 모르겠구나. 막
내 제자에게 할 말들은 아닌데, 또 위대한 빛의 술사의 전인에게
는 할 수 있는 이야기들이니… 허허!"

무한과의 묘한 관계가 탑살조차도 혼란스러울 때가 있는 모양
이었다.

"전 언제나 스승님의 제자로 있고 싶은데요……."

무한이 진심으로 말했다.

"나도 그랬으면 좋겠다만, 그래도 빛의 술사라는 신분은… 후
우."

탑살이 가볍게 한숨을 내쉬었다. 빛의 술사 무한은 그조차도
버거운 신분의 사람이다. 그래서 그도 무한을 쉽게 대할 수 없
었다.

"그냥 편하게 말씀하세요. 좀 전에 하시려던 말씀이……?"

무한이 분위기를 바꾸려는 듯 미소를 지으며 물었다.

"음, 사실 내가 걱정하는 것은 새로 성장할 세력들이 아니다.
그들 중에서 이왕사후나 신마성에 육박하는 강자들이 나올 가
능성은 그리 많지 않으니까. 설혹 그런 세력이 나온다고 해도 단
시간에 만들어지는 것은 아니지."

"그건 그렇죠. 그럼?"

"네가 만났다는 그자, 환무종의 고수의 등장이 계속 신경이 쓰이는구나."

탑살이 어두운 표정으로 말했다. 십이신무종의 존재는 탑살조차도 긴장하게 만드는 모양이었다.

"그가 정말 환무종 사람일까요?"

"내 생각에는 틀림없는 사실인 것 같구나. 그가 한 말이 그 사실을 증명한다. 무면귀 후탄이 사용한 무공을 내게 말하면 내가 그들의 정체를 짐작할 거라고 한 그 말은 스스로 자신이 환무종 사람임을 밝힌 것이다. 그리고 무서운 경고이기도 하지."

"경고라면……?"

"환무종이 개입한 이상 무면귀 후탄과의 싸움은 끝내라는 것이다. 그 경고를 하기 위해 그는 자신의 정체를 일부러 언급한 것이다. 그런데 문제는 그가 자신의 정체를 밝혔다는 게 아니라 무면귀 후탄을 데려다 할 일이 있다고 한 그 말이 정말 문제다."

"……?"

무한으로서는 탑살의 속을 읽을 수 없었다. 그러자 탑살이 다시 입을 열었다.

"후탄 같은 놈을 데려다 어디에 쓰겠느냐? 그가 할 수 있는 일이라는 것은 해적질 따위의 지저분한 일이 전부인데. 후우… 그런 자를 십이신무종이 데려다 쓴다? 그건 곧 환무종이 세상의 일에 본격적으로 개입하겠다고 선언한 것이나 다름없다."

"아!"

무한이 자신도 모르게 탄성을 흘렸다.

십이신무종이 세상일에 개입한다는 것, 그건 지금까지의 무종 종파의 역사를 완전히 바꿔놓을 수도 있는 일이었다.

탑살이 걱정할 이유가 충분히 있었던 것이다.

탑살은 그 자신이 한 말이 두려운지 잠시 침묵을 지켰다.

그러다가 어느 정도 침착함을 회복하고 다시 입을 열었다.

"만약 십이신무종이 본격적으로 세상에 나오면 그건 전혀 다른 성질의 싸움이 될 것이다. 은밀하고, 치밀하며, 비정한… 역사상 가장 잔혹한 싸움이 되겠지. 어쩌면 세상은 그 싸움이 일어나고 있는지조차도 모를 수 있다. 다만 사람들은 어느 날 문득 십이신무종이 세상을 지배하게 되었다는 사실을 불현듯 깨닫게 될 것이다."

탑살은 십이신무종의 등장을 확신하고 있었다.

그동안 이왕사후와 보이지 않는 거래를 통해 세상에 영향을 미쳐온 십이신무종이었다.

십이신무종의 문외 전수자들이 가장 많이 몸을 의탁한 곳도 이왕사후의 세력이었다.

십이신무종은 그들을 통해 이왕사후에게 일정한 영향력을 행사하며 고귀한 존재로서의 자신들의 위상을 지켜왔다.

그런데 이왕사후가 하루아침에 무너졌다.

그건 곧 세상에 대한 십이신무종의 영향력이 한순간에 와해되었다는 것을 의미했다.

이왕사후의 몰락은 십이신무종에게도 위기였던 것이다.

"일단 십이신무종은 육주와 파나류에서 성장하는 새로운 세력들 중에서 기존의 이왕사후의 역할을 대신할 자들을 찾으려고 할 것이다. 그 과정에서 자신들의 뜻에 따르지 않거나, 혹은 방해가 되는 자들을 가차 없이 제거하겠지. 그게… 십이신무종의 싸움이다. 어느 날 세상의 지배자들은 문득 깨닫게 되는 거지. 자신들의 목숨 줄을 십이신무종이 쥐고 있다는 것을."

탑살은 십이신무종의 무서움을 자세하게 설명했다.

그리고 난 후에 무한에게 한 가지 질문을 했다.

"빛의 술사로서 넌 이 일에 대해 어떤 대답을 내놓겠느냐?"

무종 종파가 세상의 권력 싸움에 관여하지 않는다는 규범을 구축한 사람이 초대 빛의 술사 마후였다.

그 전통의 법이 빛의 술사가 세상에서 사라진 후 탑살이 말한 방식으로 은밀하게 깨져 있었다.

빛의 술사의 전인이라면 당연히 이 법을 다시 세우는 것이 평생의 업이 될 것이다.

그리고 그러자면 무한은 십이신무종을 상대로 위험한 싸움을 해나가야 한다. 십이신무종이 수백 년의 침묵 끝에 다시 나타난 빛의 술사의 충고를 순순히 듣지는 않을 것이기 때문이었다.

"전 그들의 일에 개입할 생각이 없습니다. 사실… 제가 개입하지 않아도, 그들 스스로 몰락을 자초하게 될 테니까요. 십이신무종이 수백 년 동안 고귀한 존재로 추앙받은 것은 그들이 세상일에 관여치 않았기 때문입니다. 그런데 그 전통을 스스로 깬다면 그들은 신비롭고 고귀한 존재에서 욕망 가득한 평범한 인간이 되는 것이지요. 그런 자들은 아무리 강해도 결국 누군가에게 공격당하게 마련입니다."

무한의 의견에 탑살은 반신반의했다. 그런 역사가 수백 년 아무 일 없이 이어지고 있기 때문이었다.

그런 탑살에게 무한은 자신이 빛의 정원에서 전해 받은 초대 빛의 술사의 말을 전했다.

"초대 빛의 술사께서 전하시길, 무종 종파가 세상일에 개입하지 않는다는 법을 세운 것은 사실 무종 종파를 위한 것이었다고 하더군요. 초대 술사께서는 무종 종파는 바다에 떨어진 한 바가지 물에 지나지 않는다고 하셨습니다. 아무리 특별한 물이라도 바닷물에 섞이는 순간, 그 고귀함은 사라지게 되지요. 그래서 각 무종 종파의 고귀함을 지키기 위해서는 무종 종파는 바가지에 담긴 물처럼 바다 위에 떠 있어야 한다고 하셨습니다. 위태로운 항해지만, 그것만이 무종 종파를 지켜 나가는 유일한 방법이라 하셨지요."

무한의 설명에 탑살도 천천히 고개를 끄떡였다. 그러자 무한이 다시 말을 이었다.

"다만 그럼에도 지난 몇백 년간 그들이 건재했던 이유는 그들의 은밀한 행보가 세상에 널리 알려지지 않았기 때문일 겁니다. 그만큼 교묘했다고 할까요. 하지만 세상에 영원한 비밀은 없는 법이지요. 특히 이런 혼란한 시기에 세상일에 관여한다면……."

무한의 생각은 사실 이미 진행되고 있는 것일 수도 있었다. 무종 종파의 순수성이 지난 수백 년 동안 많이 퇴색했다는 것은 부인할 수 없는 사실이기 때문이었다.

탑살이 무한의 말에 수긍하는 듯한 모습을 보이자, 무한이 그에게 무서운 저주 같은 초대 술사 마후의 예언을 들려주었다.

"마후께서 말씀하시길 세상에 무종 종파가 섞이게 되면 처음에는 그들의 강한 힘이 세상을 지배하는 듯 보이겠지만, 어느 순간, 거대한 바다 같은 세상의 힘이 무종 종파를 삼켜 버릴 거라고 하셨습니다. 그 옛날… 어떤 황제가 그랬듯이……."

"황제……?"

탑살이 되물었다.

그 순간 무한은 한 가지 사실을 깨달았다.

독안룡 탑살조차도 이 땅에 어떻게 무종의 씨앗이 뿌려졌는지 모르고 있다는 사실을.

그건 곧 이 세계에 무종의 시원을 아는 사람이 거의 남아 있지 않았다는 뜻이나 마찬가지였다.

"그런 이야기가 있더군요. 자신을 위해 모든 힘을 쏟은 무공의 고수들을 두려워한 어떤 황제가 세상을 얻자 오히려 그 무공 고수들을 몰살시켰다는……."

"음……."

무한이 전하는 이야기에 탑살이 나직하게 신음 소리를 냈다.

무한이 하는 이야기들은 교훈을 주기 위한 지어낸 이야기일 수도 있지만, 사실은 언제든 일어날 수도 있는 일이기 때문이었다.

아무리 특별한 존재들이라 해도 거대한 세상의 힘을 막아낼 수는 없기 때문이었다.

평범한 사람들의 두려움이 하나로 뭉쳐 그들을 공격하면 무종의 씨앗을 받은 무인들이 오히려 이 땅에서 완전히 제거될 수도 있었다.

"서로의 선을 지키는 것… 그게 필요한 이유는 양쪽 모두를 위한 것이었군."

탑살이 중얼거렸다.

그러자 무한이 대답했다.

"그렇습니다. 하지만 지금 누군가 그들에게 충고를 한다고 해서 과연 십이신무종의 도도한 노인네들이 그 말을 듣겠습니까?"

무한의 반문에 탑살이 고개를 끄떡였다.

이미 세상의 권력에 물들어 있는 십이신무종이다. 체면을 생각해 드러내지 못할 뿐, 그들은 세상을 자신들의 뜻대로 움직이는 일을 포기하지 않을 것이다.

"언젠가는 몰락의 시간이 오겠군. 어쩌면 생각보다 빨리……."

탑살이 말했다.

"그 와중에 그들이 빛의 술사의 옛 충고를 다시 한번 되새길 수 있는 기회가 있기를 바랄 뿐이지요."

"네가 일깨워 주는 것도 시도해 볼 만할 텐데……."

탑살이 새삼스럽게 다시 한번 무한의 의사를 물었다.

"그럴 시기는 지난 것 같습니다. 그리고 그런 충고를 하기에 전 너무 나약한 빛의 술사지요. 아마 그들은 제가 빛의 술사라는 사실 자체도 믿으려 하지 않을 겁니다. 그렇다고 그중 몇 명을 죽일 수도 없고……."

무한이 덤덤하게 말했다.

탑살 역시 그런 무한의 말에 반박할 수 없었다.

"후우, 어쩔 수 없는 일이지. 운명이란 절대 사람의 뜻대로 홀러가지 않으니. 다만 내 사람들을 지키기 위해 최선을 다할 수밖에. 여행, 즐겁게 하거라. 세상에 대한 근심은 내려놓고."

"제가 세상을 걱정할 만큼 착하지 않다는 걸 아시잖아요."

무한이 가볍게 미소를 지으며 말했다.

이런 무한의 모습은 사실 의외의 것이었다. 무한 자신은 모르고 있었지만, 그동안 독안룡 탑살에게 이런 농담을 할 만한 인물은 묵룡대선에 거의 없었다.

무한 역시 마찬가지였다. 그러니까, 오히려 무한은 독안룡 탑살을 무척 어려워했었다.

그런데 이제 그는 자연스럽게 탑살에게 농담을 하고 있었고, 탑살 역시 그런 무한의 농담을 덤덤하게 받아들였다.

무한 자신과 독안룡 탑살은 어느새 빛의 술사로서의 무한을 받아들이고 있었던 것이다.

"언제 돌아올 생각이냐?"

탑살이 물었다.

"일 년 안에는 돌아오겠습니다. 새해는 아버지와 보내야지요."

"적삼, 그 사람이 서운해하겠구나."

"그래도… 가야 하는 이유를 아시니까요."

"하긴 그는 현명한 사람이니까. 좋아, 그럼 잘 다녀와라!"

"예, 그럼 다녀오겠습니다. 아! 가는 배편 좀 알아봐 주세요!"

무한이 자리에서 일어나 탑살에게 마지막 부탁을 했다.

*　　　*　　　*

묵룡대선의 젊은 전사들은, 특히 소룡오대 출신의 전사들은 무한에게 무슨 일인가 일어나고 있다는 것을 느끼고 있었다.

하지만 그들은 설마 그것이 무한이 묵룡대선을 떠나는 것일 거라고는 전혀 생각지 못하고 있었다,

그래서 무한이 묵룡대선을 떠나게 되었다는 사실을 알았을 때, 그들은 충격을 넘어 분노했다.

더군다나 무한은 육주로 떠나기 바로 전날, 늦은 밤에 자신이 내일 북창항을 떠난다는 것을 알렸으므로 그들은 제대로 무한에게 화를 낼 시간조차 없었다.

하연과 왕도문 등 일부는 서둘러 동행의 의지를 밝혔지만, 그건 무한의 거절과 탑살의 불허로 애초부터 불가능한 일이 되었다.

겨우 저녁 한 끼, 그리고 술 한 잔이 무한을 떠나보내는 동료들이 할 수 있는 유일한 일이었다.

더군다나 술자리가 길지도 않았다. 무한이 한사코 양부 아적삼과 마지막 시간을 가져야 한다고 고집했기 때문이었다.

무한은 자신의 고집대로 젊은 전사들과의 자리를 빨리 끝내고, 그날 밤을 아적삼과 두런두런 이야기를 나누며 보냈다.

그리고 새벽……

무한이 한 자리 얻어 탄 상선은 육주에 기반을 둔 대담한 상가의 상선이었다.

파나류에서 신마성이 일어나고, 이왕사후가 신마성 토벌을 위

해 대규모 원정대를 파나류에 파견하는 동안 육주의 거의 모든 상인들은 파나류로의 상행을 포기했다.

아니, 그 이전부터도, 흑라의 시대 이후 육주 상인들의 파나류 행은 거의 사라지다시피 한 상황이었다.

그런데 그 와중에도 몇몇 용감하고 대범한 상인들은 파나류를 왕래했다.

위험한 상행이었으므로 그 이득이 적지 않았지만, 그것보다는 오래전부터 그들과 거래하던 거래처에 대한 신뢰를 지키기 위한 경우가 더 많았다.

무한이 육주로 가기 위해 얻어 타게 된 상선 역시 그런 상가의 상선이었다.

"녹산의 배라면 내가 걱정할 일은 없지."

아적삼이 새벽안개가 일어나는 항구의 어둠 속에서 중형의 상선을 올려다보며 중얼거렸다.

그 옆에서 무한도 상선을 바라보고 있었다.

"선장님께서도 그렇게 말씀하시더군요."

무한이 대답했다.

육주로 가는 배편을 알아봐 준 것은 독안룡 탑살이었다. 그건 곧 그가 아적삼이 녹산의 배라고 부른 상선의 사람들과 안면이 있다는 의미였다.

"녹산연가는 사해상가처럼 대규모 상단을 운용하는 것은 아니지만, 육주 상가들 사이에선 가장 전통 있는 상가로 인정받는 곳이란다. 상가에 속한 상인들도 장사꾼이라는 말이 어울리지 않을 정도로 강인하고 신뢰할 수 있는 사람들이지."

"그렇게 대단한 상가였나요?"

"녹산의 역사는 육주 상가의 역사를 대신한다는 말이 있을 정도다. 사해상가는 막대한 금력과 세력으로 다른 상가들을 위협하며 성장했고 군림하지만, 녹산연가는 오랜 전통에 뿌리를 둔 신의로써 다른 상가들의 존경을 받지. 아무튼… 알아두면 나쁠 것 없는 사람들이다."

"그냥 조용히 육주까지만 가면 돼요, 저는."

무한이 미소를 지으며 말했다.

"그래도 사람이란 언제 어느 때 누군가의 도움이 필요할 수도 있으니까."

아적삼이 신중하게 충고했다.

"알았어요. 육주까지는 긴 항해니까 함께 가다 보면 자연히 서로 알게 되겠죠."

"그래. 뭐든 자연스러운 게 가장 좋지. 아무튼… 일 년은 넘지 않아야 한다!"

아적삼이 무한을 보며 단호하게 말했다.

"알았어요. 그 전에는 돌아올게요."

"좋아. 그럼 가봐!"

탁!

아적삼이 무한의 등을 떠밀듯 쳤다.

그러자 무한이 아적삼에게 미소를 한 번 지어 보이고는 안개에 휩싸인 육주 녹산연가의 상선으로 올라갔다.

그사이 녹산연가의 배도 어느새 포구에 묶어놓았던 여러 개의 밧줄을 풀고 바다에 드리운 닻도 들어 올리고 있었다.

배는 새벽안개 속에서 외롭게 항구를 떠났다.
누군가를 환송하기에는 너무 이른 아침이었다.
오직 아적삼만이 안개에 휩싸여 북창항을 떠나는 배를 팔짱
을 긴 채 쓸쓸한 눈으로 응시하고 있었다.

제9장

녹산연가

무한은 가끔 하늘을 바라봤다.

지루하게 망망대해를 여행하는 항해에 지쳤기 때문에 하는 행동처럼 보였지만, 사실은 그는 하늘에 있는 누군가를 만나고 있었다.

다른 사람들에게는 그저 한 마리 바닷새로 보이는 작은 물체, 사람들이 실체를 볼 수 없을 만큼 높이 떠 있는 풍룡이었다.

풍룡은 무한이 녹산연가의 상선을 얻어 타고 옛 북창항을 떠난 후부터 줄곧 무한이 탄 배를 따라오고 있었다.

그리고 가끔 밤이면 배 가까이로 날아와 갑판에 나와 있는 무한과 그들만이 소통할 수 있는 소리를 내 대화를 하기도 했다.

그럴 때면 무한은 녹산연가의 사람들이 휘파람이라고 생각하는 소리를 내어 풍룡과 간단한 대화를 나누고는 했는데, 그 대부분은 이 지루한 여행에 대한 풍룡의 투덜거림과 무한의 달램이었다.

그래도 가끔 그렇게 풍룡과 대화를 나누는 것이 무한에게는 적지 않은 활력이 되었다.

하지만 시간이 지나면서 무한의 대화 상대가 변하기 시작했다.

처음에는 녹산연가의 상선에 아는 사람이 아무도 없었기에 풍룡이 유일한 대화 상대였지만, 시간이 지나면서 하나둘씩 녹산연가 사람들과 안면을 트기 시작했기 때문이었다.

애초에 단지 배를 빌려 탈 뿐 깊은 인연을 만들 생각이 없는 사람들이기는 했지만, 그래도 한 달이 넘는 대항해를 함께하면서 서로를 완전히 외면하기는 불가능한 일이었다.

녹산연가의 사람들은 알려진 대로 조금 독특한 기질을 가지고 있었다.

상인과 무인의 특성을 동시에 가지고 있다고 알려진 것처럼, 모두 강한 기운을 지니고 있었지만, 무한을 대할 때는 무척 조심스럽고 부드럽게 대했다.

아마도 그건 무한을 이 배에 태우게 된 것이 독안룡 탑살의 부탁이었기 때문일 것이다.

독안룡 탑살의 위상은 육주의 전사들 중 최고봉에 있다고 할 수 있었다.

그와 견줄 수 있는 대영웅 철사자 무곤은 오래전에 죽었고, 세력과 권력으로 탑살을 능가하는 존재들인 이왕사후가 신마성에 패퇴해 겨우 해신성주 궁마천과 불구가 된 오사성의 사중산만이 살아남은 상황에서 독안룡 탑살의 명성에 도전할 만한 인물이 육주에는 없었다.

그런 독안룡이 부탁한 무한을 녹산연가의 사람들도 감히 함부로 대할 수는 없었다.

그중에서도 특히 무한과 가까워진 사람은 젊은 상인 소갑이었다.

배를 책임지는 선장이자 녹산연가의 오대 총관 중 한명인 대상인 연운은 특별히 소갑이라는 청년으로 하여금 무한의 여행을 돕게 했다.

소갑은 무한이 낯선 상선 생활에 적응하는 것을 도왔다.

처음에는 잠자리와 식사를 챙겼고, 그 일을 무한 혼자서도 충분히 할 수 있게 되었을 때부터는 가끔 말동무를 해주는 것으로 무한의 지루한 여행을 도왔다.

그렇다고 소갑이 허드렛일을 하는 상선의 일꾼은 아니었다.

소갑 역시 당당한 녹산연가의 정식 상인이었다. 물론 그렇게 따지면 녹산연가의 상선에 타고 있는 사람들 중 단순한 일꾼으로 불릴 사람은 없었지만.

이들은 아적삼이 말한 것처럼, 한 명 한 명이 뛰어난 무인이었고, 상인이어서 그 자부심이 대단했다.

그래서 무한을 돕는 일을 맡은 소갑 역시 무한에게 친절하기는 했지만, 비굴하지 않고 당당했다.

그리고 오히려 그래서 무한과 제법 자유로운 대화를 할 수 있었다.

쿠우우!

내내 청명하던 하늘이 점점 검은 구름에 가려가던 어느 날,

무한은 갑판 위에 서서 무섭게 변해가는 하늘의 장관을 구경하고 있었다.

자연의 위대함은 이렇게 변하는 날씨 하나로도 충분히 느낄 수 있어서, 이럴 때는 인간의 일들이란 것이 얼마나 하찮은 것인가를 새삼스레 깨닫게 되는 무한이었다.

그런데 그런 무한을 향해 귀에 익은 목소리가 말을 걸었다.

"곧 풍랑이 세질 겁니다. 선실에 들어가시는 것이 좋을 듯합니다만."

녹산연가의 젊은 상인 소갑이다.

이미 파도가 크게 일어 배가 위태롭게 흔들리고 있었다. 이럴 때 바람과 비까지 내리면 한순간에 위험에 빠질 수 있었다.

"비를 본 지가 오래되었지요?"

무한이 소갑을 돌아보며 물었다.

"북창항을 떠난 이후로는 줄곧 날이 좋았으니까요. 뭐, 운이 좋았던 것이지요. 귀한 손님을 태워서 날씨도 잠시 도와주었나 봅니다. 물론 그것도 오늘로 끝인 듯하지만……."

소갑이 가볍게 미소를 지으며 말했다.

"그래도 바다에서는 폭풍 한 번쯤은 겪어야 대항해가 끝이 나는 법 아니겠습니까?"

무한이 농담이 섞인 말투로 말했다.

"하하, 물론 그렇긴 하지요. 육주의 바다나 무산 해협을 여행하는 대항해에서는 언제나 폭풍 한 번쯤은 만나게 되지요. 이번 역시 예외는 아니군요. 그래도 육주에 다 와가니 마음이 조금 편하기는 합니다."

소갑의 말처럼 배는 이미 육주에 근접하고 있었다. 길어야 닷새, 짧으면 삼 일 안에 육주의 어느 해안이 보일 것이라는 것이 녹산연가 상인들의 말이었다.

"송강 하구에는 얼마나 머물게 됩니까?"

무한이 물었다.

녹상연가의 상선이 향하는 육주의 첫 기항지는 사해상가가 거대한 상권을 형성하고 있는 송강 하구였다.

녹산연가는 그로부터 조금 더 남쪽으로 내려가 과거 육주를 지배한 천록의 성이 있었던 대하강 중류에 본가가 있었다.

그럼에도 불구하고 육주의 첫 기항지로 사해상가의 안방인 송강 하구를 정한 것은 그곳에서 이 오랜 상행의 마지막 거래가 이뤄지기 때문이었다.

육주의 상계를 완전히 장악하고 있다고 해도 과언이 아닌 사해상가의 송강 하구에 들러야만, 녹산연가가 무산 해협 인근을 돌며 사들인 상품들을 거래할 수 있는 것이 현실이었다.

그 사실만으로 육주에서의 사해상가의 위상을 알 수 있었다.

"저희가 가져온 물건들은 대부분은 이미 주인이 정해져 있습니다. 저희 녹산연가는 상행을 나가기 전 육주의 거래처로부터 원하는 물건들의 목록을 받습니다. 떠나기 전에 이미 거래가 이뤄지는 거지요. 그래서 송강 하구에 머무는 시간도 짧을 겁니다. 길어야 삼 일 정도 되겠지요. 손님께선 그곳에서 내리신다고 들었습니다만……?"

소갑이 조심스럽게 무한의 일정을 물었다.

사실이 그는 총관 연운으로부터 무한에게 어떤 질문도 하지 말라는 명을 받은 상태였다.

무한의 신분이나 여행의 목적, 그리고 최종 목적지에 대한 질문 역시 금지되어 있었다.

그래서 소갑의 질문은 무척 조심스러웠다.

"예, 전 그곳에서 내립니다."

무한이 가볍게 대답했다.

"그곳엔 어쩐 일로……? 아, 아닙니다. 죄송합니다. 제가 쓸데없이 많은 것을 여쭸습니다. 귀찮게 하지 말라고 총관님에 당부를 받았는데……."

"아닙니다. 귀찮기는요. 지루한 항해에 말동무가 되어주시니 저야 좋지요. 항해하는 동안 절 도와주신 것도 감사하고… 큰일이 있어서 가는 건 아닙니다. 누굴 좀 만나려고요. 그곳에서 장사를 하고 있다는 소문을 들었습니다."

"아, 그렇군요. 송강포구에 아는 분이 계셨군요?"

소갑이 고개를 끄떡였다. 그러다가 다시 조심스럽게 물었다.

"제가 들으려고 들은 것은 아닌데… 독안룡님의 부탁으로 저희 상선에 타셨다고… 그럼 독안룡 님과는……?"

소갑은 자신이 총관 연운의 지시를 제법 많이 벗어나고 있다는 것을 알고 있었다.

하지만 그래도 궁금한 것은 참기 힘들었다. 더군다나 걱정과 달리 이 젊은 손님은 자신의 질문에 스스럼없이 대답을 해주고 있었다.

"제자입니다."

무한이 짧게 대답했다.

"아! 정말 사실이었군요?"

"이미 비밀이 아닌 것 같아서 말씀드리는 겁니다."

무한이 웃으며 말했다.

"히히, 사실 뭐… 위대하신 독안룡 님이 특별히 부탁할 사람이라면 제자가 아니겠느냐 그런 말들을 하고 있었습니다."

소갑이 머리를 긁적이며 대답했다.

"저에 대해 다들 궁금하셨던 모양이군요."

"아시다시피 외부의 손님을 태우는 경우는 드문 일이라… 더군다나 독안룡 님이 부탁하신 손님에게 관심을 갖지 않을 수 없지요."

소갑이 담담하게 말했다.

"그렇긴 하지요. 사실 특별히 신분을 숨길 이유가 있는 것은 아닙니다. 십이귀선을 물리치고 북창항을 회복한 이상 당분간 묵룡대선에 특별한 일이 없을 것 같아서 시간을 내어 여행하게 된 것입니다."

"그렇군요. 그렇게 되신 거군요."

소갑이 연신 고개를 끄떡였다.

"더 궁금하신 것은 없습니까?"

무한이 웃으며 물었다.

그러자 소갑이 머리를 긁적이다가 조심스럽게 물었다.

"이미 스무 날 가까이 모시면서 손님의 성함도 모르고 있습니다."

"아, 그런가요? 정말 그렇군요. 전 칸이라고 합니다."

"칸… 특이한 이름을 쓰시는군요?"

"하하, 다들 그러더군요."

"그래도 뭐, 좋군요. 기억하기 쉬운 이름이고……."

소갑이 다시 고개를 끄떡였다.

그러자 이번에는 무한이 나직한 목소리로 물었다.

"저도 질문 하나 해도 되겠습니까?"

"아! 물론입니다. 뭐가 궁금하십니까?"

소갑이 마치 빚을 갚을 기회가 생겼다는 것이 기쁘다는 듯 얼른 되물었다.

그러자 무한이 소갑의 귀에 가까이 입을 대고 물었다.

"저 사람은 대체 누굽니까?"

무한이 질문에 소갑이 무한의 시선이 향한 곳으로 시선을 돌렸다. 그러다가 놀란 표정으로 중얼거렸다.

"어? 나와 계시네."

"아주 가끔 보이더군요. 그것도 사람들이 없는 시간에 가끔……."

"그렇지요. 거의 선실에서 지내시지요."

소갑이 말했다.

"누굽니까?"

"뭐랄까… 조금 특이하거나 혹은 특별한 분이시지요."

"녹산연가에 속한 분이 아닙니까?"

무한이 다시 물었다.

"본가의 사람이 아니라고 할 수는 없지요."

소갑이 이해하기 힘든 말을 했다.

"흠, 사연이 있나 보군요. 알겠습니다. 더 묻지 않겠습니다."

무한은 소갑이 대답하기 어려운 질문이라고 생각하고 질문을 거둬들였다.

그러자 소갑이 얼른 고개를 저었다.

"아, 비밀이란 뜻은 아닙니다. 다만 설명하기 조금 힘든 분이란 뜻이죠. 사실 저분은 총관님의 따님이십니다."

"총관님의 따님이라고요?"

무한이 놀란 표정으로 되물었다.

"그렇습니다. 공식적으로는 그런데, 친딸은 아니시고… 저분이 본가에 온 것이 아주 어릴 때였습니다. 어린 나이임에도 불구하고 가주께서 아주 극진히 대하셨지요. 이후 줄곧 본 상가에서 성장하셨는데, 이상하게 상가 내 다른 사람들과 교류가 거의 없으셨지요. 장성하셔서는 지금 총관님의 양녀가 되셨습니다. 그때부터 가끔 총관님의 상행에 동행하시곤 하시지요. 물론 여행 중에는 보시는 것처럼 다른 사람과 어울리는 대신 홀로 지내시는 편이시지요. 솔직히 말하면 저나 다른 동료들도 저분에 대해서는 잘……"

소갑이 말꼬리를 흐렸다.

소갑의 말처럼 거친 풍랑이 몰려오고 있는 바다를 바라보는 여인은 보통 사람들과 분명히 다른 면이 있었다.

누구든 쉽게 접근할 수 없는 분위기를 가지고 있었으며, 화려한 옷을 입은 것이 아님에도 불구하고 어딘지 모르게 신비로운 느낌이 났다.

"녹산연가에 들어오기 전의 이야기는 당연히 모르시겠군요."

무한이 말했다.

"그렇지요. 뭐… 그래도 이런저런 사연이야 알 수 없지만, 어느 몰락한 가문의 따님이 아닐까 싶습니다. 가주님과 인연이 있

는… 평소에 말이 없고 우울한 것을 보면 상가에 들어오시기 전
겪은 일이 녹록지 않다는 뜻이겠지요."

소갑이 동정심이 느껴지는 말투로 말했다.

소갑의 대답을 끝으로 무한은 더 이상 폭풍 속으로 뛰어들
것 같은 여인에 대해 묻지 않았다.

더 물어봐야 소갑이 해줄 말이 없을 것 같기도 했고, 그 자신
도 과거를 숨기고 있어서 굳이 다른 사람의 과거를 들춰내는 것
이 마음에 걸리기도 했다.

"들어가시지요."

소갑이 점점 가까워지는 먹구름과, 이제는 몸의 중심을 잡기
힘들 정도로 배를 흔들어대는 강한 파도를 보며 말했다.

이대로 갑판에 머물기에는 너무 위험한 상황이었다.

"그러지요. 폭풍을 눈앞에서 보고 싶긴 하지만 그렇게 되면
소갑 님이 곤란해지실 테니까요."

무한이 웃으며 말했다.

"하하, 맞습니다. 손님을 위험한 상황에 내버려 뒀다고 총관님
께 큰 꾸중을 들을 겁니다. 자, 가시지요."

소갑이 무한을 선실로 이끌었다.

그의 말에 따라 선실로 발걸음을 옮기던 무한이 문득 걸음을
멈추고 다시 여인을 보며 말했다.

"저분은 괜찮을까요? 위험해 보이는데……."

폭풍이 사람을 가릴 리 없었다. 불어대는 바람 속에서 여인은
무한보다 훨씬 위험해 보였다.

하지만 소갑은 고개를 저었다.

"괜찮을 겁니다. 누구도 공식적으로 말은 안 하지만 누구나 인정하는 사실이 하나 더 있습니다. 이설, 저분의 무공이 배에 탄 선원들 중 세 손가락에 꼽힐 거라는 사실이지요. 그런 분이라……"

* * *

쿠웅쿠웅!

하늘의 신이 거대한 망치로 배를 때리는 듯한 소리가 연신 들려왔다.

무한은 파도가 눈높이까지 치솟는 광경을 선실 창을 통해 바라보고 있었다. 어린 나이 때는 무척 두려워하던 광경이다.

사자림에서도 가끔 이런 광경을 볼 수 있었다.

태풍이 몰고 온 바람이 바닷물을 밀어 올려 사자림을 떠받치는 절벽 위까지 파도의 분말을 뿌려대곤 했었다.

그때는 이 바다의 광란이 얼마나 두려웠던가.

하지만 나이가 들면서 그런 광경은 더 이상 무한에게 두려움을 주지 않았다. 대신 무한은 그럴 때마다 그 속에서 살아 숨 쉬고 있는 강한 생명력을 느꼈다.

그래서 태풍이 몰려오는 계절이면 가끔 한밤중에 그 태풍 속으로 걸어 나가 태풍의 한가운데 서 있기도 했었다.

그때만 해도 나약한 몸을 가지고 있었던 무한이어서 무척 위험한 행동이었지만, 그렇게 한동안 휘몰아치는 태풍 속에 서 있다 보면 고립무원인 자신의 처지를 잊고 삶의 의지를 되살려 낼 수 있었다.

"나가볼까?"

무한이 중얼거렸다.

소갑이 알면 절대 허락하지 않겠지만, 마침 소갑은 주전부리라도 가져오겠다면서 선실을 떠나고 없었다.

무한이 조용히 자리에서 일어나 선실을 나섰다. 그리고 갑판으로 이어진 몇 개의 계단을 따라 오르자 갑자기 안개처럼 잘게 쪼개진 파도의 알갱이들이 그의 얼굴을 덮쳤다.

"후욱!"

무한이 물에 빠진 것처럼 길게 호흡을 뱉어내며 갑판 위로 올라섰다.

쿠우웅!

비바람을 몰고 온 폭풍이 괴물 같은 소리를 만들어낸다.

무한의 몸은 당장이라도 갑판에서 날려 바다에 빠질 것처럼 위태로워 보였다.

하지만 무한은 마치 발이 갑판에 박혀 있는 사람처럼 꿈쩍도 하지 않았다.

대신 그는 한 손을 들어 올려 폭풍이 몰고 온 빗방울들을 하나하나 터뜨렸다.

그의 손끝에서 빗방울들이 마치 검에 쪼개지듯 잘게 쪼개져나갔다.

겉으로 보기에는 그저 평범한 손장난 같아 보이는 이 동작들이 사실은 신비로운 천년밀교의 비공 중 하나인 일지파천의 무공이었다.

손끝에 공력을 모아 허공으로 방출하는 최고 경지의 무공, 한 줄기 지력으로 하늘을 깨뜨린다는 믿기 힘든 무공이 바로 일지 파천이었다.

무한은 빛의 정원에서 구결로만 전수받은 그 일지파천을 몰아 치는 태풍 속에서 실제로 구현해 보고 있었다.

"재밌네. 신기한 무공이야."

무한이 폭우 속에서 쉬지 않고 빗방울들을 쪼개며 미소를 지었다.

그의 말대로 그 무공에 깃든 무서운 힘에 비해 그가 하는 행 동들은 즐거운 놀이처럼 보였다.

파파팟!

무한의 손이 조금 더 빨라졌다.

그러자 이번에는 한 번에 두세 개의 물방울들이 그의 눈앞에 서 터져 나가기 시작했다.

그러다가 또 한순간 그의 손에서 가는 실 같은 진기의 끈이 형태를 갖추기 시작했다.

물론 워낙 가늘고 투명한 진기의 끈이라 타인이 볼 수는 없었다.

하지만 무한은 그 지력의 끈을 채찍처럼 살짝살짝 휘둘러 그 의 시야를 가리는 물방울들을 베어냈다.

사사삭!

어느 순간부터는 물방울들을 베어내는 소리가 더욱 작아졌 다. 그리고 물방울들도 무한의 지력에 베어질 때 터지는 것이 아 니라 두부 베어지듯 반으로 갈라지기 시작했다.

그건 곧 무한의 지력이 더욱 정교해졌다는 의미였다.

"이거 정말 신기한 무공이었구나."

무한이 스스로도 놀란 듯 중얼거렸다.

사실 그동안 무한은 천년밀교의 무공들에 대해서는 신공인 천밀공과 보법인 풍신보 말고는 크게 관심을 두고 있지 않았다.

그로서는 병장기를 다루고 손발을 쓰는 무공은 독안룡 탑살에게 전수받은 해왕의 무공으로 족하다고 생각하고 있었기 때문이었다.

그런데 오늘 천년밀교의 무공 중 하나인 일지파천을 시험해 보고 나서는 마음이 변할 수밖에 없었다.

일지파천의 무공은 강하다는 의미를 벗어나는 신비로움이 깃든 무공이었던 것이다.

"그래서 위대한 전설이 된 것인가?"

무한이 새삼스레 빛의 전설을 만든 천년밀교의 무공에 감탄하며 중얼거렸다.

그리고 천천히 걸음을 옮겨 조금 더 앞으로 걸어 나갔다.

바람이 세차게 불었지만, 공력의 힘으로 몸의 무게를 늘리고 풍신보의 신묘함을 더한 무한은 세찬 폭풍에도 전혀 위태로워 보이지 않았다.

그런데 그렇게 천년밀교의 무공들을 사용해 배의 난간으로 다가가 폭풍을 좀 더 가까이서 바라보려던 무한이 한순간 걸음을 멈췄다.

그리고 천천히 고개를 돌려 배의 후미를 바라봤다. 그러자 폭풍 속에 위태롭게 서 있는 한 여인이 보였다.

아니, 정확하게는 그 여인과 시선이 마주쳤다.

'아직 있었나? 참 대담한 여인이군… 연이설이라고 했던가?'

무한을 바라보고 있던 여인은 앞서 젊은 상인 소갑이 잠시 그 내력을 말해주었던 여인 연이설이었다.

총관 연운의 양녀가 되어 연씨 성을 받았으니 아마도 본래는 다른 성씨를 가지고 있었을 것이다.

'봤을까?'

연이설을 발견한 무한이 슬며시 걱정이 되었다.

자신이 천년밀교의 무공인 일지파천으로 물방울들을 희롱하던 광경을 연이설이라는 여인이 보고 있었을지도 모른다는 생각이 들었던 것이다.

물론 그 자체로 당장 큰 문제가 되는 것은 아니다. 하지만 무한이 신비로운 무공을 사용하는 것을 누군가 알게 된다면 그때는 그의 신분에 대해 의구심을 품는 사람들이 생길 수도 있었다.

무한이 사용한 일지파천의 무공은 독안룡에게는 없는 무공이기 때문이었다.

하지만 무한은 곧 그런 걱정을 덜어버렸다. 무한이 만들어낸 지력은 그 자신의 눈에도 제대로 보이지 않는 투명하고 가는 진기의 끈이었다.

그걸 멀리 떨어져 있는 연이설이 보았을 리 없었다. 아마도 그녀는 무한이 눈을 가리는 빗방울들을 손바닥으로 쳐내고 있었다고 생각했을 것이다.

꾸벅!

짧은 순간 연이설이 자신의 무공을 알아봤을까 걱정했던 무한이 걱정을 털어내며 연이설에게 가볍게 고개를 숙여 보였다.

그러자 연이설 역시 마주 고개를 까딱였다. 그리고 다시 두 사람의 시선이 허공에서 마주쳤다.

그런데 그 순간 무한은 연이설의 눈에서 묘한 동질감을 느꼈다.

위태로운 폭풍 속에 외롭게 서 있는 연이설에게서 무한은 삶을 향한 외로운 싸움을 하는 사람의 느낌을 받았다. 과거 그가 사자림에서 그러했듯이.

그녀의 눈이 그걸 말해주고 있었는데, 그건 무한이 폭풍 속에서 느끼는 생명력과도 같은 종류의 것이었다.

'마음에 뭔가를 품고 있는 사람이군.'

무한이 연이설의 눈빛에서 그녀의 마음을 읽고 있을 때, 갑자기 연이설이 무한을 향해 다가왔다.

이건 무한도 미처 예상하지 못한 행동이었다.

"독안룡 님의 제자시라고요?"

무한 앞에 다가온 연이설이 불쑥 물었다.

어찌 보면 무례한 질문이지만, 이상하게 그녀의 행동이 무례하다고 느껴지지는 않는 무한이었다.

"그렇습니다."

무한이 대답했다.

"저에 대해 들었나요? 전 연이설이라고 해요."

"…연 총관님의 따님이란 말은 들었습니다."

무한이 담담하게 말했다.

"그뿐만은 아니겠죠?"

연이설이 다시 물었다.

"그야……."

무한이 말꼬리를 흐렸다. 연이설이 총관 연운의 친딸이 아니라는 말을 입에 올리기가 꺼려졌던 것이다.

"오랜 녹산연가의 손님이란 말을 들으셨을 거예요."

"…그런 말도 하긴 하더군요."

"후후, 모두 궁금해하죠. 제가 누군지에 대해."

연이설이 가볍게 웃음을 흘리며 말했다. 그 웃음 속에 쓸쓸함이 깃들어져 있었다.

이런 웃음은 자신의 과거에 대해 자괴감 같은 것을 가진 사람이 보이는 웃음이다.

"그 말도 하긴 하더군요. 아무도 이설 님의 과거에 대해 제대로 모르고 있다고 하면서……."

"알고 싶나요?"

연이설이 되물었다.

무한은 상대가 무척 과감한 사람이라는 것을 깨달았다. 이런 식의 질문은 그녀의 성격을 그대로 말해주는 것이다.

그리고 그녀의 본래 신분이 무척 고귀할 거란 생각도 들었다.

어린 시절 녹산연가에 손님으로 들어와 그들의 보호를 받으며 자란 여인이라면 어느 정도 조심스러운 면이 있을 법한데 그녀는 말하고 행동하는 데 전혀 거리낌이 없었다.

그건 곧 그녀가 녹산연가의 눈치를 보지 않는다는 것을 의미했다.

또한 그녀 자신이 녹산연가에게 받는 보호와 보살핌이 당연히 받아야 할 그것이라고 생각하고 있다는 의미기도 했다.

"굳이……."

무한이 고개를 저었다.

타인의 과거를 안다는 것은 싫으나 좋으나, 상대와 인연을 맺는다는 의미다.

무한으로서는 이 배 위에서 다른 인연을 맺고 싶지 않았다. 그저 조용히 송강 하구까지만 가면 되는 무한이었다.

"실망이군요. 제게 관심이 없다니."

연이설이 별로 실망하지 않은 표정으로 말했다.

"지금껏 숨겨온 과거라면 그만한 이유가 있겠지요. 그런 이설 님의 과거를 굳이 제가 들을 필요는 없겠지요."

"그 말은 나와 친분을 맺기 싫다는 의미로 들리는군요."

이설이 건조한 미소를 지으며 말했다.

"…전 송강 하구에 도착하면 이 배를 떠날 겁니다."

"후우… 저와는 반대네요."

"예?"

무한이 의외의 말에 놀라 연이설을 바라봤다.

"전 무사님과 친분을 맺었으면 하거든요."

"…왜 그런 생각을 하셨습니까?"

"그야 당연히 제게 도움이 될 것 같아서죠."

연이설이 망설이지 않고 대답했다.

"제가 말입니까?"

무한이 되물었다.

"음… 정확하게 말하면 독안룡 님이라고 해야겠지요? 무사님은 독안룡 님의 제자라시니……."

연이설이 말꼬리를 흐렸다.

그녀는 무한을 통해 독안룡과 연결되길 바라고 있었다.

"왜 독안룡 님을……?"

무한이 다시 물었다.

"그야 당연히 그분의 도움을 받기 위해서죠. 위대한 육주의 대영웅 독안룡 님의 힘이라면 누구나 탐내는 것이 아니겠어요?"

연이설은 다부지고 당당했다.

대영웅 독안룡의 힘을 빌리고 싶다면서도 전혀 비굴하거나 나약한 모습을 보이지 않았다.

"스승께서는… 녹산연가와 이미 적지 않은 거래를 하고 있으신 걸로 알고 있습니다만?"

무한이 되물었다.

그의 말대로 독안룡 탑살과 녹산연가는 그동안 꾸준히 거래를 해오고 있었다. 그 인연으로 무한이 녹산연가의 상선에 탈수 있었던 것이다.

"알아요. 하지만 전 녹산연가의 사람이 아닌, 저 자신, 연이설로서 독안룡 님의 힘을 얻고 싶은 거예요."

연이설이 담담하게 말했다.

"대체 무슨 일을 하시려고……?"

무한이 궁금함을 참지 못하고 말했다.

녹산연가를 벗어나 그녀가 하고자 하는 일이 뭔지 궁금하지 않을 수 없었다.

그러자 연이설이 바로 대답하지 않고 잠시 침묵을 지켰다. 그러다가 천천히 고개를 저으며 말했다.

"미안하지만 지금은 대답해 줄 수 없군요. 그래도 혹시 다음에 기회가 된다면 절 독안룡 님께 소개시켜 주실 수는 있겠죠?"

연이설이 무한에게 물었다.

"그야… 뭐 기회가 된다면야."

무한이 얼버무리며 대답했다.

"그 정도면 저는 만족이에요. 오늘 반가웠어요. 나중에 다시 뵙죠."

연이설이 그 말을 남기고 가볍게 고개를 숙여 보인 후 선실이 있는 배 아래쪽으로 내려갔다.

"알 수 없군. 대체 뭘 하려고 하기에 선장님의 힘까지 빌리려는 걸까. 선장님의 힘이 필요하다는 것은 녹산연가의 힘만으로는 부족하다는 뜻인데……."

무한이 선실로 내려가는 연이설을 보며 나직하게 중얼거렸다.

*　　　　*　　　　*

폭풍은 이틀 동안 쉬지 않고 불어댔다.

녹산연가의 상인들은 이런 날씨는 근래에 보기 드문 날씨라고 놀라기도 하고 한편으로는 혀를 차기도 했다.

육주에 인접해 불어대는 폭풍으로 인해 송강 하구 포구로 향하는 뱃길이 하루 정도 지체된 것에 대해 불만스러운 듯 보였다.

그러나 세상에 멈추지 않는 폭풍은 없다. 이틀 동안 바람과 비를 몰고 와 배를 위태롭게 했던 폭풍이 어느 순간 거짓말처럼 멎었다.

그리고 폭풍이 멎자 순식간에 하늘을 뒤덮었던 검은 구름도 물러갔다.

그 뒤를 이어 빛의 향연이 펼쳐졌다.

"하늘로 가는 다리가 있다면 바로 저런 모습일 겁니다."

소갑이 혼잣말처럼 중얼거렸다.

그의 시선이 닿은 곳, 해안선을 따라 이어진 긴 절벽이 있었는데, 그 절벽으로부터 바다를 향해 아름다운 무지개가 펼쳐져 있었다.

비 온 뒤의 무지개는 크고 선명해서 소갑의 말처럼 하늘로 이어진 다리처럼 보였다.

"저런 무지개는 정말 다시 보기 힘들 것 같군요."

무한도 해안 절벽에서 시작된 무지개다리에 감탄했다. 그로서도 평생 처음 보는 광경이었다.

"역시 옛말이 맞나 봅니다. 고난의 폭풍이 지나가면 행복한 결실이 찾아온다는……."

소갑이 육주에 전해지는 옛 속담까지 끌어오며 즐거워했다.

그러자 무한이 물었다.

"이제 곧 송강 하구인가요?"

"그렇습니다. 하루 안에 들어갈 겁니다. 후우! 그럼 이 여행도 거의 끝이 나는 거지요."

소갑이 그간의 긴 항해에 지쳤는지 길게 숨을 내쉬었다.

"얼마나 걸린 겁니까?"

"다섯 달 만의 귀환이지요."

"다섯 달, 정말 고생하셨군요."

무한이 고개를 끄떡이며 말했다.

"사실 보통은 이것보다 긴 상행도 적지 않지요. 무산 해협을 통과해 파나류 북서부까지 가는 상행도 가끔 있고, 또 육주 북단으로 이동해 무산열도 동북부의 오족의 섬 위쪽까지 가는 상행도 있습니다. 그런 경우는 반년 이상이 걸릴 때도 있지요."

"그런가요? 놀랍군요. 전 그렇게 멀고 긴 상행은 저희 묵룡대선만 하는 줄 알았는데요."

무한이 정말 놀란 표정으로 말했다.

그는 녹산연가가 무한열도 서쪽 끝까지 상행을 한다는 사실을 정말 모르고 있었다.

"하하, 그렇다고 본 가의 상행이 묵룡대선에 비할 바는 아니지요. 묵룡대선이야 세상에서 가장 큰 상선이고, 또 독안룡 님은 이 세상에서 거의 유일하게 대마협을 통과해 파나류 서쪽까지 여행하신 분인데……."

아무리 녹산연가라 해도 독안룡 탑살이 이끄는 묵룡대선의 상행과는 비교할 수 없다는 듯 소갑이 고개를 저었다.

적어도 상행의 거리와 기간에 있어서만큼은 누구도 묵룡대선을 따라갈 수 없다는 것을 소갑 스스로도 인정하고 있었다.

"선장님이야 상행이 목적이라기보다는 모험과 여행을 즐기시는 분이지요. 흑라의 시대가 오는 바람에 모험이 중지되었지만……."

"그래도 상인은 상인이시지요. 독안룡께서 대마협을 관통한 상행은 지금까지 상계의 자랑이자 전설로 회자되니까요."

소갑은 같은 상인으로서 독안룡 탑살에 대한 자부심이 있는 모양이었다.

사실 상인들이란 이득이 있는 곳이면 지옥이라도 간다는 말이 있듯이 어쩌면 세상에서 가장 위대한 여행가일 수도 있었다.

"소갑 님이 그렇게 말씀하시니 새삼스럽게 사부님이 대단하신 분이란 걸 느끼게 되는군요."

무한이 미소를 지으며 말했다.

"그런 분의 제자시니 조금 부럽기도 합니다."

소갑이 겸연쩍은 표정으로 말했다.

"녹산연가의 명성도 결코 만만치 않지요."

무한이 웃으며 말했다.

"아, 물론 녹산연가가 약하다거나 볼품없다는 뜻은 아닙니다. 사실… 녹산연가만큼 전통 있는 상가는 육주에 없지요."

소갑이 녹산연가에 대한 자부심을 드러냈다.

"저도 그렇게 들었습니다."

무한이 동의했다.

"솔직히 과거 천록의 제국 시대에는 그 어떤 상가나 권력자도 감히 녹산연가 앞에서 재력이나 힘을 자랑하지 못했지요. 지금의 이왕사후조차도 말입니다."

"그랬습니까?"

무한이 놀란 듯 되물었다.

전통 있는 상가라는 것은 알았지만, 과거에 이왕사후조차 감히 녹산연가에 힘자랑을 하지 못했다는 소리는 처음 듣는 말이었다.

"그럼요. 천록의 제국을 지탱하는 재력 중 삼 할이 바로 녹산연가에서 나왔으니까요."

"음… 천록의 왕국 재정에 중추적인 역할을 했었다는 뜻이군요?"

"맞습니다. 육주를 지배하는 왕국의 재정을 담당했다는 것은 그만큼 본가의 재력이 대단했다는 뜻이지요. 또 천록의 제국이 어이없이 종말을 고한 후에도 생존했다는 것은 본 가에 재력 이상의 힘이 있다는 뜻이고요."

"그 말씀은… 천록의 왕국이 사라진 이후 녹산연가를 공격한 자들이 있었다는 뜻입니까?"

무한이 물었다.

"적지 않은 도발이 있었지요. 특히 이왕사후로부터의 압력은… 그들은 모두 우리 녹산연가가 천록의 왕국에 했던 일을 자신들을 위해 해주길 바랐다고 하더군요. 당연히 가주께서는 그 요구를 거절하셨고… 사실 그래서 이왕사후가 사해상가와 손을 잡은 것입니다. 사해상가는 그런 이왕사후와의 연대를 통해 지금의 상권을 만들어낸 것이고요."

소갑이 본래 자신들의 것이었던 것을 사해상가에게 빼앗긴 듯 분기를 드러내며 말했다.

"사해상가와 관계가 좋지 않나요?"

무한이 물었다.

"뭐, 꼭 그런 것은 아닌데. 사해상가가 육주의 상권을 장악하고 대상련이라는 상인 연합체를 만든 이후, 우리 녹산연가를 대하는 태도에 불만을 품은 식구들은 많지요. 아마도 그래서 가주께선 대상련에 가입하지 않으신 걸 겁니다."

"녹산연가는 대상련에 가입되어 있지 않습니까?"

무한이 몰랐다는 듯 물었다.

대상련은 육주의 모든 상가들이 가입해 있는 상인연합회였다. 그곳에 가입하지 않고는 육주에서 상거래가 불가능하다는 말이

나올 만큼 강력한 결속력을 자랑하기도 했다.

　그래서 무한은 녹산연가도 당연히 육주 대상련에 가입해 있을 거라 생각했던 것이다.

"녹산연가는 대상련에 가입되어 있지 않습니다."

　소갑이 고개를 저었다.

"그런데도 상거래를 할 수 있습니까?"

"우리 녹산연가만 가능한 일이지요."

　소갑이 가볍게 미소를 지었다. 그 미소에는 적어도 녹산연가는 사해상가의 영향력에서 자유롭다는 자신감이 깃들어 있었다.

"대상련에 속한 상가들이 거래를 하지 않으려 할 텐데요?"

　무한이 다시 물었다.

"우리가 거래하는 물건들은… 육주의 다른 상가에서 공급할 수 없는 물건들입니다. 또한 육주의 모든 사람들이 원하는 물건들이기도 하지요. 그래서 누구든 그 물건들을 구하려면 대상련의 상가든 아니든 거래를 할 수밖에 없지요. 오히려 그들 스스로 우리를 찾아오게 하는 물건이라고 할까요."

　소갑이 강한 자신감을 드러내며 말했다.

"어떤 물건들인데……?"

"천록의 제국이 번성하던 시절부터 우리 녹산연가는 식량이나 철, 혹은 옷감 같은 일반적인 물건들을 취급하지 않았습니다. 우리가 취급하는 것은 금은보화라 불리는 것들이지요. 크기는 작지만 어떤 재화보다도 귀중한 물건들 말입니다. 그런 것들은 사실 세상이 어떻게 변하든 꾸준히 원하는 사람들이 있지요."

"그런 것들을 구하는 것이 쉽지는 않을 텐데요?"

무한이 되물었다.

"물론 그렇지요. 그래서 우리 녹산연가가 강한 것입니다. 우리에겐 그 물건들을 구할 수 있는 거래선이 있으니까요. 예를 들면 석림도의 한철 같은 것이지요. 석림도의 한철은 오직 몇 개의 상가만이 거래할 수 있는 물건이지요."

"알고 있습니다. 녹산연가도 석림도와 한철을 거래하는 상가 중 하나였군요. 외부의 상가가 한철을 거래하는 것은 다섯 손가락 안에 꼽힌다고 하던데."

"그렇습니다. 석림도와는 아주 오래전부터 거래가 있었지요. 천록의 왕국이 번성하던 시절에서 석림도의 한철은 우리 녹산연가를 통해 천록의 성으로 들어갔었습니다."

"그렇군요. 그래서 굳이 대상련에 가입할 이유가 없었군요. 대상련의 상가들이 오히려 녹산연가와 거래하기를 원한다면……."

무한이 이해가 간다는 듯 고개를 끄떡였다.

그러자 소갑이 다시 입을 열었다.

"솔직히 말하면 아마도 그래서 사해상가와 더 사이가 좋지는 않을 겁니다. 그들로서는 육주에서 유일하게 통제하지 못하는 상가가 우리 녹산연가니까요. 그리고… 만약 누군가 사해상가의 자리를 위협할 상가를 꼽으려면 단연코 우리 녹산연가를 먼저 꼽을 테니까요."

소갑이 말을 하면서 은연중에 사해상가에 대한 경쟁심을 드러냈다.

"그동안 그들과 충돌하지는 않았나요?"

"큰 충돌은 없었습니다. 일단 서로 거래하는 물건이 다르니까요. 사해상가가 세상의 모든 물건들을 거래한다고 하지만, 그들이 주력하는 것은 역시 식량과 무기를 만드는 철 같은 것들이지요. 그래서 그들이 흑라의 시대를 거치면서 강성해진 것입니다. 모든 전쟁에서는 막대한 양의 식량과 철이 소요되니까요."

"지금은 그래서 상당히 곤란해졌지요."

무한이 미소를 지으며 말했다.

"맞습니다. 검은 대륙에 있던 모든 철광들을 신마성에게 빼앗겼으니까요. 하지만 그래도 저력이 있으니 이 정도 어려움은 극복할 겁니다. 오히려 그들에게 더 심각한 문제는 더 이상 이왕사후의 비호를 받을 수 없다는 것이겠지요."

소갑이 냉정한 말투로 말했다.

"그렇긴 하군요. 그동안은 이왕사후의 비호를 받아 육주의 상권을 좌지우지했으니까요."

무한이 고개를 끄떡였다.

"아무튼 일이 재밌게 되었습니다. 육주의 야심가들이 우후죽순처럼 일어나는 상황에서 사해상가가 과연 기존의 상계 권력을 지킬 수 있을지……."

소갑이 미소를 지으며 말했다.

아마도 그는 사해상가의 힘이 크게 약해질 거라 생각하는 듯했다.

소갑과 대화를 나누는 사이 배가 어느새 크게 원을 그리며 회전하기 시작했다.

중간 정도의 크기인 녹산연가의 상선이 바다 위로 가파르게 기울어졌다.

쿠우우!

배의 급격한 회전으로 뱃전에 닿아 부서지는 물결 소리가 무겁게 일어났다.

배는 바다를 향해 소뿔처럼 툭 튀어나온 절벽을 휘감아 돌고 있었다. 그리고 그렇게 급격한 움직임이 끝났을 때, 무한의 눈에 하나의 거대하고 화려한 성이 들어왔다.

"아!"

무한이 자신도 모르게 탄성을 흘렸다.

잔잔한 바다 위에 아름다운 섬 하나가 떠 있었다. 그리고 그 위에 거대하고 화려한 성 하나가 도도하게 서 있었다. 마치 섬 전체가 하나의 성으로 이뤄진 것처럼 보였다.

성은 한낮의 눈부신 태양빛을 받아 황금처럼 번쩍거렸다.

성의 건물 중 금칠을 한 건물도 적지 않아 보였다. 섬 위에 세워진 성 그 자체가 마치 하나의 거대한 보물처럼 보일 정도였다.

"사해상가입니다. 만화도라 불리는 섬이기도 하지요. 참으로… 마음에 들지 않는 성입니다. 저런 사치스러운 과시욕이란 것은……."

소갑이 황금성에서 눈을 떼지 못하는 무한에게 떨떠름한 표정으로 말했다.

제10장

뿌리를 찾아서

소갑은 사치스럽다고 했지만, 무한에게는 경이로웠다.

무한은 태어나서 이런 극한의 화려함을 본 적이 없었다. 단지 수백 장 거리에서 보는 것만으로도 사람을 황홀한 기분에 빠지게 하는 만화도 사해상가의 성은 비난에 앞서 감탄이 나올 수밖에 없었다.

그래서 무한은 한동안 만화도 황금성에서 눈을 떼지 못했다.

그런 그가 황금성의 화려함에서 현실로 돌아온 것은 또 다른 경이로운 광경을 보고 난 이후였다.

"저곳이 송강 하구의 시전입니다! 저곳만큼은 저도 인정할 수밖에 없군요. 만화도 황금성이 금은보화로 쌓아 올린 성이라면, 송강 하구의 시전은 그야말로 사해상가의 능력! 상인으로서의 그들의 능력이 만들어낸 결과이니 말입니다.

소갑이 만화도에 시선이 매여 있는 무한의 관심을 다른 곳으로 돌렸다.

소갑의 말에 무한이 만화도 동쪽으로 펼쳐진 거대한 항구로 눈을 돌렸다. 그리고 뒤를 이어 그의 입에서 다시 감탄사가 흘러나왔다.

"아… 정말 대단하구나!"

진심에서 우러나오는 말이었다.

그의 눈앞에 펼쳐진 거대한 항구는 그가 지금껏 보아왔던 항구들과는 차원이 달랐다.

봄섬이나 세상에서 가장 부유하다는 석림도, 그리고 비록 폐허가 되었지만 옛 영화가 고스란히 남아 있는 옛 북창 항구는 송강 하구에 펼쳐진 사해상가의 항구와는 애초에 비교가 될 수 없는 항구들이었다.

송강 하구를 중심으로 사방 수십 리에 걸쳐 펼쳐진 시전은 아직 밤이 되지 않았음에도 불야성을 이루고 있었다.

또 그 앞쪽 바다에는 백여 척이 넘는 크고 작은 상선들이 떠 있었다. 그건 일개 상가의 항구라고는 말 할 수 없는 규모였다.

"하나의 왕국이군요."

무한이 중얼거렸다.

그러자 소갑이 대답했다.

"그런 말도 들리더군요. 사해상가주 노백의 마음속에는 상계의 우두머리가 아닌 육주의 제왕이 들어 있다는……."

"…믿을 만한 소문입니까?"

무한이 되물었다.

아무리 대단한 상권을 형성했다고 해도, 일개 상가의 주인이 육주의 제왕을 꿈꾸는 것은 아무래도 허무맹랑한 야심이기 때문이었다.

당장 사해상가주 노백은 이왕사후조차 넘어서지 못했던 상인이었다.

"글쎄요. 그건 저도 모르겠습니다. 하지만 곧 알게 되겠지요. 과거에는 이왕사후의 세력이 워낙 강해 감히 그 야심을 드러내지 못했지만, 이제 이왕사후가 몰락했으니……."

만약 노백이 상계를 넘어선 육주의 권력을 원한다면 지금이 그의 야망을 펼칠 기회라는 뜻이었다.

"움직임이 있나요?"

무한이 물었다. 녹산연가 정도라면 사해상가의 움직임을 파악하고 있을 거라 생각한 것이다.

"글쎄요… 움직임이라고 하기에는 뭐하지만 사해상가의 배들이 부쩍 무산열도 동쪽 끝에 있는 오족과 빈번한 왕래를 하고 있다고 하더군요."

"오족이라면……?"

"위험한 자들이지요. 오족 출신의 전사들은 살검에 능해 육주의 상가들이 비밀리에 호위 무사나 살수로 고용하기를 선호하는 자들입니다. 예전부터 그들과 사해상가는 특별한 인연이 있다고 알려져 있습니다. 특히 최근에는 더욱더 가까워졌지요. 한동안 노백의 셋째 아들인 노룡이 오족 족장의 딸과 혼인을 한다는 소문이 돌았으니까요."

"그 정도라면… 정말 특별하군요."

무한이 고개를 끄떡였다.

"저야 말단 상인이니 이 정도만 알고 있습니다. 아마 총관님이나 상가의 어른들께선 좀 더 많은 정보를 가지고 계실 겁니다. 그러나 확실한 것은 역시 노백의 야심이 결코 상계에 머물러 있지 않다는 것이지요."

소백이 신중하게 말하면서 고개를 돌려 다시 한번 만화도의 화려한 성을 바라봤다.

무한 역시 자연스럽게 만화도로 시선을 돌렸다.

노을을 머금은 만화도의 성이 한층 더 화려하게 빛나고 있었다.

＊　　　　＊　　　　＊

무한이 작은 짐을 어깨에 걸쳐 멨다. 떠나야 할 시간이다.

소갑은 선실 문 앞에 서서 아쉬운 표정을 짓고 있었다. 그는 어차피 밤이 되었으니 무한이 하룻밤은 더 녹산연가의 상선에서 머물기를 바랐었다.

그러나 무한은 오히려 지금이 떠나기 편한 시간이라고 생각했다.

밝은 대낮에 상선을 떠나면 이런저런 사람들의 인사를 받아야 하고, 그렇게 되면 상선 주변 사람들의 관심을 끌 수밖에 없었다.

그래서 사람들의 이목을 피해 조용히 하선을 하려면 밤이 깊은 지금이 오히려 좋은 때였다.

"언제 다시 만날 수 있을까요?"

소갑이 짐을 모두 챙긴 무한에게 물었다.

"글쎄요… 기회가 되면."

무한이 미소를 지으며 대답했다. 그러나 사실 그가 다시 녹산연가의 상선을 타거나 그들을 만날 기회가 쉽게 올 것 같지는 않았다.

"혹시 나중에라도 대하강 중류를 여행하게 되면 꼭 들러주십시오. 아마 선장님도… 어? 선장님이 오시는데요?"

소갑이 말을 하다 말고 놀란 표정으로 문 앞에서 비켜섰다.

그러자 정말 상선을 이끄는 총관 연운이 모습을 드러냈다.

"내리신다고?"

넉넉한 여유를 가진 노인으로 보이는 총관 연운이 문 앞에서 무한에게 물었다.

"지금이 편할 것 같아서… 그동안 감사했습니다."

무한이 가볍게 고개를 숙여 보였다.

"불편한 점이 없었는지 모르겠소."

"아닙니다. 아주 편한 여행이었습니다."

무한이 고개를 대답했다.

"그렇다면 다행이오. 독안룡 님의 제자분을 모실 수 있어서 영광이었소. 부디 편한 여행 되시오."

"감사합니다."

무한이 미소를 지으며 다시 고개를 숙여 보였다.

그러고 나서 문 쪽으로 걸음을 옮기기 시작했다.

무한이 포구에 내려진 사다리에 발을 올렸을 때, 또 다른 사람이 무한을 전송하려고 나타났다.

그리고 그 사람의 등장에 무한은 물론 총관 연운이나 소갑 역시 놀란 기색이 역력했다.

무한을 전송하러 나온 사람은 여인 연이설이었다.

"인사나 드리려고요."

연이설이 당황해하는 무한에게 말했다.

"…고맙습니다."

무한이 어색한 표정으로 말했다. 연이설의 배웅은 정말 생각지도 못한 것이기 때문이었다.

"혹시 나중에 다시 뵐 수 있을까요? 본가에 들르실 생각은 없으신가요?"

연이설이 물었다.

"그것이… 물론 기회가 되면 들러볼 수야 있겠지만, 이곳에서의 일이 끝나면 다시 돌아가야 해서……."

"그렇군요. 하지만 혹시라도 본가 근처에 오실 기회가 생기면 한 번쯤 들러주시길 바라요."

연이설이 담담하게 말했다. 어찌 보면 마치 무한에게 부탁이 아니라 명령을 하는 듯 보였다.

그래서 그런지 그 옆에서 총관 연운이 혹시라도 무한의 기분이 상하지 않았는지 걱정하는 표정으로 두 사람의 대화에 끼어들었다.

"아무래도 제 여식이 손님에게 좋은 인상을 받은 것 같소. 다소 당황스럽더라도 선의에서 하는 말이니 이해하시구려."

"아닙니다. 배웅해 주시고, 또, 초대를 해주시니 고마운 일이지요. 아무튼… 그럼 나중에 다시 뵙지요. 그만 가겠습니다."

무한이 더 이상 대화가 길어지는 것을 꺼리는 듯 연운과 연이설, 그리고 소갑에게 가볍게 고개를 숙여 보인 후 총총히 녹산연가의 상선을 떠났다.

"아, 이거 아쉬워서… 아무래도 배 아래까지는 전송을 해야할 것 같습니다."

소갑이 급작스럽게 무한이 배에서 내려가자 아쉬운 표정을 지으며 서둘러 무한을 따라 배에서 내려갔다.

연운이 잠시 항구에 내려선 두 사람을 보다가 연이설에게 물었다.

"무슨 생각에서……?"

질책하는 것 같지는 않았다. 오히려 그렇다고 아버지가 딸에게 하는 말치고는 지나치게 조심스러웠다.

"강해요."

연이설이 짧게 대답했다.

"…무슨 말인지 잘 모르겠는데……?"

"제가 만난 그 어떤 사람보다 강한 기운을 가지고 있어요. 아니, 강하다는 표현은 틀렸군요. 강한 것 그 이상, 특별한 기운을 가지고 있어요. 아마… 독안룡의 제자 이상의 뭔가를 가지고 있을 거예요."

"음… 뛰어난 줄은 알았지만 그렇게까지 대단한 청년이라고는 생각지 않았는데… 제가 보기에는 조금 유약한 면도 보였습니다만……."

누군가 두 사람의 대화를 들었으면 놀라지 않을 수 없는 상황이었다. 연이설의 양부인 연운이 그녀에게 존댓말을 했기 때문이었다.

"사람들이 들어요. 그리고 이젠 편하게 말씀하셔도 되잖아요. 부녀의 연을 맺은 지가 얼마인데……."

연이설이 연운에게 주의를 줬다.

"아, 나도 모르게 그만… 그런데 정말 그렇게 특별하게 보았느냐?"

연운이 금세 말투를 바꿔 다시 물었다.

"제가 사람을 보는 방법이 조금 다르다는 건 아시죠?"

"물론, 그 능력이야말로 이설 네가 위대한 왕조의 후예임을 증명하는 것이니까."

연운이 망설이지 않고 대답했다.

"그런 면에서 볼 때 저 사람은 그 어떤 사람보다 제게 필요한 사람 같아요."

"그렇게까지……."

"제 느낌만이 아니라, 독안룡이 그를 특별히 부탁한 데는 그만한 이유가 있지 않을까요? 단지… 여행하는 제자를 부탁하는 것 이상이었잖아요? 아버님께서도 이상하다 말씀하실 정도면……."

연이설이 연운에게 물었다.

"그건 그렇지. 독안룡에게 육주까지 사람을 한 명 데려다 달라고 부탁받았을 때부터 조금 이상하긴 했지. 그런 정도의 부탁이라면 그가 직접 할 이유가 없는데. 그리고 특히 저 친구를 조용히 두었으면 한다는 당부까지… 아무튼 조금 특별하긴 했다."

연운이 고개를 끄떡였다.

"그래서 그에 대해 관심을 갖는 게 좋겠어요."

"알겠다. 이곳에 나와 있는 본가 사람에게 그를 살펴보라 말해 두마."

"너무 접근하지는 말라고 하세요. 제 판단대로라면 누군가 자신을 살피고 있다는 것을 어렵지 않게 알아차릴 사람인 것 같으니까요."

"알겠다. 조심하라고 하마."

연운이 순순히 연이설의 말에 수긍했다.

그러자 연이설이 시선을 돌려 소갑과 잠시 더 이야기를 나눈 후 항구 안쪽으로 향하는 무한을 보다가 다시 입을 열었다.

"이번에 돌아가면 옛 성을 보러 가야겠어요."

"…위험하지 않겠느냐?"

연운이 걱정스러운 표정으로 물었다.

"이미 오랜 시간이 흘렀어요. 더군다나… 제가 세상에 태어난 것을 아는 사람조차 없잖아요."

"그렇긴 하지만……."

"이전부터도 천록의 성터를 구경하는 여행객이 적지 않았고요."

연이설의 말에 연운이 고개를 끄떡였다.

"그렇긴 하지. 사실 따지고 보면 그리 오래된 일도 아니건만, 사람들은 과거를 참 쉽게 잊는 것 같구나."

"자신들의 일이 아니니까요."

"그렇군. 자신들의 일이 아닌 이상 어제의 일도 먼 과거처럼 여기는 것이 사람 마음이지. 아무튼… 그럼 이제 제대로 일을 해보려는 것이냐?"

연운이 조심스럽게 물었다.

연이설의 당부로 하대를 하고 있지만, 연운은 여전히 연이설을 대할 때 조심스러워 보였다.

"기회가 좋잖아요. 이런 기회는 쉽게 오는 것이 아니죠."

연이설이 말했다.

"세상사 참 오묘하지? 신마성이라는 정체불명의 집단이 갑자기 툭 튀어나와 세상을 흔들어댄 덕에 새로운 기회를 엿볼 수 있게 되었으니."

연운이 고개를 저으며 말했다.

육주, 특히 이왕사후에게는 재앙과 같은 신마성의 등장이었지만, 연이설과 연운에게는 좋은 기회를 만들어준 모양이었다.

"좋은 기회예요. 이왕사후는 다시 재기하지 못할 거예요. 육주의 정세가 안정되기까지도 수년이 걸릴 거고요. 다행히 신마성은 육주까지 넘볼 기세는 아니니까 육주의 수많은 야심가들이 기회를 노리겠지요. 그게 제게도 좋은 기회를 주는 거지요."

"걱정은… 과연 누가 과거의 의리를 지킬 것인가인데……."

연운이 말꼬리를 흐렸다.

"많이도 필요 없어요. 다시 위대한 옛 왕국이 부활했다는 것을 알릴 수 있는 정도의 세력, 그리고 한두 번의 싸움에서 승리할 정도의 힘이라면… 이후에는 부르지 않아도 사람들이 자연스럽게 모여들 겁니다."

연이설이 확신하듯 말했다.

"사해상가나 해신성… 혹은 불구가 되었다지만 오사성의 사중산과 그 부인 등은 그래도 조심해야 할 거다. 특히 사해상가는 참 독한 인간이지."

연운이 고개를 돌려 만화도 황금성을 바라보며 고개를 저었다.

"그 운도 결국 오래가지는 못할 거예요. 왕국이 재건되면 전 가장 먼저 저 성을 불태울 겁니다."

연이설이 차가운 눈으로 사해상가의 성을 바라보며 말했다.

*   *   *

무한은 썩 유쾌하지 않은 작별이라는 느낌을 받았다.

하지만 따지고 보면 그저 자신에게 호의적인 사람들을 만나 육주의 바다를 무사히 건넜고, 또 그들의 초대를 받았을 뿐이었다.

하지만 그럼에도 부담스러움이 있었다. 그는 조용히, 없었던 듯 떠나오길 바랐었다.

과분할 것까지는 없는 전송이었지만, 그래도 무한은 마치 자신이 무언가를 녹산연가의 상선에 놓아두고 내린 것 같은 느낌을 받고 있었다.

그래서 그는 소갑과 작별을 한 후 송강 하구 거대한 시전 속으로 들어간 이후에 걸음을 멈추고 시선을 돌려 녹산연가의 상선을 한참 동안 바라보고 서 있었다.

그 자신이 상선에 놓아두고 내린 것이 뭔가를 생각하기 위해서였다.

그러다가 문득 무한은 깨달았다. 이 찜찜한 기분의 정체가 뭔지.

"그렇군. 야심을 가진 여인 때문이군. 그리고 그 야심에 날 이용하려는 것이 문제고. 그런데 이상하군. 그 야심이 왜 크게 느껴지는 걸까? 전통이 있기는 하지만 그래 봐야 한낱 상가의 사람인데."

무한이 고개를 갸웃했다.

자신의 유쾌하지 않은 기분이 사실은 연이설의 눈에서 보았던 야심 때문이라는 것을 깨닫자 여러 가지 의문들이 일어났다.

연이설은 의녀이기는 하지만, 녹산연가의 가주 연나의 동생이자, 이번 상선의 선장이었던 연운의 딸이었다.

그러니 연이설은 녹산연가의 사람, 그런데 무한이 느낀 연이설의 야심은 상가의 사람들이 가지는 그런 재물에 대한 욕심 같은 것이 아니었다.

도도하고 강렬해서, 아무리 감추려 해도 감출 수 없는 그 야심의 빛은 세상의 권력을 향한 것이었다.

그래서 이해가 가지 않았다. 아무리 오랜 상가라도 상가는 상가여서 육주의 왕국을 꿈꾸는 것은 녹산연가의 처지에 어울리는 것이 아니었다.

"그럼 결국… 녹산연가에 들어오기 전의 신분이 대단했다는 뜻인데. 녹산연가조차도 그녀를 최선을 다해 보호해야 할 만큼 대단한 신분이… 후우, 아무튼 찜찜하네. 언젠가 다시 만날 것 같은 느낌이 드니……."

무한이 고개를 젓고는 그제야 녹산연가의 상선에서 시선을 화려한 송강 하구의 시전으로 돌렸다.

"인연이 되면 만나는 거고! 자, 난 이곳에서 다른 하나의 인연을 만나고 정리해야겠지?"

툭툭!

무한이 찜찜한 기분을 털어내려는 듯 손뼉을 툭툭 치고는 불야성을 이룬 시전 안으로 걸어 들어갔다.

무한은 그날 밤과 다음 날 하루를 온전히 혼자 시간을 보냈다.

소요산장주 이공은 무한이 온 것을 알고 있기에 만나기로 한 장소에서 목이 빠지게 그를 기다리고 있을 것이다.

하지만 무한은 얼마간은 사해상가가 만든 송강 하구의 거대한 시전을 둘러보고 싶었다.

솔직히 말하면 시장 구경보다는 약간의 망설임 때문이었다.

철사자 무곤이 말한 그를 만난다는 사실이 제법 부담스러운 무한이었다. 일단 그를 만난 이후에는 많은 것이 달라질 수도 있었다.

어쩌면 그가 철사자 무곤을 통해 내려온 가문의 전통을 잇기를 강요할 수도 있었다.

혹은 철사자 가문의 무공에 대한 욕심 때문에 무한을 죽이려

할 수도 있었다. 인간의 욕심이란 것은 불가능할 것 같던 배신도 가능하게 만든다는 것을 누구보다 잘 알고 있는 무한이었다.

"아니면 아예 철사자의 가문과 인연을 끊기를 바랄지도 모르지. 아버지가 맡긴 무공 비결 몇 개 툭 던져주고. 사실 그게 편할 수도 있지만."

무한이 다시 석양이 지기 시작한 포구를 바라보며 중얼거렸다.

그는 포구의 외곽에 위치한 해안가의 작은 바위 위에 앉아 있었다. 다시 포구 안쪽 시전으로 들어가면, 그는 바로 소요산장주 이공을 만날 생각이었다.

이공을 만난 후에는 그가 찾아온 사람, 타무즈를 바로 만날 수도 있었다.

무한은 그를 만났을 때 일어날 수 있는 모든 일들을 떠올렸다.

그건 그가 사자림의 절벽에서 바다로 뛰어내렸을 때와 비슷한 정도의 변화를 가져올 수 있는 일이었다.

그러나 이곳까지 와서 그를 만나지 않을 수도 없었다.

"가보자. 너무 늦기 전에 가야 이공 님과 저녁이라도 함께 먹지."

무한이 자리를 털고 일어났다. 그리고 하나둘 불이 켜지고 있는 시전 안쪽으로 걸어 들어가기 시작했다.

*　　　*　　　*

"어디 숨어계셨습니까?"

객잔에서 만난 이공이 따지듯 물었다. 적지 않게 화가 난 듯 보였다.

"근방을 둘러보았지요."

무한이 미소를 지으며 대답했다.

"전쟁이라도 하시게요? 주변 지형을 다 살피시고."

이공이 퉁명스레 다시 물었다.

"화가 많이 나셨군요?"

"아니, 생각해 보십시오. 분명 녹산연가의 상선을 타고 온 분이 상선이 도착한 지 하루가 지나도 모습을 보이지 않으시니 걱정이 안 되겠습니까? 포구에서 걸어오면 반 시진도 안 걸리는 거리인데."

이공의 목소리가 높아졌다.

녹산연가의 상선이 도착했다는 것을 확인하고 줄곧 한곳에서 무한을 기다린 모양이었다.

"걱정하셨어요?"

무한이 다시 물었다.

"그럼 걱정이 안 됩니까? 나타나야 할 사람이 나타나지 않는데."

"제가 누군지 아시잖아요? 그런데도 걱정을 하세요?"

"그, 그야… 에이, 뭐 하긴 술사님을 감히 누가 위험하게 할까 생각을 하긴 했지요. 그러니까, 걱정이라기보다는 답답함이라고 해야 할 겁니다. 다음부터는 이러지 마십시오!"

이공이 약속을 받아야겠다는 듯 말했다.

"하하하, 큰일이군요. 전 본래 이렇게 정해진 계획 없이 움직이는 것을 좋아하는데……."

"아이구, 이것 참… 내가 곤란한 주군을 모셨군요."

이공이 손으로 이마를 짚으며 투덜거렸다.

"그런데 두 제자분들은?"

"아, 그놈들은 조금 바쁩니다. 말씀하신 그 사람 말입니다. 참 이상한 사람이더군요. 그에 대해 조금 자세히 알아보기 위해 제자 녀석들이 바쁘게 움직이고 있습니다."

"설마 그에게 접근한 것은 아니지요?"

무한이 걱정스러운 표정으로 물었다.

"걱정 마십시오. 직접 대면하는 일은 없었습니다."

"그는… 생각보다 무서운 사람일 수가 있습니다. 만나봐야 알겠지만 여러 가지 가능성을 모두 가지고 있는 사람이지요."

"그런데 정말 대체 그는 누굽니까?"

이공이 정말 궁금하다는 듯 물었다.

사실 그는 무한의 명령 아닌 명령으로 파나류에서 육주까지 건너와 마골이라는 사람을 찾았다.

그런데 그가 찾은 마골이라는 노인은 조금 날카롭게 보이기는 해도 이런 저런 물건들을 중개하는 상인 이상의 사람으로는 보이지 않았다.

물론 상인으로만 본다면 특별한 면도 있었다. 그리고 그것 때문에 이공은 무한이 그를 찾는 것을 걱정하고 있었다.

"이공님이 보시기에는 어떤 사람이던가요?"

무한이 되물었다.

"음… 노련한 장사꾼인 것 같긴 한데, 좀 위험하더군요."

"위험하다… 어떤 면에서요?"

"그는 사해상가에 굉장한 적개심을 가지고 있는 것 같았습니다."

"그렇게 보이던가요?"

무한이 다시 물었다.

"예, 그런데 문제는 그 적대감이 단지 감정의 문제가 아니라 실질적으로 사해상가와 맞설 계획을 하는 것 같아서… 그래서 걱정입니다. 위험한 일 아닙니까? 아무래 이왕사후가 원정에서 패해 그들의 후원을 받을 수 없다 해도 사해상가는… 쉽게 건드릴 상대가 아닙니다."

"무슨 일을 하려는지 알아보신 겁니까?"

"정확히는 모릅니다. 그래서 조금 더 자세히 알아보려고 제자 녀석들을 내보낸 것입니다. 그런데 아무래도… 일부 상가들을 모아 새로운 상인회를 구성하려는 듯합니다. 사해상가와 맞서기 위해서 말입니다."

"…그걸 그 사람이 주도합니까?"

무한이 차갑게 굳은 표정으로 물었다.

만약 그렇다면 그건 생각보다 심각한 문제였다. 또한 철사자 무곤의 가문의 비밀을 지키는 사람으로서 절대 하지 말아야 할 행동이기도 했다.

마골, 본래의 이름이 타무즈인 그는 철사자 가문의 무공과 법을 지키는 일이 평생의 업(業)인 사람이었다.

"뭐, 자세히 알 수는 없지만, 적어도 그 움직임의 중심 인물 중

하나이긴 합니다. 그리고… 그 일에는 녹산연가도 연루되어 있습니다."

"녹산연가까지요?"

무한이 표정이 더 심각해졌다.

이미 연이설의 눈에서 세상을 향한 야망을 읽은 무한이었다. 그런 사람들과 타무즈가 인연을 맺는다는 것은 그가 철사자 가문의 법을 지키는 일에서 벗어나도 한참 벗어나 있다는 것을 의미했다.

그렇다면 그를 만나 자신의 정체를 밝히는 것이 무한을 위험하게 만들 수도 있었다.

어쩌면 타무즈는 사해상가를 상대하는 일에 무한을 이용하려 할 수도 있었다.

'만나지 말까?'

무한의 마음속에 불쑥 거부감이 일어났다.

조용히 은거해 철사자 가문의 법을 지켜온 사람이 아니라면 굳이 그를 만나 번거로운 인연을 만들 필요가 있을까 하는 생각이 들었던 것이다.

하지만 무한은 이내 고개를 저었다.

그와 인연을 끊더라도 한 번은 만나야 한다. 그것이 아버지 철사자 무곤의 유언이었으므로.

그리고 그 자신이 모르는 철사자 가문의 역사와 무공 정도는 건네받아야 한다고 생각하는 무한이었다.

인연을 끊는 것은 그 이후라도 괜찮다.

'만약 그가 날 이용하려 한다면, 그때는⋯⋯.'

갑자기 자신도 모르게 살기가 일었다. 그리고 노련한 이공은 무한에게 일어나는 순간의 변화를 놓치지 않았다.

"술사님⋯⋯."

무한의 살기를 눈치챈 이공이 놀라서 무한을 불렀다.

"왜요? 또 다른 문제가 있나요?"

무한이 무심하게 되물었다.

"그게 아니라⋯⋯."

"⋯말씀하세요."

무한의 목소리가 자신도 느끼지 못하는 사이에 무척 차가워져 있었다. 여전히 살기의 기운이 남아 있는 것이다.

"그를⋯ 죽이실 수도 있습니까?"

이공이 망설이다 직설적으로 물었다.

"갑자기 왜 그런 질문을?"

무한이 되물었다.

"좀 전에 술사님에게서 살기가 느껴졌습니다."

"⋯그랬나요?"

무한이 자책하며 되물었다.

"⋯이런 모습은 처음 뵙는 것이라서. 그와 원한이 있는 겁니까? 전 오히려 그가 술사님과 친분이 있는 사람이라고 생각했는데."

이공이 혼란스러운 표정으로 물었다.

"과거의 인연으로 보자면 무척 가까워야 할 사람이지요. 그런데 만약 그가 자신의 야심을 위해 맡겨진 일을 하지 않는다면⋯

서로를 베어야 할 상황이 될 수도 있습니다."

무한은 이미 들킨 감정을 숨기지 않았다. 그리고 정말 그는 타무즈가 철사자 가문의 무공을 차지하려 한다면 그를 죽일 생각이었다. 철사자 무곤의 무공을 한낱 탐욕스러운 상인에게 넘기고 싶지는 않기 때문이었다.

"거참… 대체 무슨 관계이기에……."

이공이 점점 더 혼란스럽다는 듯 중얼거렸다.

"조만간 알게 될 겁니다."

"술사님의 과거도 알게 되는 겁니까?"

이공이 물었다.

사실 무한은 신전의 문지기들에게 자신이 철사자 무곤의 아들임을 밝히지 않고 있었다.

하지만 타무즈를 만나게 되면 좋으나 싫으나 그 사실을 이공도 알게 될 것이다.

"아마도……."

무한이 고개를 끄떡였다.

"오, 드디어! 사실 그동안 정말 궁금했습니다. 술사님의 과거가 어떠하신지……."

"그게 우리 관계에 영향을 미치지 않길 바랄 뿐입니다."

무한이 걱정스럽게 말했다.

"뭐, 그럴 일이 있겠습니까? 사실 우리 세 문지기들은 세상과 담을 쌓고 살아서 세상에 은원이 없습니다. 그러니 술사님의 어떤 과거가 문제 될 것은 없지요."

"대마인의 아들이라도요?"

"…정말 그런 겁니까? 물론 그래도 상관은 없습니다만. 술사님에 대한 판단은 이미 끝났으니까요. 저흰 술사님께 충성할 뿐입니다."

이공이 단호하게 대답했다.

그러자 무한이 빙그레 미소를 지었다.

"하하, 고맙습니다. 하지만 적어도 대마인의 후손은 아니니 그건 걱정 마세요."

무한이 가볍게 웃으며 대답했다.

만나기로 한 이상 망설일 이유는 없었다.

짧은 저녁 식사 후 무한은 이공과 함께 다시 화려한 시전으로 나갔다.

이공은 타무즈를 찾기 위해 송강 하구로 온 후 줄곧 포구 외곽의 허름한 객잔에 머물고 있었다. 사람들에게 그는 늘그막에 두 제자를 데리고 세상 여행이나 다니는 팔자 좋은 노인으로 보였다.

시전 안쪽이라면 워낙 상인과 무인들의 왕래가 많은 곳이라 이공이 가지고 있는 특유의 분위기를 알아채고 그의 정체를 의심할 사람도 있었을 테지만, 그가 묵고 있는 포구 외곽 근처에는 그럴 만한 눈썰미를 가진 사람이 없었다.

그것이 이공이 그렇게 외지고 투박한 객잔에 묵은 결정적인 이유였다.

무한과 이공이 포구를 따라 걷다가 어느 순간 방향을 바꾸어 화려한 시전 안으로 들어갔다.

그리고 시전의 동쪽 경계선까지 쉬지 않고 걸었다. 이공은 그곳에서 낮은 동산 자락을 의지해 지어진 작은 장원을 지목했다.

"저곳입니다."

"상상한 대로군요."

무한이 대답했다.

"그런가요? 흠… 크지도 작지도 않은… 마차도 다섯 대가 넘지 않으니 역시 큰 상인이라고 하기에는 부족함이 있지요. 말씀드렸듯이 직접 물건을 거래하기보다는 외지 상인들 간의 거래를 중개하는 거간 일을 주로 하는 듯합니다."

"인정은 받나 보군요."

"그렇습니다. 그간 조사해 본 바에 의하면 구매자를 찾기 어려운 물건이나, 혹은 그 반대로 원하는 물건을 찾기 어려운 상인들에게 그는 믿을 만한 중개인으로 통하는 듯합니다. 상인을 연결해 주는 방면에서는 나름대로 그 능력을 인정받고 있었습니다. 아마도 그 능력이 사해상가에 반대하는 상가들을 끌어들인 힘일 겁니다."

이공이 말했다.

"지금 있을까요?"

무한이 물었다.

그러자 이공이 어두운 주변을 돌아보며 대답했다.

"글쎄요. 이놈들이 와야 장원 안에 있는지 확실히 알 수 있을 텐데요."

이공이 기다리고 있는 사람들은 그의 두 제자 이맥과 소의였다. 두 사람은 이공의 명으로 타무즈, 이곳에서는 마골이라는 이름으로 알려진 상인을 살펴보고 있었다.

"약속을 했으니 곧 오겠죠."

무한이 조급할 이유가 없다는 듯 말했다.

"하여간 게을러서는……."

"그래도 저에게는 소중한 사람들이니 잘 좀 대해주세요."

"예? 그 두 놈이요?"

이공이 놀란 표정으로 되물었다.

"예."

"아니, 그따위 헐렁한 놈들이 뭐가 중요하시다고……."

이공이 자신의 제자들을 소중하다고 말하는 무한이 이해가 가지 않는다는 듯 중얼거렸다.

"세 분을 제외하고는 제 정체를 알고 있는 유일한 사람들이고. 그래서 결국 저랑 같이 늙어갈 사람들이잖아요? 솔직히 세 분은……."

무한이 덤덤하게 말했다.

"아니, 무슨 말씀을 그렇게 섭섭하게 하십니까? 늙은 것도 서러운데. 먼저 죽을 사람들이라서 별로 중요치 않다는 듯 들립니다."

이공이 정말 서운한 목소리로 말했다.

"그런 것이 아니라 더 오랫동안 제 곁에 머물 사람들이라서 소중하다는 거지요."

무한이 이공이 화를 내는 것이 재미있다는 듯 그를 보며 가볍게 미소를 지었다.

그때 이공의 어깨 너머 뒤쪽으로 낯익은 두 사람의 얼굴이 보였다.

"왔군요."

이공이 다시 무슨 말을 하려는데 무한이 먼저 입을 열어 그의 말을 막았다.

이공이 급히 뒤를 돌아봤다. 그러자 이맥과 소의 두 사람이 느릿느릿 무한이 있는 곳으로 걸어왔다.

"저저… 걷는 것 좀 봐라. 게을러 터져서는… 쯔쯔……."

이공이 일 없는 한량처럼 걸어오는 두 사람을 보며 혀를 찼다.

"다른 사람의 이목을 끌지 않으려고 그럴 겁니다."

무한이 대신 두 사람을 변명했다.

"아이고, 이제 저 두 놈 역성을 다 드시고… 정말 우린 뒷방으로 물러나야겠습니다."

"설마요. 다시 산장에 눌러앉아 살지는 못하실 것 같은데요."

"그… 그것이… 흐흐흐. 그야 그렇지요."

이공이 그답지 않은 능글맞은 웃음을 흘리며 중얼거렸다.

그사이 어느새 이맥과 소의가 두 사람 앞에 다가왔다.

"무슨 이야기를 그렇게 재밌게 하고 계세요?"

설렁설렁 다가온 이맥이 심드렁하게 물었다.

"신세 한탄 중이었다."

이공이 대답했다.

"신세 한탄요? 사부님이 어때서요?"

"술사께서 우리 세 문지기가 늙었다고 흉을 보시는구나. 그래서 젊은 네놈들이 술사님께 더 소중하다고도 하시고. 후우… 늙으면 죽어야지."

"설마 내가 그렇게 말했을 것 같습니까?"

무한이 웃으며 소의와 이맥에게 물었다.

"그러게요. 설마 술사께서 그런 말씀을 하실 리가 없지요. 사부님이 또 심술이 도진 모양입니다. 그런 면에서는 확실히 늙긴 늙으신……."

이맥이 말을 하다 말고 급히 입을 다물었다. 무서운 시선으로 자신을 노려보는 눈이 있다는 것을 깨달았기 때문이었다.

그래서 이공의 입에서 호통이 터져 나오기 전에 얼른 먼저 입을 열었다.

"오랜만에 뵙는데 미처 인사를 드리지 못했습니다, 술사님! 그간 잘 지내셨습니까?"

"예. 두 분도 잘 지내셨습니까?"

무한이 웃으며 되물었다.

"저희야 청량산을 떠나 육주를 여행하는 것만으로도 행복했습니다. 모두 술사님의 덕분이지요, 하하하!"

소의와 이맥이 가벼운 웃음을 터뜨렸다.

뒤늦게 인사를 하는 이맥의 의도를 뻔히 알고 있지만, 한순간에 화를 낼 기회를 놓친 이공이 여전히 성난 눈빛으로 두 제자를 노려보고 있었다. 만약 기회가 되면 제대로 화를 낼 것 같은 표정이다.

그러자 무한이 그 기회를 이공에게 주지 않으려는 듯 다시 질문을 던졌다.

"그는 안에 있습니까?"

"예. 저녁 무렵에 돌아온 후에는 줄곧 장원 안에 있습니다."

소의가 장난기를 걷어낸 표정으로 대답했다.

이렇게 되자 이공도 더 이상 화를 낼 기회를 노릴 수 없게 되었다.

"혹시 그의 주변에 무인이 있습니까?"

무한이 다시 물었다.

"딱히 호위 무사랄 것까지는 없고, 창고와 장원 정문 정도를 지키는 사내들이 대여섯 명 있습니다. 사실 그들도 무사는 아니고요. 평상시에 그를 도와 거래를 하는 장사치들이 있는데 그 사람들은 대체로 장원 밖에 자신의 집이 있더군요. 그래서 장원 안에서 사는 사람은 거의 없습니다."

소의의 말에 무한이 가볍게 고개를 끄떡였다.

사해상가를 상대할 세력을 규합한다는 소리를 들었을 때는 무인들을 모으고 있을 거라 생각했지만, 그런 식으로 세력을 키우지는 않는 모양이었다.

그런 면에선 한편으로 마음이 놓이는 무한이었다. 마골이 무인들을 모아 세력까지 키우고 있다면 그와의 관계가 정말 심각한 상황이 될 수도 있기 때문이었다.

"늦게 잠드는 편입니까?"

무한이 물었다.

그러자 이번에는 이맥이 대답했다.

"그렇습니다. 가끔은 새벽까지 서재에 불이 밝혀져 있기도 합니다. 참… 조용하지만 부지런한 사람입니다. 솔직히 가끔 보면 존경스러운 면도 있었습니다."

이맥이 말에는 진심이 담겨 있었다.

"알겠습니다. 그럼 세 분은 그만 돌아가세요. 그는 저 혼자 만나야 하는 사람입니다."

"…혹시 위험… 아닙니다. 또 쓸데없는 걱정을 했습니다. 역시 늙으니 어쩔 수가 없군요. 너희들은 이제 나와 함께 가자."

이공이 빛의 술사 무한을 걱정할 필요가 없다는 것을 새삼스레 깨닫고, 잠시 미뤄두었던 화풀이를 하기 위해 두 제자를 보며 말했다.

"그래도 저희가 이곳에 남아 있는 것이… 만약을 대비해서……"

"그런 걱정 말거라. 술사님이 위험할 일은 없으니까. 그럼 이놈들 데리고 먼저 돌아가 있겠습니다."

이공이 무한을 보며 말했다.

"그렇게 하세요. 자정쯤 그를 만날 생각이니까요. 기다리지들 말고 주무세요. 어쩌면… 아침까지 돌아가지 않을 수도 있습니다."

"그럼 언제까지 기다리면 되겠습니까?"

걱정하지 않는다고 말해도 마음으로는 걱정이 될 수밖에 없는 이공이다.

혹시라도 문제가 생기면 자신들이 상인 마골의 장원에 진입해야 할 수도 있었다. 이공이 그 시간을 물은 것이었다.

"내일 정오까지는 돌아가겠습니다."

무한이 대답했다.

"내일 정오! 알겠습니다. 가자! 이놈들아!"

이공이 소의와 이맥 두 제자를 잡아끌며 소리쳤다.

*   *   *

노인은 겉으로 보기에는 소문처럼 평범한 상인으로만 보였다.

그에게서는 무공 고수의 기운이 흘러나오지도, 세상을 향한 야망에 불타는 야심가의 눈빛도 보이지 않았다.

그는 그 모습에 어울리게 늦은 밤에도 호롱불을 밝히고 앉아 거래 장부를 살펴보고 있었다.

거래 건수가 적지 않은지, 그의 서탁에는 장부가 여러 개 놓여 있었다.

장사꾼의 제일 원칙이 꼼꼼하게 장부를 확인하는 일인지라 노인은 장부에서 쉽게 눈을 떼지 않았다.

가끔 서탁 한쪽에 놓인 물잔을 들어 마른입을 축일 때조차도 그는 장부에서 눈을 떼지 않았다.

온전히 자신의 일에 집중하고 있는 노인은 그래서 시간 가는 줄도 모르는 것 같았다.

달은 이미 창문의 중앙에 놓여 있었다. 자정이 지나고 있다는 의미다.

그럼에도 노인의 시간은 여전히 장부를 보는 일에 멈춰져 있었다. 이렇게 가다가는 꼼짝없이 밤을 새울 기세였다.

하지만 아무리 그라 해도 오랜 시간 장부를 들여다보고 있으면 눈이 아프고 목이 뻣뻣해져 오는 것을 피할 수는 없었다.

"음……!"

문득 노인이 한 손으로 눈을 누르며 신음 소리를 냈다. 그리고 그제야 장부에서 눈을 뗐다.

"후우……."

노인이 깊게 한숨을 내쉬며 고개를 뒤로 젖혔다. 그리고 피로한 눈을 감은 채 중얼거렸다.

"일을 하려고 하니 끝이 없구나. 하지만 시작한 일이니 끝은 보아야겠지. 기다림은 충분했다. 이젠 내 일을 할 때야. 어쩌면 너무 늦은 건지도 모르지. 나도 나이가 적지 않으니 살아생전이 일을 마무리 지을 수 있을지 모르겠구나."

노인이 우울한 음성으로 중얼거렸다.

그런데 늙은 자신의 나이를 탄식하던 노인이 갑자기 말과 움직임을 멈췄다.

그는 마치 그대로 굳어버려 돌이 된 것처럼 고개를 뒤로 젖힌 채 입을 닫고 어떤 움직임도 보이지 않았다.

오직 감겨져 있던 그의 눈만 어느새 차갑게 떠져 있을 뿐이었다.

그런 그의 얼굴 위로 창에서 드리운 달빛이 만들어낸 한 사람의 그림자가 드리웠다.

그리고 그 그림자가 말을 했다.

"옛 사람과의 약속을 지키는 일과 자신의 마음속에 잠들어 있던 야망을 이뤄내는 일! 이 둘 중에서 당신이 하고자 하는 일은 무엇이오?"

순간 노인이 부르르 몸을 떨었다. 그리고 천천히 고개를 바로 세워 그림자의 주인을 바라봤다.

달빛이 드리운 창가에는 무한이 팔짱을 낀 채 노인을 바라보고 있었다.

『사자의 아들: 칸의 여행』 9권에 계속…